庫

35-002-2

近代日本文学案内

十川信介著

岩波書店

目次

Ⅱ　近代文学のなかの別世界——他界と異界のはなし

Ⅲ　移動の時代──「交通」のはなし……243

はじめに

太宰治の『人間失格』（昭23）に主人公・大庭葉蔵と友人の堀木が「対義語《アントニム》」の例を競う場面がある。「黒のアント（アントニムの下略）は白。けれども、白のアントは赤。赤のアントは黒」。赤のアントは黒というのは、多分スタンダールの『赤と黒』（軍人と僧侶を象徴する色）を連想したのだろうが、黒に始まり黒に終るこの連鎖は、世間の常識的なコードがたえず二項の対立概念で形成されていながら、それが単純に固定された対ではなく、複数の組み換えが可能な、相対的なものであることを示している。

二人は他愛のない言葉ゲームを続けるのだが、「罪」の対義語に堀木が「法律」と答えたとき、葉蔵は彼に代表される世間と自分との間に、大きな割け目があるのを感じてしまう。彼はかつて心中をはかり、自分だけ生き残ったために自殺幇助罪で取調べを受けた人間である。不起訴にはなったが、周囲の向ける目は冷たい。「死なせたのではない」と思いつつも、その視線は事あるごとに彼の自責の念を呼び覚ます。その彼にとって、「罪」と「法律」の二項対立から逃れる方法は、生への意欲を与えてくれるような対義語をみつけるほかにない。神、救い、愛、光……。その言葉をはっきりとは見いだせないまま、彼は「無垢の信頼感」を寄せていた同棲相手が、薄汚ない商人に犯されるのを目撃し、「無垢は罪なりや」という疑問に達してしまうのである。

　つまり、「無垢」とか「純粋」とかいう一般的な美徳が、結果的に彼を裏切るとすれば、善悪の二項対立は相対的で、はなはだ曖昧なことになる。黒のアントは白であったが、黒白《こくびゃく》ははっきりとはつけられない。漢和辞典によれば、「黒」は「玄」(和訓、くろい)に通ずる。玄は幽玄の玄であり、特に道教の「玄之又玄」はその根本の道だという。その意味では単純な言葉遊びが次第に二項対立の絶対性を疑わせ、最後にまた、奥深い「黒」(玄)の前で立ち止まったのは必然であった。

　もちろん現在でも、私たちの生活は二項の網の目で構成され、普段はそれを怪しまない。大人と子供、男性と女性、都会と田舎、正常と異常、善と悪等々……。しかし近代と呼ばれる時代の特徴は、「文明開化」によって、江戸時代の固定的な価値観が変動した点にある。その変化は欧米の価値観と従来の価値観との摩擦対立を中心に、さまざまな現象を生んだが、その内実はともかくとして、各方面での生活規範が法的に明文化され、二項対立の境界を表面上明確に定めたことは疑えない。

　たとえば旧民法は家長の権利を保障して家族制度を確立したし、教育勅語をはじめ、数々の学校令は、学校教育の制度を全国隅々まで行き渡らせた。だがそのきびしい格づけが徹底すれば、その「正しさ」からドロップアウトし、あるいはそれに反抗する人間が出てくるのも当然である。文学はその姿をどのように描いてきたのだろうか。

「四民平等」の理想や交通機関の発達にともなって、立身出世を夢見る多数の人口が都会に流入した。一方では「平等」の名の下に「国民」を均質化し、他方では競争の原理に投入して個々人の優劣を一元的に判定するのが、当時の教育の基本である。明治三十年代後半には、島崎藤村『破戒』や夏目漱石『坊っちゃん』(ともに明39)のように、学校の体質を批判する小説も現われた。高等女学校令(明32)や日本女子大学校の創立(明34)によって、女性の高等教育も進んだ。もちろんそのモットーは、新時代にふさわしい良妻賢母を育てることにあったが、それに疑問を抱き、いわゆる「新しい女」として自立を企てたのも、平塚らいてうを筆頭とするそれらの出身者たちだった。

交通機関や印刷技術の発達は、たしかに新しい文明を地方へ伝達した。だがそれは同時に、地方から大量の人間を都会に吸い上げ、都市と田舎の格差を明らかにした。一旦都市の空気を吸った人間は、たとえ失敗しても、郷里に帰らず都市を漂流するのである。『山林に自由存す』(『抒情詩』所収、明30)と唱った国木田独歩が、それにもかかわらず、たびたび東京の「虚栄の途《みち》」に憧れざるを得なかったのは、その往還の枠組みを身をもって体現した一例である。

漱石が『現代日本の開化』(明44)で講演したように、「近代」が文明開化によって築かれたとすれば、そこには基本的に矛盾するベクトルが含まれている。彼の言葉では消極的と積極的、一方で人間のエネルギーを節約して機械化をはかり、他方ではその結果余ったエネルギーをスポーツ等に放出することである。たとえば汽車、電車や、電話などの便利な機械は、都市生活をどのように変え、文学はそれをどのように描いたのだろうか。

それらのいずれを取り上げても、日本の「近代」の性格はねじれたり、裏表があったりで、簡単に右か左に決めるわけには行かない。磯田光一『思想としての東京』(昭53)が指摘したように、東京と地方の対立においても、「東京地元民〔幕末・文明開化期の江戸・東京育ち〕が東京を〝地方〟として感受していたのにたいして、地方人にとっては東京は〝中央〟を意味したという二重の逆説がかくされている」。いわば「近代」における二項対立は、実質的には複雑に絡み合っているにもかかわらず、表面的には二者を明確に分断し、しかもそれに優劣の属性を与えがちなのである。

以下、本書では中心的な項目として、(1)時代の主流を形成してきた立身出世の欲望、(2)現実社会の傾向に飽き足りず、またはそこからこぼれ落ちた人々が紡いだ別世界(他界、異界)の願望、⑶この時期に登場した交通機関(人力車、乗合馬車、汽車、電車、自動車、外国航路、飛行機など)、通信手段としての手紙(郵便)と電話などと文学との関わりを取り上げるが、それらは決して「文学史」的でも、網羅的でもないことを最初にお断りしておきたい。

その理由の一つは言うまでもなく私の非力にあるが、もう一つの理由が、「教科書」的な文芸思潮や何々派などの規定に左右されず、現在でも身近な題材で考えて見たいという欲求にあったことも事実である。取り上げた作品は、原則として文明開化から第二次大戦敗戦を区切りとした。記述もかならずしも時代順に従わず、項目によって、同じ作品にまた戻って考えることもあり、「文学史」上有名な作品に触れないこともある。このような自己流の記述が、はたして「案内」として適当かどうか不安も強いが、この種の書物が一種の「旅」案内であるとすれば、近代文学の森を迷いながら行きつ戻りつし、道草を食いながら時には思いがけない風景を見つけることも、また「旅」の楽しさではないかという思いも、どこかにある。

＊なお作品はすべて『　』で示し、発表時期は、(明20)のように明治、大正、昭和、平成を略して記した。

引用文は、漢字を新字体に改め、難訓の文字には適宜、新仮名づかいでふり仮名を施すなどの整理を行った。

Ⅰ 「立身出世」物語

——「故郷」と都会の往還——

「勉強ハ安楽ノ基礎」

明治時代の二大ベストセラーは、中村正直《まさなお》(敬宇《けいう》)の『西国立志編 原名自助論』(明3―4)と、福沢諭吉の『学問のすゝめ』(明5―9)である。この二つの書物はたがいに補いあいつつ、立志――上京――苦学――成功という青年たちの夢の図式を決定した。その前提には、もちろん、四民平等や交通の自由化などの新政府の方針があったが、その方法を具体的に示した点で、二著の影響力は絶大だった。

『西国立志編』はイギリス人、S・スマイルズの“Self Help”の翻訳で、フランクリンやワット、ガリレオ、ニュートンら多数の欧米人が、艱難を乗り越えて志を果たした基本的な原因を、「能ク自主自立シテ、他人ノ力ニ倚《よ》ザル」生き方に見いだしたものである。たしかにここで取り上げられた人物は、それぞれの分野で名を成したに違いないが、冒頭に掲げられた格言「天ハ自《みず》ラ助《か》クルモノヲ助ク」が示すように、その成功はむしろ結果であり、主眼は偉大な功績を挙げ得る自立した個人の育成にあった。彼によれば、そのような「品格」高尚な個人(「ジェントルメン(君子)」)の「勤倹力行《きんけんりきこう》」が、すぐれた社会や国家を形成するのである。もちろんこの意図を正しく受けとめた人もたくさんいる。平川祐弘『天ハ自ラ助クルモノヲ助ク——中村正直と『西国立志編』』(平18)が指摘する豊田佐吉や、陶工・柿右衛門はその代表的人物だろう。幸田露伴の短編『鉄三鍛《てつさんたん》』(明23)も貧しい境遇から奮起した少年が、ある学者から『西国立志編』を貰い励まされる話である。

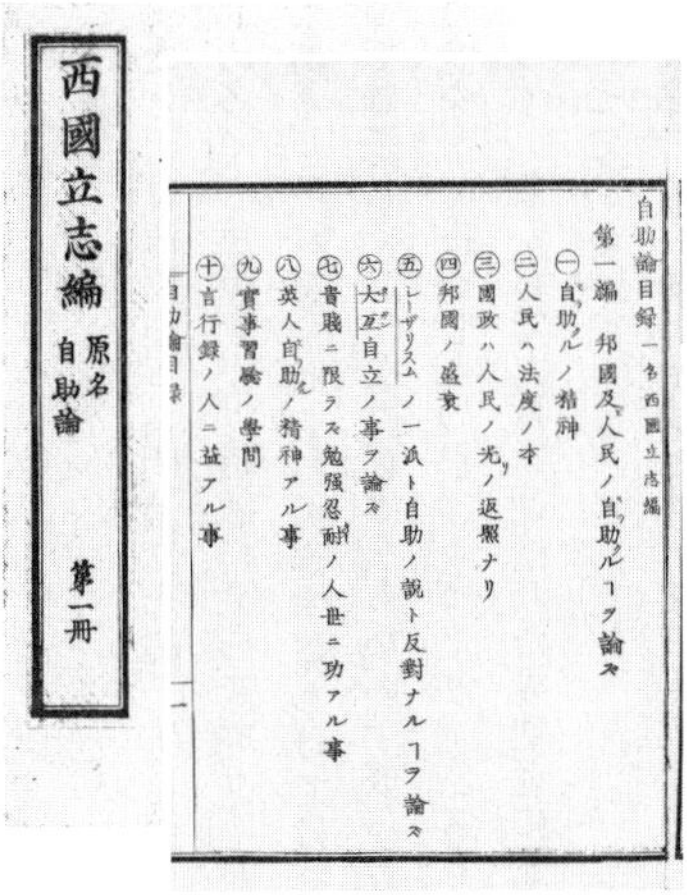

『西国立志編』表紙と目次

ところが元来、「原序」や「目録」の「自助論」、または「自助論 一名西国立志編」が、表紙および内題の「西国立志編 原名自助論」として刊行されたとき、そこには本来の主旨とは違う別方向の要素が生まれたようだ。つまり「自助」的要素と「成功」の要素との比重の逆転である。スマイルズの序文には「自助」とは利己的でないこと、人間の価値は成功失敗によって決められるものでないことがはっきりと断られているのだが、以後続々と出版された立身譚では、富と名声と地位とが人生の目標であるかのように説かれている。

たとえば津田権平『明治立志編 一名民間栄名伝』(明13―14)では、三菱の岩崎弥太郎はじめ多くの実業家が、機敏に立ちまわり、時流に乗って富を築いた過程が賞讃されるのである。それを全面的に否定するわけではないが、『西国立志編』との大きな差は、ここで確認しておかなければならない。彼らの中には、成功するために養子に行ったり、借金をして投機したのが当たったり、法スレスレの贈賄的行為によって成功した者も交じっているからである。選ばれた成功者に発明家・発見者がほとんどいないことも相違の一つである。

戯作者名を梅亭金鵞《ばいていきんが》と称した瓜生政和《うりゅうまさやす》の『滑稽立志編』(明21)は、文六、明七、開八、化十《ばけじゅう》という四人のおどけ者がそれぞれの立志の願望を述べる話で、世界一の大金持、最高の好男子、大豪力の持主、自由自在の変化《へんげ》になりたいと語る彼らの夢は、名前に文明開化の文字を一つずつ持ちながら、時代からは遠く距《へだ》たっている。江戸時代さながらに商人道徳を説く辻忠良兵衛『立身虎之巻』(明8)とか、大塚祐英『金儲《かねもうけ》独案内《ひとり》』(明14)などもあり、人間の欲望がいつの世にも変わらぬことを感じさせられてしまう。

だがそれならば、『明治立志編』で「学士《がくしゃ》にして能く事業を成し」と称《たた》えられた福沢の『学問のすゝめ』はどうだろうか。「天は人の上に人を作らず、人の下に人を作らずと云へり」に始まる平等の主張は、身分による閉塞感を打破し、能力と「学問」次第で富人・貴人への道が万人に開かれていることを示した。その限りで、この書は近代日本の方向性を大きく決定したと言えよう。だがそこには、「学問」の強調が「学歴」の重視に陥る危険も同時にひそんでいた。さらに福沢が勧めた「学問」とは、時代遅れの儒教や、和歌・漢詩文のような不急の学ではなく、物理や数学、化学などの自然科学、国家の体制造りに役立つ「日用普通の学」、つまり「実学」であった。現在の文学の中心を占める小説、当時は総称して戯作と呼ばれていた作り物語は、「婦女子童蒙《どうもう》の弄物《もてあそびもの》」にすぎず、有為な青年にとって有害だと、福沢や中村は考えていた。後に「別世界」の章で述べるが、近代文学が出発するためには、そのような時代の重圧をかわさなければならなかったのである。

日本に学校制度が施行されたのは明治五(一八七二)年、小学校は下等四年(前後期八級)、上等四年(同八級)、合計八年である。中学、女学校、大学、専門学校、各種学校も相次いで創設された。当時の小学生の意識を示している『穎才新誌《えいさいしんし》』(明10—34?)という投書雑誌を見ると、彼らが学問に志し——上京——苦学——成功——安楽というコースをみごとになぞった希望を持っていたことがよく分る。一例を示せば、青森県の十歳の少年が書いた「勉強ハ安楽ノ基礎タル所以《ゆえん》」は、次のようなものである。

凡《およ》ソ人ハ天地間ノ霊ニシテ禽獣ニ異ナリ。而《しか》ルニ勉メズ学バズシテ怠ルトキハ必ズ禽獣ニ異ナラズ。仮令《たとい》不幸ニシテ艱難ニ遇ヒ百折千挫スルモ屈セズ撓《たゆ》マズ勉励〔二〕従スベシ。(中略)久シキニ耐ヘ勉強怠ラザレバ大業ナルコトヲ得ベク唯富貴安楽ヲ得可キノミナラズ英名ヲ江湖ニ輝《かがやか》スベシ。故ニ勉強ハ安楽ノ基礎ト云非耶《いうはひか》。

(四三号。句点をつけた)

むろんこのような文章は、少年が自分で考え出したわけではなく、学校で習った例文を真似たのだろう。内容も抽象的な決まり文句が多い。だが問題はそれが模倣、抽象のレベルを越えて、あるいはむしろそれゆえに、全国の少年たちの心を捉え、彼らを上級学校へ、または都市へと駆り立てたことにある。言うまでもなく、事情は勉学だけに限ったことではないが、ここではまず学問を志す青年の代表的物語として、菊亭香水『惨風悲雨 世路《せろ》日記』(明17)と服部撫松《ぶしょう》『教育小説 稚児桜《ちござくら》』(明20)を取り上げたい。

『世路日記』は、地方の小学校教師・久松菊雄が、自分を慕う教え子・松江タケを残して大阪の上級学校に入り、艱難に堪えて勉学に励む立志小説である。一方のタケも、まざまな苦しみに打ち克って貞節を貫き、学成った菊雄と結ばれるというお定まりの筋にすぎないが、むしろその類型的な枠組みは、読者が自分の夢を託すにふさわしいものだった。主人公二人の名前も貞節や高潔な人格を表わしているわけである。「夫《そ》レ艱難ハ人世ノ砥礪《しれい》(砥石《といし》)ナリト　又人将来ノ企望ハ只忍耐ニ由テ得ラルベシト　卿《けい》(あなた)ヤ平素好ンデ自助論ヲ読ム　書中西哲(西洋の哲人)ノ金言又思フベシ」というタケの励ましには、『西国立志編』の影響が明らかであり、漢文崩しの文体も、その中で育った青少年を奮い立たせ、都会へ出て勉学する志を煽ったのである。この小説の作中年代は明治十年代初め、結末の時点は自由民権運動が本格化する十四年である。結婚した二人は、上京して「改進自由ノ説」を主張し、国事に奔走しているという。

一方の『稚児桜』も、フランクリン、ワットら数人の事蹟が引用されるから、『西国立志編』の影響下にあることは確実である。貧乏な少年・清蔵が、新聞売了として馬鹿にされながら必死に励み、彼を援ける伯爵令嬢・阿美知《おみち》とともについにはイギリスに留学、裁判官となって出世する物語である。しかしその序文「教育大意」には、「今日は貧しき生活をなすものも明日は学問と云ふ宝より財産を生み出し勉強と労力とに依りては忽《たちま》ちにして大豪富《おおがねもち》となることも容易なるべし」とあり、学問＝富貴が当然のように認定されている。

自由民権運動が盛んだった二十年代前半までは政治小説が続出したが、翻訳政治小説も含めて、その中には政治青年の立志譚がたくさんある。それらの代表としては矢野龍渓『斉武名士（せいぶめいし）経国美談』（明16―17）、東海散士『佳人之奇遇』（明18―30）、末広鉄腸『政治小説雪中梅』（明19）などが挙げられるが、政治的啓蒙の要素を除いて考えれば、これらの小説は、前二作同様、志を立てた青年たちが苦難に堪え、女性の助けも得てついに望みを達する（またはその端緒をつかむ）構造で共通している。

『経国美談』は紀元前のギリシアが舞台で、スパルタに支配されていた小国テーベの少年たちがエパミノンダスを中心に祖国の独立を誓い、成人して運動を起こすがあえなく失敗、隣国アテネに逃れてその貴族と令嬢の庇護を受け、苦心を重ねた末に、スパルタに意を通ずる奸党を倒して国権を回復する物語。外国の歴史に取材しているが、日本の民権運動を暗示する面も多い。

『佳人之奇遇』は、とりあえず関係するところだけを要約すると、会津出身の「亡国ノ民」である東海散士が、フィラデルフィアの独立閣（インディペンデンス・ホール）でアメリカの独立運動に思いを馳せていたとき、たまたま来合わせたスペイン出身の幽蘭《ゆうらん》、アイルランドの紅蓮《こうれん》という美女と「国」を失った憂いを語り合い、さらにそこでコックをしていた明《みん》の遺臣范卿《はんけい》も加え、たがいに協力して母国の抑圧的な政権を倒そうと決意するのが発端である。その後、イタリア、ハンガリーなどにもその輪は広がっていくが、世界史的な複雑な関係はここに紹介することができない。徳冨蘆花の『思出《おもいで》の記』(明33―34)や、谷崎潤一郎の『幼少時代』(昭32)などには、当時の青少年がいかにこれらの小説に心躍らせたかが描かれている。前者はそれ自体が、熊本出身の主人公・菊池慎太郎が、さまざまな遍歴を経た後、愛妻を得て、在野の思想家に成長して行く自伝的な立志物語である。

十九世紀半ば、「ヤング・イングランド」運動(イギリス貴族の精神を復活させようとする青年たちの運動)の中心人物として首相の地位に昇りつめ、その経歴をもとに小説を発表したベンジャミン・ディズレーリが、日本の政治青年の憧れの的となったのも、その政治思想よりも、関直彦訳『春鶯囀《しゅんおうてん》』(明17。原題『コニングズビイ』)などによって知られた彼の華やかさに惹かれたからであろう。彼に憧れた青年の中には、後の北村透谷や島崎藤村もいた。

貴族のディズレーリの成功はあまりにまぶしすぎたかもしれないが、国会開設百五十年後に図書館で本が発見されたというかたちを取ってはいても、末広鉄腸『雪中梅』の国野基《くにのもとい》の成功は、明治二十三年の国会の約束が近づいていただけに、政治志望の青年を大いに刺激し、自分たちにも実現可能であるかのような幻想を与えた。貧しいが高い志を持つ国野基(別名、深谷梅次郎)が努力を重ね、次第に民権家として頭角を現わし、父の遺産を受け継いだ美少女・富永春《とみながはる》の援助もあって(後に二人は父同士が約束した許嫁《いいなずけ》だったことが分り結婚)、苦難を切り抜けつつ、第一回総選挙に当選し、政治世界で活躍するまでの物語である。「雪中梅」という題名も、深い谷間で雪の試練に堪えた梅が春の到来を待って花咲くように、梅次郎がお春とともに志を遂げ、国家の礎《いしずえ》となって行くことを寓意している。このような名づけは当時の流行で、最初の政治小説とされる戸田欽堂『民権演義《じょうかいはらん》情海波瀾』(明13)も、和国屋民次《わこくやみんじ》(日本国民)と相愛の芸者・魁屋阿権《さきがけやおけん》(主権)に豪商の国府正文《こくふまさぶみ》(政府)が横恋慕し、比久津屋奴《ひくつややっこ》(日本人の卑屈根性)も民次に岡惚れして阿権との仲を割こうとするが、結局は民次と阿権が結ばれることを暗示する寓意物語である。

しかし立志青年にとって、現実は久松菊雄や国野基のように甘いものではなかった。『将来之日本』(明19)や『新日本之青年』(明20)で、これからの日本を担うのは「天保生レノ老人」ではなく「明治ノ青年」であると主張し、一躍オピニオン・リーダーとなった徳富蘇峰(蘆花の兄)は、主宰する雑誌『国民之友』で政治小説について次のように記した。

「茲《ここ》に一箇の寒貧書生あり、不図《ふと》したことにて、或る温泉場に於て、某の貴嬢と相見たり、互に相ひ憐むの情を生じたり、然れども種々の困難あり、遂に種々の困難に打ち勝《かち》たり、芽出度《めでたく》結婚したり、寒貧書生は細君の持参金に因りて財産家となれり、夫婦相ひ共に政治に奔走せり、端《はし》なく名望赫灼《かくしゃく》として民間党の工領となれり」と云ふに他ならず、是れ豈《あ》に盧生《ろせい》のみならんや、神田下宿屋の二階に籠城する書生輩と雖《いえど》も、亦《ま》た此快夢を見るならん、

（『近来流行の政治小説を評す』明20）

盧生は中国唐代の小説『枕中記』の主人公。出世を求めて都へ入る途中、茶店で粟が煮える間に生涯の栄枯盛衰を夢に見た人物である。流行の政治小説は、その故事のようにむなしい夢想にすぎないと言うのだ。事実、後に述べるように都会へ出てきた書生は都会の誘惑に負ける者も多く、着々と体制を整える官僚組織の一員となることは、大学（当時は東京帝国大学のみ）卒を除いて困難であり、在野の政治家になるには、自由民権の勢いは衰えはじめていた（自由党は明治十七年解党）。

だがその点について触れる前に、立志青年のもう一つの系統、「学歴」によらない出世物語『塩原多助一代記』（三遊亭円朝口述。速記本、明17―18）について記しておきたい。

愛馬の青との別れで有名なこの物語は、上州沼田の百姓の養子となった多助が、義母の連れ子と結婚するものの、妻が不倫に走ったため離婚して江戸へ出て、身を立てる一代記である。彼は一文なしで炭屋に奉公して、寝る間も惜しんで働き、ついに小さな計り炭屋を開いた。以後も怠らず節約と労働に励み、大商店を築くが、驕ることなく奉仕と感謝の精神を貫いた彼の生き方は、商人の鑑《かがみ》として修身の教科書にも採用された。彼は豪商の娘と再婚するが、妻もまた夫を助け、嫁入りの日に花嫁衣装で炭をかついだという。家内和合、商売繁昌を実現した彼の伝記は、まさに立志伝そのものと言ってよいだろう。

多くの商人が彼を手本として励んだことは疑いないが、それから二十数年後、徳田秋声が発表した『新世帯《あらじょたい》』(明41)では、少し様子が違う。「豪商の立志伝や何か」に刺激されて故郷の村を飛び出した新吉は、上京して新川(中央区)の酒屋に住みこみ、「十一年間苦役《こきつか》はれ」、「食物も碌に食はずに土間《どま》に立詰《たちづめ》」で働いた甲斐あって、小石川表町(文京区)に酒の小売店を開くことができた。

ここまでは多助とよく似ているのだが、彼にとって結婚は失敗だった。結婚が嬉しくなかったわけではないが、彼が妻に求めたものは商人のお内儀《かみ》さんとしての気働きと労働力だったのに対して、官吏のお屋敷に奉公していた妻のお作には、小売商の生活や、売上げや金儲けに焦る新吉の気持がうまく伝わらなかったからである。といっても、彼は暴君ではなく、自分の態度を反省しなかったのでもない。ただ彼には「独立心と云ふやうな、個人主義と云ふやうな、妙な偏つた一種の考」がしみついていて、その生き方を妻にも押しつけて怪しまないのである。それは、長年誰一人知り合いのない大都会で「勤倹力行」をモットーとしてきた結果であり、それを美徳として奨励してきた時代が描いた陰画でもあった。二人の仲は、愛想がよく気が利くお国(友人の妻)が同居することによってこじれ、お国が去った後も修復できていないが、店だけは順調に三周年を迎えるのである。この系列の中には、やがて漱石『心』(『こゝろ』大3)のKや「先生」が登場するのだが、少し話が先走りすぎたようだ。

女は出世の妨げか

政治小説の女性たちは、陰に陽に愛する男性の志を助け、結婚してからは立派な家庭を築くのが通例だった。これに対して坪内逍遥『一読三歎当世書生気質《かたぎ》』(明18―19)では、幼馴染みの女性と再会し、恋に落ちたために無期停学の処分を受ける小町田粲爾《さんじ》という学生が中心人物の一人である。この小説は二葉亭四迷『浮雲』(明20―22)と並んで近代小説の出発点とされているが、森鷗外『舞姫』(明23)なども含めて、そこに立身出世のつまずきの石として、女性との出会いが描かれていることは興味深い。

もっとも、『当世書生気質』では、出世の原動力たる学問自体はまだ疑われていないが、後の二者では、親に励まされるままに努力した学問の成果さえが疑問視され、近代日本の方向に批判が加えられるのである。

まず『当世書生気質』では、流行の人力車夫と並んで、東京に溢れる学生の多くが、志を立てて故郷を出るとき、「学もし成らずば死すとも」帰らじと高言しながら、酒色に身を持ち崩して失敗することが指摘されている。事実、ここに登場する書生たちは、学業そっちのけで、女遊び(遊廓通い)、大酒・大食、高歌放吟、喧嘩等々にエネルギーを発散し、青春を謳歌している。その資金作りには、仕送りを使いこんだあげく、質屋通いや国元の親をだまして送金させるのが常套手段である。

物語の中心的な筋は——品行方正で学術も優等な小町田は、飛鳥山の花見で今は芸者となった田の次《たじ》と再会し、愛し合うようになった(彼女は以前、上野彰義隊の戦いで避難するとき母親にはぐれ、小町田の家で兄妹同様に育ったことがあった)。田の次に野心がある舎監は、学生にあるまじき不品行と彼を譴責し、小町田は無期停学処分を受けて学業と恋の間で悩む。失職した父に代わって家を興さなければならない彼は、「成功」

の前にはやむをえない「犠牲」として彼女と別れようと考える。

一方小町田の友人・守山は、上野の山下で行方不明になった妹を探しているが、新聞広告を見て現われた女は、上野の戦いのどさくさ紛れに証拠品を手にした偽者だった。最終的には田の次こそ守山の妹であることが判明し、小町田もそれまでの品行を考慮されて停学を解かれるが、二人の将来は未定である――ということになるが、実際にこの小説の面白さは、このような芝居がかった展開よりも、むしろ他の書生たちが自由放埒にふるまう「奇行」にあり、それが彼らのタテマエと本音を鮮やかに写し出すのである。

もっとも、蛮勇をふるい、遊興にふけった連中も、卒業が近づくにつれて素行が改まり、それぞれの進路に巣立って行く。しかし社会に出て代言人(弁護士)となった守山が、「社会は決して我友ぢやアない。ほとんど讐敵《しゅうてき》ともいふべき程、我々には薄情なもんだ」と述懐するように、学校を卒業しさえすれば成功が約束されるという考えの甘さを自覚した人物もいる。彼によれば、小町田の恋愛に対しても、学生の時は芸者だろうと何だろうと恋を貫けばよいと励ましたが、今となって見れば、この事件は今後の小町田にとって「処生の障害」になるから避けるべきだった、というのである。「学問」だけではって、立身出世の十分条件ではない時代が始まりつつあった。以後、作中の立志青年にとって、多くの場合、女性または恋愛は、その志を挫けさせる方向で現われることになる。

二葉亭の『浮雲』では、従妹であるお勢《せい》への恋が内海《うつみ》文三《ぶんぞう》を惑わせる。彼は静岡の下級士族の子で、父の死後、向学の志に燃えて上京、お勢の家(園田家)に下宿して必死に勉学に励む。優等で卒業したものの一年間は就職できず、叔母のお政に嫌味を言われるが、やっと下級官吏の職を得て、次第に昇給もしたので、国元で自分の出世だけを願っている母を呼び寄せ、恋人(だと思っている)お勢と結婚して一家を構えようと思った。ところがその矢先に、官制改革のあおりで免職されてしまったのである。

彼は教育で得た「条理」に従って生きようとする生真面目な青年だが、それが役所では通用しないことを思い知らされる。事務能力でも勤務態度でも他にひけを取らない彼はリストラされ、同僚で、弁舌巧みに上役に取りいる本田昇は、逆に昇給したからである。しかも「教育」ある女性(女学生)として、自分と同じ価値観を持ち、自分を愛していると信じていたお勢までが、免職を機に彼から離れ、本田に傾いて行く。彼はその現実をみつめようとはするが、お勢が思っていたような女性ではなく、世間の流行を追うだけの軽薄な女性であると悟っても、彼女への恋情は絶ちきれず、せめて本田に弄ばれる彼女を救ってやりたいと思うが、その方法がみつからない。

彼が二階の一間に閉じこもって悶々とし、あらぬ妄想に耽った末、もう一度お勢と話し合って見ようと思うところで物語は中絶しているが、この過程から浮かび上がってくるのは、皮相な文明社会の実体であると同時に、近代日本を推進するはずだった「学問」そのものも出世の絶対的効力を持ち得ず、本の中の知識が実際の人間関係では十分に通用しない世間の実態であり、理性や論理では律しきれない恋という感情の力である。文三自身、「感情といふ者は実に妙なものだナ　人を愚にしたり、人を泣かせたり笑はせたり、人をあへだり（混ぜるの意）揉《もん》だりして玩弄する」と自覚しており、また官吏の文三と娘の仲を黙認していたお政は、学問のある文三を弁護しようとした娘に対して、「学問々々とお言ひだけれども立身出世すればこそ学問だ。居所立所《いどたちど》に迷惑《まごつ》くやうぢやア些《ちつ》とばかし書物《ほん》が読めたツてねつから難有味《ありがたみ》がない」と言い放つ。そこには当てがはずれたお政の焦立ちばかりでなく、それを当然と考える俗世間の「論事矩《ロジック》」があった。

「学問」は本当に立身出世のためにあるのだろうか。二葉亭は追いつめられた文三の問題を自分自身のものとして、未解決のまま小説を中絶し、文壇を離れて「真理」とか「人生」問題の研究に没頭する。日露戦争の直前には『朝日新聞』に入社して、まもなく『其面影《そのおもかげ》』（明39）、『平凡』（明40）の二作を連載するが、それはどちらも地方出身の青年が挫折していく物語である。

立身出世に重点を置いて考えれば、前者は、生家が没落して、学業を続けるために婿養子になった学校秀才が、「投資」を回収しようとする養母や妻の要求に応じて「知識の切売り」(各校で講師をして歩く)をしているうちに、学問自体も無味乾燥な「古本の精」のようなものになり、家庭的な不愉快さから出戻りの義妹との「愛」に救いを求めて破滅する話、後者は、友人たちの上京熱に浮かされて東京の学校に入った青年が、いつのまにか「空想を性命とする」文学にかぶれて「堕落」し、小ヒット作に驕って「文士」として「女性研究」に没頭するが、その最中に父危篤の電報に接して「実感」を取り戻すまでの回想である。『浮雲』以来の二葉亭の精神的遍歴も部分的に挿入され、風刺的な文体の中に、未消化の観念に踊らされ続けてきた近代文学者としての苦い反省がこめられている。

森鷗外が足かけ五年のドイツ留学から帰国したのは、『浮雲』が発表されつつあった明治二十一(一八八八)年だった。彼は本業の軍医の分野で活発な活動を開始するとともに、雑誌『しがらみ草紙』を創刊(明22)して、ヨーロッパの文学思想の啓蒙につとめ、ドイツでの体験をもとに、『舞姫』『うたかたの記』(ともに明23)、『文《ふみ》づかひ』(明24)など、いわゆるドイツ三部作を発表した。

『舞姫』は――ドイツに留学したエリート官僚・太田豊太郎が、踊り子・エリスの苦難を助けたのが縁で、彼女と交際するが、同僚の中傷によって免官になる。彼は帰国せずにエリスと同棲し、協力して、「憂きがなかにも楽しき月日を送」り、次第に学校の勉強では生まれない「一種の見識」を身につけるようになった。しかし旧友・相沢の推薦で天方《あまがた》伯爵の通訳を務めたことが評価され、妊娠したエリスとの仲を告げぬまま伯爵の求めに応じて帰国を承諾してしまう。帰り道に自分の「罪」を悔いた彼は高熱で人事不省となり、エリスに看病されるが、その間に相沢から豊太郎のことを聞いたエリスはそのまま発狂、本復した豊太郎は「生ける屍《しかばね》を抱きて」なすすべもなく、エリスの母に多少の金を残して帰国の途に就く――という物語である。

　早く父を失くした豊太郎は、母と郷里の人々の期待に応え、東大法学部を首席で卒業し、某省(おそらく法務省)に入った秀才である。普通の意味でなら立派な成功をおさめた彼が、さらなる出世コースから墜落したのは、皮肉にも名誉ある留学を通じて、これまで「耐忍勉強の力」を発揮して「活きたる辞書」「活きたる条令」となった自分への反省が湧いてきたことが遠因である。彼は他人の命ずるままに動く「器械」であることを止め、「独立した思想」を持とうとしたために、役所の長官や、ドイツの日本人社会から嫌われたのである。いわば「克己」の精神で自然な性情を抑圧し、「たゞ一条《ひとすじ》」に出世街道を走ってきた男が、突然「自由の風」に吹かれ、思ったとおりの言動を始めて失敗したことになる(彼はそれを「まことの我」と表現している)。

　しかし彼がエリスに惹かれていく記述はつねに「受動的」である。出会いのときは彼女の「青く清らにて物問ひたげに愁《うれい》を含める目」が、なぜか「一顧したるのみにて、用心深き我心の底まで」貫いたのだし、借金の申し込みは「その見上げたる目には、人に否とはいはせぬ媚態あり。この目の働きは知りてするにや、又自らは知らぬにや」と記される。「遂に離れ難き中」となった状況は、彼の悲運を哀しむ「その美しき、いぢらしき姿は、余が悲痛の刺激によりて常ならずなりたる脳髄を射て、恍惚の間にこゝに及びしを奈何《いか》にせむ」ということになる。エリスだけではなく、相沢の言葉にも逆らえず、天方伯爵の言葉にも、思わず「承はり侍り」と答えてしまう彼なのである。

「君が学問こそわが測り知る所ならね、語学のみにて世の用には足りなむ」という天方の考えは、帰国する彼が、西洋文化の通訳、翻訳者として重宝されることを暗示するが、それが当時の為政者が「知識人」に求めた重要な部分だった。作中の年代では彼が帰国するのは明治二十二年、憲法発布の直後と推定される。鹿鳴館時代の欧化政策は変化しつつあったが、不平等条約改正をめぐって、「語学」と「法律」に通じた豊太郎のような人間は大いに重視されたはずである。

このような豊太郎の帰国に対して、正面から反対したのは新進の評論家・石橋忍月《にんげつ》である。彼は批評『舞姫』(明23)で、太田のように小心で恩愛の情に満ち、「愛」の大切さを知る人間がエリスを棄てて帰るのは理屈に合わず、彼は「功名を捨てゝ恋愛を取るべき」だったと論じた。これに対して鷗外が、太田は境遇に流される「弱性の人」であるとか、エリスとの仲は「真の愛」ではないとか反論して「舞姫論争」となるのだが、さしあたっての問題は、忍月が政治小説とは違い、「功名」と「恋愛」とを対立的に捉えたことにある。

忍月の主張はしばしば豊太郎を道徳的に断罪したものとされてきたが、彼の主論文『想実論』(明23)を参照して考えれば、彼は鷗外が「詩境と人境」の区別を説きながら自分はその別を忘れ、「功名」という俗世間の栄達を豊太郎に選ばせたことに不満を抱いたのである。つまり、愛情の美しさを知る豊太郎は、たとえ「欧州大都の人の海に葬られ」ようとも、エリスとの愛に殉ずるべきだというわけである。論争中の鷗外は、もしエリスと豊太郎が正気で話し合う機会があったなら、彼は帰国を断念したかもしれない、もしと言ったり、真に愛すべき人に会ったら彼は愛することができる人間だ、と言ったり、かなり揺れているのだが、忍月の「詩境」、つまり「文学」の世界も、あまりにロマンチックな割りきり方で、豊太郎の境遇に対する理解に深みが欠けていると言えよう。

これ以上論争の細部には立ち入らないが、大切なのはこの論争あたりから、「恋愛」が現実世界と対立するという考え方が出現しはじめたことである。これまで述べてきた男性の志を援助する女性、阻害する女性という両傾向とも重なる点が大きいが、「恋愛」

という観念が青年男女間に普及した明治二十年代初頭には、男女交際の是非をめぐって賛否両論が展開されていた。当時の小説に描かれた男女関係も、その大波の中で揺れていたのである。

「恋愛」という観念

ここで恋愛と呼ぶのは、主として西洋文学、あるいはキリスト教徒を通じて媒介された男女の交情のことである(同性愛は当時は異端として考慮されていない)。たとえば丹羽純一郎訳『花柳春話《かりゅうしゅんわ》』(リットン原作、明11)の題言で、成島柳北は世界はすべて「情界」であると規定し、次のように述べた。

固陋《ころう》学士〔こちこちの道学先生〕或ハ云フ。泰西諸国ハ。人々実益ヲ謀リ。実利ヲ説キ。敢テ風流情痴ノ事ヲ問ハズト。是レ極メテ妄誕。余嘗《かつ》テ航遊一年。親シク看破シ来ルニ。彼我《ひが》ノ情相契ス。毫モ差異無キナリ。

後に『航西日乗』(明14―17)に記すように、柳北は明治五年から六年にかけて欧米を歴遊し、特にフランス、イギリス、イタリアの風俗・文物に通じていた。その彼が、恋い慕う男女の気持は西洋も日本も同じであると保証したわけである。

物語は富豪の子のアーネスト・マルトラヴァースがドイツ留学から故国イギリスに着き、故郷へ帰る直前に宿屋に泊り、そこの亭主である悪漢に襲われ、その娘アリスの機転で危うい命を助けられることから始まる。彼は父に虐待されているアリスを救い出し、音楽や文学などの教育を身につけさせ愛し合うようになるが、故郷の父の死を知って帰郷している間に、彼女は兇悪な父親に取り戻されていた。失意の彼はイタリアへ遊んでフランス貴族の夫人に恋をするが夫人に諫められ、故郷で思索と著述に従事し、ヨーロッパ中に名声を得る。その彼に匿名の手紙をよこし、国民のために政界へ進出すべきだと励ます女性がいる。大貴族の令嬢フローレンスである。たがいの思想と愛情を確認した二人はやがて婚約するが、マルトラヴァースの友人の奸計で、彼を信じられなくなった彼女は絶望し、病いに倒れて亡くなってしまう。

一方のアリスはマルトラヴァースの子を産み、隙を見て逃げ出すが、行く当てもなく、自殺も考えたときに親切な婦人に助けられて音楽を教えて暮らし、地方の老有力者の庇護を受け形式的に結婚する。マルトラヴァースもアリスも、心の底ではお互いを思い続けてはいるのだが、二人はすれ違うことはあっても対面する機会に恵まれず、さまざまな変転、苦難を経て、十数年後にやっと運命の糸がめぐるようにパリで再会する。未亡人となっていたアリスとマルトラヴァースは相擁《あいよう》してただちに結婚し、イギリスへ帰る。

彼らの変転は一口に要約できないほど複雑な関係に彩られているのだが、アリスが「妾《しょう》、君ガ為メニ貞操ヲ全フシテ今日ノ再会ヲ待テリ」と言い、マルトラヴァースが「天帝卿《けい》ノ貞操ヲ憐ミ余ヲシテ敢テ他女ヲ娶《めと》ラシメズ」と言うように、すべてはアリスの貞節を神が嘉《よみ》した結果だということになる。少々都合がよすぎる結末だが、才子の多情、美女の貞節という物語は、江戸時代・明治初期の草双紙を通じてお馴染みの筋書きであり、柳北が「情界」彼我同じと記したのも当然であった。漢文崩しの文体で、ヨーロッパの文明社会の風俗を紹介する恋物語は、将来の名士をめざす書生たちに圧倒的な歓迎を受けた。ここでは「恋愛」の表記は使われず、「愛恋」「眷恋して《ほれて》」「春情」「痴情」の語が用いられていることも、読者には親しみやすかっただろう。

この作品を代表として今は埋没してしまった作品を含む、おびただしい翻訳恋愛小説が刊行された。ただしこれらの小説では、「愛スル」「恋慕」「愛慕」「恋々」(高須治助訳・プーシキン原作『花心蝶思録』明16。のちに『大尉の娘』の原題で一般には知られる)、「愛《ラーブ》」(木下新三郎訳・シェイクスピア原作『仇結奇の赤縄(あだむすびふしぎのいろなわ)西洋娘節用』明19。原題『ロメオとジュリエット』)などはあるが、今のところ「恋愛」は見いだせない。『西国立志編』第二編十二には、「織襪機《しょくべつき》」(靴下を織る機械)の発明者・リーが「嘗テ村中ノ少女ヲ見テ・深ク恋愛シ・」という早い表記例があるが、少女は手編み作業に熱中して彼をおろそかに扱ったので、彼は「忽チ憎怨ノ心ヲ生シ・イデヤ新機器ヲ造リ・彼レノ手工《てわざ》ヲシテ利ヲ失ハシメン」と発奮したのだから、その恋情は後の「恋愛」とはかなりずれているようである。『西国立志編』では青年が早くに女性と交わることや、小説を読んで妄想にかぶれることの弊害を強調しており、恋が立志と関わることはきわめて少ない。その意味では、先述の政治小説に表われた立志青年を助ける女性の愛は、『花柳春話』に影響されたところが大だったであろう。『世路日記』のタケの貞操や形式的婚約、『雪中梅』のお春の匿名の激励などは、明らかに『花柳春話』を受け継いだものである。

　もっとも『花柳春話』の二人は、同棲中に「野合」して子を成している(マルトラヴァースは知らないが)のだから、彼の唱える「公道」(正道に則った関係)とは矛盾しているが、『当世書生気質』ならば「中《ちゅう》の恋」とも言うべきマルトラヴァースの恋情は、むしろそれゆえに当時の書生たちに共感されたのである。

　通説に従って「恋愛」の語が明治二十年代初頭から流通しはじめたとすれば、それは「愛恋」と同じものだったのだろうか。「恋愛」の代表者の感のある北村透谷の用語を例に、その推移を確認しておきたい。その書簡の中で、彼はまもなく結婚する石坂ミナに対して「ラブ」の語を用いていた。

吾等のラブは情欲以外に立てり、心を愛し、望みを愛す、吾等は彼等情欲ラブより最《も》ソツト強きラブの力をもてり、吾等は今尚ワンボデイたらざるも、常にもはや一所にあるが如き思ひあり、吾等は世に恐るべき敵なきラブの堅城を築きたり、道義の真理にも背かず、世間の俗風をも凌ぎ居る者なり、（明20・9・4）

ここには『厭世詩家と女性』(明25)で述べる「恋愛」とほぼ同内容の原型がある。つまり精神、志操によって結ばれ「情欲」を切り離した愛である。だがそれを彼はまだ「ラブ」という外国語でしか表記することができなかった。日本語で表記するとすれば、それは「恋情」(ミナの妹・登志子宛書簡草稿)とか、「真誠の愛情」とか「愛恋」(『当世文学の潮模様《うしお》』明23)などの従来の表記になってしまうからである。彼は「宇宙の大観は愛恋より大なる者なし」としながら「小説家の本領悉《ことごと》く爰《ここ》に止まるを知らず」とし、「宇宙を蓋《おお》ふの大観念」を求めているし、「真誠の愛情は優美なり」としつつも、「世の所謂《いわゆる》真愛なる者」は「生活的ノ志想ヲ離ル、ヲ得ル事稀ナリ」と今一つ納得できないものを感じている。「ラブ」の語は『当世書生気質』等にもよく用いられるが、その内実は恋情、惚れると置き換えても大差はない。『新磨《しんみがき》妹《いも》と背かゞみ』(明19)にも明らかなように逍遥の意図は若年の恋が「架空癖」に傾き、『花柳春話』的な西洋の恋物語(山世譚)を読み誤まって「妄想」から挫折に陥ることを戒める点にあったとおぼしい。

『女学雑誌』を主宰していたキリスト者の巌本善治《よしはる》は、男女の相互理解による美しい「ホーム」を理想として、しばしば強制によらぬ精神的結合を説いていた(『男女交際論』明21、『理想の佳人』明21、『婚姻論』明24など)。特に『男女交際論』は後掲福沢の説を受けて「肉交」と「情交」を峻別し、「情交」つまり精神的な交遊の欠如がわが国の弊害であり、「情交」を盛んにすることによって、生物としての「人」は「第一の造化」を経た「人間」になると主張する。しかし男は男らしく女は女らしく、それぞれの「性」を自覚し、男女補いあって「ホーム」を建設し、社会に貢献するという点では、この主張が透谷の「ラブ」と共通するところがあっても、異質な面を持つことは言うまでもない。

男女交際の先覚的な文献として知られる福沢諭吉『男女交際論』(明19)、宮崎湖処子《こしょし》『日本情交之変遷』(明20)や、河田鏻也《りんや》『日本女子進化論』(明22)なども「圧制結婚」「干渉結婚」を否定し、両性の相互理解、「相愛相敬」の「自由結婚」をめざしている点ではほぼ同じレベルにあった。『浮雲』の文三が信じていたのも「相愛相敬」の温かい家庭説である。

「恋愛」の語はこのような状況の中で出現したが、その早い例は忍月の評論『奇男児』(明23)に見いだされる。大石内蔵助《くらのすけ》を腰抜けと罵った村上喜剣が、後に大石の墓前で切腹して謝罪した事件にもとづく、幸田露伴の小説を批評したものである。忍月によれば、「佳人才子的の恋情小説」が流行する中で、この小説には「愛」がないと評する者もいるが、それは大きな間違いで、「愛」にも正義の愛、忠義の愛などさまざまであり、「所謂男女の恋愛《ラブ》」だけが「愛」ではないと言うのである。彼は続いて『舞姫』で「恋愛と功名と両立せざる場合」を論じて行くのだが、これを受けるかのように、透谷も湖処子もいっせいに「恋愛」を使い出すようになる。

湖処子の『帰省』(明23)は福岡県三奈木(作中、咸来《みなぎ》)から上京し、「歩み難き行路の難に陥」っている書生が、帰省して故郷の人情や自然に抱かれつつ、引きとめる村人を振り切ってふたたび「首府に於て都人たる基礎」を築くために旅立つ自伝的小説だが、故郷には「恋人」があり、「恋愛の希望」があると記されている。恋人が立志青年を故郷で待つ構図はここでも繰りかえされるが、彼はまだ志を果たしていない。帰郷小説の原型とも呼ぶべきこの作品で、彼の結婚観は「天賜」の相手にあり、「天賜の最も美なるものは、才と色とにあらず。唯愛即ち是なり」と考えるのだから、それが「肉交」によるものでないことは明らかである。

これに対して透谷の『時勢に感あり』(明23)は、「区々恋愛の説明、吾人是れに懶《う》める事久し」と、むしろ「恋愛」論の流行に否定的であるかに見える。ここで彼が望むのは「悪組織の社会」を粉砕することにあり、「文学家」たるもの「卑劣なる恋情を解釈」する「歓楽者」に自足することなく、「暗らきに棲み、暗らきに迷ふて」いる人々に「一滴温たかき涙」を注げ、と叫ぶのである。おそらくこの「恋愛」は忍月の『奇男児』の例と対応して、当時の「人情小説」流行に反発しているだけである。彼はまだ自分が信じる「ラブ」を「恋愛」と呼ぶだけの決断を持っていない。

その彼が『厭世詩家と女性』で、「恋愛は人世の秘《ひ》鑰《やく》(人の世を知る秘密の鍵)なり、恋愛ありて後《のち》人世あり」と規定するまでには、徳富蘇峰『非恋愛』(明24)と巌本の反論『非恋愛を非とす』(明24)、さらに後述する露伴の『風流悟』(明24。「風流」は恋の意)の刺激を待つ必要があった。蘇峰の論は箱根で行われたキリスト教夏期学校での講演。「人は二人の主に事《つか》ふる能はず。恋愛の情を遂げんと欲せば功名の志を擲《なげう》たざる可らず、功名の志を達せんと欲せば、恋愛の情を擲たざる可らず」に始まるこの文章は、「青年男女の恋愛に就て論を立つ」の副題が示すとおり、まだ修業中の未熟な青年男女が、「恋愛の奴隷となり、志気を消磨するなからんことを痛言」したものである。彼らが「男女交際なる立派なる名義の下に」異性を追い、学業そっちのけで日曜の教会で出会うことを楽しみにしている現状は、本人にも国家にも大損失である。それを「坐視」するミッション・スクールも、流行の恋愛小説も同罪であり、青年男女は「克己力」をふるって「恋愛」の誘惑を絶ち、「当然の職分」を尽くすべきだというのである。

これに反論して巌本は、「人の主とすべきはたゞ大道なるのみ」とし、「大道」に適《かな》えば功名も恋愛も矛盾しないと述べたが、「大道」とはキリスト教の教義らしいことが推測されるだけで、その他は「男女交際論の大先達」（蘇峰には『社交上に於る婦人の勢力』明21がある）の蘇峰が、なぜ矛盾したことを言うのかと難詰するばかりである。一貫性という点では巌本に分があるものの、「恋愛」に名を借りた「堕落」が目に余る状態だったことは後述するとおりで、そこに蘇峰の「痛論」が発せられる理由もあった。すくなくとも巌本は、「恋愛は神聖なるもの也」と規定するだけではなく、その「神聖」であるゆえんを説明するべきであった。

透谷の『厭世詩家と女性』は、そのような「恋愛」の状況を受けて発表された。彼は蘇峰や巌本や、当代のオピニオン・リーダーたちが、いずれも国家や社会、あるいは家庭の調和を基盤として「恋愛」を説くことに違和を感じ、自分自身の経験に即して「恋愛」を語ったのである。この評論は近代を代表する「恋愛」の聖典と思われている面がないでもないが、後の厨川《くりやがわ》白村『近代の恋愛観』（大9）のように、「恋愛至上主義」「純なる恋は至上至高の美であり善である」ことを主張し、手放しで恋愛結婚を正当化したわけではない。それが表題のとおり「厭世詩家」、つまり現世の社会制度に批判的な文学者を通じた「恋愛」であることには注意を要する。冒頭、ゲーテやバイロンら西洋の詩人を例に挙げ、「尤《もっと》も多く人世の秘奥を究むるといふ詩人なる怪物の尤も多く恋愛に罪業を作る」と説かれているように、もともとこの「恋愛」は両刃の剣《つるぎ》なのである。

彼によれば、人間は生来理性を有し、希望を抱いて「想世界」に生長するが、やがて「実世界」の桎梏と戦わざるを得ず、その強大な勢力に敗れざるを得ない。その苦痛のさなかに彼を救ってくれるものが「恋愛」であるという。それは「似非《えせ》小説家」が自分の卑小な考えで作り上げた春情や「単純なる思慕」ではなく、「想世界と実世界との争戦より想世界の敗将をして立籠らしむる牙城」である。その「牙城」に依拠することによって、「理性ある人間」は「悩死」を免れ、ふたたび「実世界」に乗りこんで戦う希望を起こすことができる。ストレートに「理性」を働かせる青少年時代には、世間の醜悪さや不合理を憎み、「誠信」なき世の中に「厭世思想」を抱きがちだが、その中でただ一つ「仮偽ならず」と見え、「誠実忠信」、死もそれを奪うことができないと思うものは「恋愛」だからである。厭世的な詩人ほど、それを「実物よりも重大」に見ることが多い。厭世家は世俗的な名誉、利益、権力、富と「氷炭相容れざるの中」ではあるが、恋愛の「奇異なる魔力」には勝てず、女性がたった一人の「身方」「慰労者」「半身」であるという「根もなき希望」を夢見るわけである。

ところが「恋愛」は当然、他者の存在を自覚させ「社界」組織の一分子である自己を認識させる。その結果、厭世詩人は「俗化」し、「想世界の不羈《ふき》を失ふて実世界の束縛」を受けてしまう。それは一面では「実世界」の義務や徳義を教え、「人を真面目ならしむる所以」なのだけれども、厭世詩人にとっては堪えがたい苦痛である。だから結婚によって「社界」の束縛を受け、家庭では妻子の「忌はしき愛縛」に悩む彼は、妻が生活上の愚痴をこぼし、「醜穢《しゅうわい》なる俗界の通弁」に変ずると、また新たな「恋愛」の夢を求めて去って行くことになる。

錯綜した透谷の論理を辿るとおおよそ以上のようになるが、ここではあくまでも厭世詩人の希望と挫折が中心になっているので、かならずしも一般的な論ではない。この翌年に透谷が妻のミナに宛てた書簡(返信)には、「われは貧して初めて妻の怨言不足を聞く」「多涙多恨なる貧詩人の世に容《い》れられず、世に容れられざるの産物を出さんとし、終生刻苦して世と戦はんと欲するものゝ妻として、内に不足怨言を擅《ほしいまま》にするものを聞かず」の語があり、『厭世詩家と女性』後半の転回も、彼の実生活上の嘆きにもとづくことが理解されよう。

透谷の「恋愛」観は、以後『粋《すい》を論じて『伽羅枕《きゃらまくら》』(尾崎紅葉作)に及ぶ』(勝本清一郎編『透谷全集』によれば明25ごろ執筆)や、未定稿『歌念仏を読みて』(明25)などに展開されるが、これらでは対象が江戸時代の遊女の物語だったり、近松門左衛門の浄瑠璃だったりするためか、江戸時代と彼が理想とする「恋愛」の対比的性格が強い。要するに前者では、義気に富み、あらゆる客に平等に情を注ぐ遊女・佐太夫の「粋」は、理性的であって、情に迷う「恋愛」とは言えないとし、後者、お夏の清十郎への恋は、最初は「肉情」に起こったとしても、終には「極て神聖なる恋愛《ラブ》に迄」進んだとしている。ただし彼が惜しむのは、それが「禽獣的慾情」から始まったことで、他の文学作品を見ても「肉情より愛情に入り恋愛に移る」著作の多い理由は、やはり「万有教国」(多神教国)のせいであろうかと疑念を呈し、「凡ての愛情の初め」に位置し「生命あり希望あり永遠あるの恋愛」の前途に不安を感じているのが実状である。彼の考えでは、「恋愛」は奇蹟的に天上より地上に降りた天使のようなものであり、本来は形而上的世界に属するから、「高尚なる意」に心寄せる者にとっては、その「弱性と不満足」を癒してくれる天の賜なのである。

これ以後「恋愛」の語は一般的に通用することになるが、その代表とされる透谷の「恋愛」が、当時においても、現在においてはさらに、かなり独特の部分を突出させていることが明らかだろう。彼の戦いは山路愛山との論争『人生に相渉《あいわた》るとは何の謂《いい》ぞ』(明26)に示されたように、「実世界」内での戦いではなく、「想世界」に属する「美」や「理念《イデー》」によって「実世界」の苦しみ全体と戦う、無形の戦いだったからである。忍月や蘇峰のように、「恋愛か功名か」を問うこと自体がすでに無意味であり、巌本のように美しい「ホーム」を謳《うた》い、「表面」的に「女子を喜ばすの説」でもなかったことは、先のミナ宛書簡に明らかだろう。『厭世詩家と女性』に感激して透谷を訪問する島崎藤村や、「胸に大砲を打ち込まれた」と回想する木下尚江ら、ごく少数の青年を除いて、彼の「恋愛」が立身出世を望む大多数に理解されなかったのは当然である。現在ではそのあまりに形而上的理念が、性的関係を無視したものとして批判されているし、フェミニズムの観点からも、強引に女性を自己に従わせるものとして批判が強い。

しかし「名誉と功業」の念に固まった政治青年だった透谷が「恋愛」を発見して、「想世界」の意義を確立し、文明社会の俗悪性を撃とうとした先見性と改革への情熱は、高く評価されていい。彼自身が「恋愛」が持つ「想世界」と「実世界」の二面性に苦しみ、小説『我牢獄』(明25)で、その束縛と束縛からの脱出願望を描かざるを得なかったのは、そこにあくまでも自由を求める精神と、安定した生活を望む肉体との相剋、人間の実存性が現われているからである。

彼がそこで対照させた露伴の『風流悟』は、同じく恋の「牢獄」性を言いながら透谷とは違い、実存の苦しみはない。露伴にとっては恋の対象への執着、相手から愛し返されないことが牢獄なのであり、したがって、たとえ恋の成就がなくとも、恋とはただ恋するのみという悟りさえ得られれば、「牢獄」の苦しみからは解放されることになる。ひたすら恋することに変わりはないが、それは「温き檻倉《あたたかおり》」であり、「牢獄は即ち楽園なり」という結論が導き出される。厭世詩家たる透谷が、それに反発したのも当然である。「雷音洞主《らいおんどうしゅ》(露伴)の風流は愛恋を以て牢獄を造り、己れ是に入りて然る後に是を出でたり、然れども我が不風流は、牢獄の中《うち》に捕繋《ほけい》せられて、然る後に恋愛の為に苦しむ」という比較は、現実の世界に閉じこめられて「恋愛」に苦しむ透谷と、恋の牢獄性を心の持ちようによって解消する露伴との違いを端的に説明するものである。

このような「恋愛」の観念に、もっとも重要な問題を提起したのは、伊藤整『近代日本における「愛」の虚偽』(昭33)だろう。彼によれば、孔子の「己の欲せざる所を人に施すことなかれ」という、消極的で、かつ現実的な他者との関係に調和を感じる日本の社会と、「人にかくせられんと思うことを人に為せ」を信条とする西洋の社会は、似ているようで微妙にズレている。「神」という絶対者を前提とする後者の理想が男女関係の「愛」として持ちこまれるとき、私たちは相手を「自分と同じように」愛することができるだろうか、というのが彼の基本的な疑問である。「恋」や「惚れる」はあっても、「性というもっとも主我的なものをも他者への愛というものに純化させようとする心的努力の習慣」がなければ、それは「空転」や「虚偽」を生むのではないか、と彼は疑う。

“Pity's akin to love”を「可哀想だた惚れたって事よ」と訳したのは、明治時代の佐々木与次郎（漱石『三四郎』明41）だが、「恋愛」が氾濫する現在でも、私たちは「惚れる」や同情を「恋愛」だと錯覚しているのかもしれない。

恋愛論・恋愛観はこれ以後も無数に発表されるが、必要ある作品には随所で触れることにして、代表的な諸論については、中村真一郎編『恋愛について』（岩波文庫）、小谷野敦編『恋愛論アンソロジー』（中公文庫）、『朝日新聞の記事に見る恋愛と結婚』（朝日文庫）などを参照していただきたい。

都会を漂流する立志青年

明治二十三（一八九〇）年には教育勅語が発布され、それまでの高等中学は高等学校となり、私立学校、女学校も含めて東京に遊学する青年男女はますます増加した。その手引として『東京遊学案内』（明23から各年版）のようなマニュアル本も刊行された。もちろんその一部にすぎなかっただろうが、中には新聞の社会面を賑わせる男女もあり、小説は好んでそのスキャンダラスな行動を題材とした。世相の軽い風刺を得意とした饗庭《あえば》篁《こう》村《そん》の作品集『むら竹』(明22―23)にはその種の人物がよく登場するが、たとえば『下宿屋』は、下宿の二階でゴロゴロしている学生が、学問をしすぎて目を悪くし、治療のため上京したという触れこみの「若き女」に金をだまし取られる話、『煩悩の月』は、堅物の学生が悪友に唆《そその》かされて危うく「恋愛といふ優しき貌《かお》の悪魔」の餌食にされそうになる話である。

当時の小説の中で、もっともどぎつく上京青年の堕落を描いた、斎藤緑雨の『油地《あぶらじ》獄《ごく》』(明24)では、長野県出身の真面目な学生が、県人会で出会った芸者のお世辞を真《ま》に受け、恋に狂って破滅していく様子が冷笑される始末である。ここには『当世書生気質』や『浮雲』の時期が持っていた、恋か出世かの迷いはもうない。これらはもちろん男性作家が描いた世相だが、誘惑者として現われる女性に、志は簡単に溶け失せるのである。蘇峰が「非恋愛」を唱えたのも無理からぬ点がある。

第一高等学校(旧制一高。東大教養学部の前身)の『校友会雑誌』を見ると、天下の秀才を自認していた寮生にも「学校ノ日課ヲ軽々《けいけい》ニ看過」したり、「唯だ酒楼に高歌し旗亭〔飲食店〕に跳舞」したり、果ては退学して「無頼漢ニ伍スル」者もいたことが分る。特に「卑猥の小説を読む」者は、堕落した人間として強く非難されている。

だがたとえ無事に卒業したとしても、大学を除いては、東京に留まって出世の道が開けたわけではない。明治二十一年の文官高等試験に関する文部省令は、私立学校七校にも受験資格を認めたが、逆に規制は強まり、一般学校からの登用はかなり困難になった。現在のように大企業が多数ある時代ではないから、官吏に任命されることは青年たちの手近な栄達の道であった。

明治二十四年七月、東京専門学校（現、早稲田大学）の高田早苗は、新卒業生に対して次のように訓示した（当時の学期は九月開始、七月学年末）。

余輩〔自分〕は本月を以て各学校を卒業する諸子に向ひ、三個条の勧告を為さんと欲す、曰《いわ》く成るべく官吏たる莫《なか》れ、曰《いわ》く成るべく地方に往け、曰く立身出世を急ぐ勿《なか》れ、（『諸学校の卒業生に告ぐ』）

官僚体制はほぼ固まって昇進は困難であり、中央集権が強まって逆に地方には成功のチャンスがある、いたずらに東京での成功を求めるより、郷里でじっくりと機会を待つべきだ、と言うのである。この前年には第一回の帝国議会が開かれているが、国野基のように一躍政治の表舞台で活躍することは、まさに夢物語だった。雑誌『国民之友』の蘇峰や、『郵便報知新聞』の森田思軒らは、それ以前から盛んに田舎へ帰ることを書生たちに勧めていた。その素朴な人情や美しい山河で、頽廃した都会の空気を一洗するべきだという主張は、彼らが大都会に溢れる青年たちの実態に危機感を抱いていたことを証明するが、しかし問題は、いくらカンフル剤を注射しようとしても、青年たちがすでに田舎（故郷）にも都会にも同化できず、都会を漂流する「変生都人士《へんじょうとじんし》」となりつつあったことだ。

先にも触れた宮崎湖処子の『帰省』は、その心理を代表する作品である。帰省する「我」の心には最初から「逆櫓《さかろ》」がついていて、帰京することが予定されている。彼は都会の人間関係が冷酷で偽善に満ち、「都会にはもはや学ぶものなし」と自覚しているが、「既に智恵の果を食」べ、知識や学問の味を知ってしまった自分には、都会でしかそれを生かすことができないと思いこんでいるのである。

故郷での彼は、「幼き我」とともにあった関係を復活させようとするが、その期待は酬われない。村人にとって、彼は東京の「文明」を代表する人物であり、その情報を求めたいからである。だから彼が都会の虚栄を説き、「目に一丁字《いっていじ》なき人〔無学の人〕の安心と快楽」を指摘することは、彼らを失望させ、彼自身の「故郷」を幼時の記憶に封じこめてしまう。「動き出でたる玉」として止まることができない彼は、ふたたび上京の旅に出るが、振り返ると故郷はまぼろしのように霞んでいく。しかし逆に、その結果として、「ふるさと」はたえず心に浮かぶ幻影として定着したとも言えよう。東京へ帰る彼は成功への苦闘を再開するのだろうが、成功の保証はまったくない。大都会は、彼同様に故郷にも都会にも同化できない人間の競争の場となって行くからである。

後に柳田国男は、故郷を離れた人々の望郷の念(故郷の美化)や都市生活の寂寥感を指摘し、彼らの心にいつまでも流れる「遊子」(旅人)の情に言及しているが(『明治大正史 世相篇』昭6)、彼自身も兵庫県から志を立てて上京した青年の一人だった。

湖処子に続いて、そのどっちつかずの感情を描いたのは国木田独歩だった。『河霧』(明31)という短編がある。大言壮語して都会へ出た豊吉は、尾羽《おは》打ち枯らして故郷に帰ってくる。身内の人々は彼を温かく迎え、生活できるように準備も整えてやるが、彼はその好意に安住することができず、夜ひそかに舟を漕ぎ出し、河霧のかなたに消えてしまう。都会での成功を夢見た人間が、失敗しても故郷に落ちつくことができず、放浪の旅に出る図式は次第に明らかになりつつあった。この変化を端的に表わしているのは、唱歌、詩歌の内容の変遷だろう。

最初の新体詩集とされる『新体詩抄』(明15)には、編者の矢田部良吉の『勧学の歌』

や、外山正一《とやままさかず》の『ロングフェルロー氏人生の詩』があった。江戸時代からひろく行われた「少年老い易《やす》く学成り難し、一寸の光陰軽んずべからず」の漢詩(朱子の作と伝える)を踏まえて、「昔し唐土の朱文公《しゅぶんこう》／よに博学の大人《うし》ながら／わが学問をすゝめんし／少年易老《いろう》の詩を作り／一生涯は春の夜の／夢の如しと嘆きけり」と持ち時間の少なさを指摘したり、「運命如何につたなきも／心を落すことなかれ／たゆまず止《や》まず自若とし／功名手柄なしつゝも／勤め働くことをせよ」と、『西国立志編』風の刻苦勉励を勧めたものである。

このような考えは、小学唱歌の『あほげば尊し』(明17)の「身をたて名をあげ／やよはげめよ」とか、昭憲皇太后(当時は明治天皇の皇后)作詞の『金剛石』(『新編教育唱歌集』四、明29)に示された、「時計のはりのたえまなく／めぐるがごとくときのまも／光陰《ひかげ》惜みてはげみなば／いかなる業《わざ》かならざらん」などの教育的唱歌を通じて、少年少女の心に刷りこまれて行った。現在も私たちの一面を支配するこの種の心的制度が、全面的に間違っていたわけではないし、「勤倹力行」の姿勢が近代日本を形成する原動力だったことも疑えない。しかし、まさに「時計のはり」に駆り立てられて立身出世をめざす時流は、当然のように人生を成功と失敗に切り分け、都会と田舎の差を拡大する結果を生んだ。

独歩が政治への「野望」を胸に、山口県から上京したのは明治二十年、だがそれから十年後の詩集『抒情詩』(明30。宮崎湖処子、松岡＝柳田国男、田山花袋らと合著)に収められた『山林に自由存す』は、その「アンビション」への反省から唱われている。

山林に自由存す
われ此句を吟じて血のわくを覚ゆ
嗚呼《あゝ》山林に自由存す
いかなればわれ山林をみすてし

あくがれて虚栄の途《みち》にのぼりしより
十年《ととせ》の月日塵のうちに過ぎぬ
ふりさけ見れば自由の里は
すでに雲山千里の外にある心地す　(下略)

都の虚栄と故郷の山林にあった「自由」の対比はここでも明瞭だが、「なつかしきわが故郷」は千里を距てて高山の外にある。このような望郷の念は、島崎藤村の『千曲川旅情の歌』や『椰子の実』(『落梅集』所収、明34)、唱歌『旅愁』(明40、犬童球渓《いんどりきゅうけい》詞)などに結晶して、現在も歌い継がれている。後に触れる林芙美子の『放浪記』(単行本、昭5)には、東京を放浪する主人公が『旅愁』を歌い、故郷と母の恋しさに涙する場面がある。

この「故郷」観を決定的にしたのは、今も愛唱される高野辰之《たつゆき》作詞の文部省唱歌『故《ふる》郷《さと》』(大3)と、室生犀星『抒情小曲集』(大6)収録の『小景異情・その二』であろう。前者の「兎追ひしかの山/小鮒《こぶな》釣りしかの川」に始まり、「こころざしをはたして/いつの日にか帰らん/山はあをき故郷《ふるさと》/水は清き故郷」に結ぶ望郷の歌は、それまでのまぼろしの故郷の集大成だが、これに対して、後者の「ふるさとは遠きにありて思ふもの/そして悲しくうたふもの/よしや/うらぶれて異土の乞食《かたゐ》となるとても/帰るところにあるまじや/(下略)」は、故郷金沢への愛着とともに、そこへの違和感を告白する二面性において、以後の望郷詩の方向に新しい要素を導入した。

「石をもて追はるゝごとく」故郷の盛岡を出た石川啄木には、すでに

ふるさとの訛《なまり》なつかし　停車場の人ごみの中に　そを聴きにゆく

ふるさとの土をわが踏めば　何がなしに足軽《かろ》くなり　心重《おも》れり

など、一連の短歌(『一握《いちあく》の砂』明43)があったが、前橋出身、萩原朔太郎の『純情小曲集』(大14)収録の『郷土望景詩』十編を流れる懐古と反発の交錯は、その代表であろう。

広瀬川白く流れたり
時さればみな幻想は消えゆかん
われの生涯《らいふ》を釣らんとして
過去の日川辺に糸をたれしが
ああかの幸福は遠きにすぎさり
ちひさき魚は眼にもとまらず

(『広瀬川』)

「いかなればわれの望めるものはあらざるか／憂愁の暦は酢え／心はげしき苦痛にたへずして旅に出でんとす」(『新前橋駅』)、「いかなれば故郷の人のわれに辛《つら》く／かなしきすもものの核《たね》を噛まむとするぞ」(『公園の椅子』)など、故郷に容れられない苦痛は「憤怒」となり、それをなだめるためには過去の追憶に沈むほかない。だが都会に住み、「ああどこまでも　どこまでも　この群集の浪の中をもまれて行きたい」(『群集の中を求めて歩く』、『青猫』大12)と、都会の雑踏につかのまの平安を求めても、彼を待つのは「漂泊者」

の宿命しかないのである。「ああ汝　寂寥の人／悲しき落日の坂を登りて／意志なき断崖を漂泊《さまよ》ひ行けど／いづこに家郷はあらざるべし／汝の家郷は有らざるべし！」（『漂泊者の歌』、『氷島』昭9）。

もちろん、薄田泣菫《すすきだきゅうきん》『望郷の歌』（明39）、北原白秋『思ひ出』（明44）、佐藤春大『望郷五月歌《ごがっか》』（昭6）のように、故郷の美しい風景や少年の日の幻想にふけった名詩も数あるけれども、犀星や朔太郎のように、自分と故郷との近くて遠い距離を痛感する文学者が次第に増えてくることは確認しておかなければならない。

話題を独歩に戻す。『山林に自由存す』を発表したころ、彼はまだ武蔵野のおもかげが残る東京市郊外の元渋谷村に住んでいた。田山花袋の回想『東京の三十年』（大6）に記されているように、道玄坂近辺の百姓家である。「野望」と「望郷」の間を揺れ続け、しばしば上京と田舎暮らしを繰りかえした彼は、この都会でもなく田舎でもない空間に、しばしの休息を求めた。その間の経緯は日記『欺かざるの記』（死後、明41―42に刊行）にくわしいが、蘇峰の『国民新聞』に入社してから、日清戦争の花形従軍記者、佐々城《ささき》信子との激しい恋愛・結婚、そして信子の失踪（後述、有島武郎『或る女』参照）、めまぐるしい変動を経て、彼が羽を休めた武蔵野は、彼の個人的な認識を越えて、以後の文学者の志向の一つの原型となった。

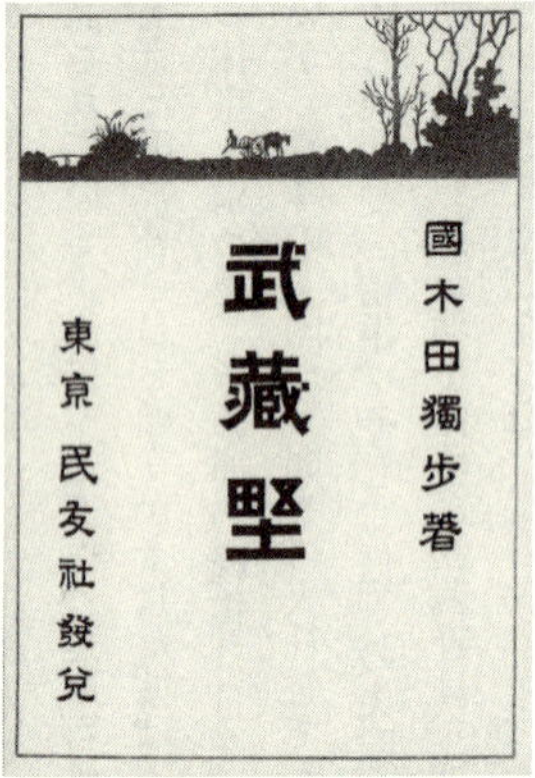

『武蔵野』表紙

『武蔵野』(明31。初出題名『今の武蔵野』)で彼が捉えた特色は、第一に、広大な萱原に昇る夕月といった、従来の「武蔵野の美」ではなく、ありふれた雑木林に展開する「詩趣」、いわば天候の変化や時間の推移につれて異なった姿を示す「自然」がもたらす情調であり、第二に、「武蔵野」から文明開化の中心である東京市(当時十五区)を排除することで見えてくる「郊外」の面白さである。

彼は二葉亭が訳したツルゲーネフ『あひゞき』(明21。ただし彼が参照したのは明29の改訳)に描かれたロシアの晩秋の景色を参考にして、新しい「自然」の見方を覚えた。柄谷行人『日本近代文学の起源』(昭55)に従えば、それは彼の「風景の発見」であり、同時に「内面の発見」ということになるが、柄谷が続けて言うように、「大切なのは「頭」でなく「手」である。西洋文学からどんな影響を受けようが、「書く」ことはまったく別のことがらだからだ」。

独歩の文章は、二葉亭より一段とこなれた言文一致体が中心だった。だがそこに引用されている彼の日記は、「夜更《ふ》けぬ。風死し林黙す」といった、メモ風の文語文であり、彼が公私二つの文体を併用していたことを示している。この時期には、言文一致体の創始者とされる二葉亭や山田美妙も、私的な書簡や日記は旧来の文語体で記しており、公表を予期しない文章ではむしろ文語の方が「手」になじんでいたのである。この点については後にあらためて考えることにするが、ここで指摘しておきたいのは、独歩の中ではこの「頭」と「手」の二重性がごく自然に響き合っていることである。当日の簡潔な感想を核として提示し、後にその説明を細かく加えるスタイルは、いわば新聞記事の見出しと説明文の関係にあり、それは彼が記者生活を通じておのずから体得した筆法ではなかっただろうか。

この二重性、または癒着性は、彼が発見した郊外の空間ともパラレルである。彼は文中に引用する友人(柳田国男らしい)の発言を肯定して、高層建築が立ち並び、「詩趣」に乏しい新都東京を「武蔵野」から除いた。しかし、だからと言って「故郷」に安息所を求めたわけでもない。「市街ともつかず宿駅ともつかず、一種の生活と一種の自然とを配合して一種の光景を呈し居る場処」「大都会の生活の名残《なごり》と田舎の生活の余波とが此処で落合つて緩《ゆるや》かにうづを巻いて居る」町外れ、そこが実社会での栄達を求めて得られず、故郷の山林に抱かれることもできない青年が、文学者として生まれ変わる場所だった。

なおこの直後に発表された『忘れ得ぬ人々』(明31)は、「旅人宿《はたごや》」で偶然出会った二人の青年が意気投合し、その一方の大津が、草稿「忘れ得ぬ人々」を読み聞かせる話である。彼が旅で出会い、印象に残る人々はいずれも自然の風景に溶けこみ、「天地悠々の感、人間存在の不思議の念」を感じさせるという。「人生の問題」に苦しみ、「自己将来の大望に圧せられ」ている彼は、「生の孤立を感じて堪え難いほどの哀情を催ふし」たときほど、「主我の角」が折れ、「名利競争の俗念」を脱するのである。しかしその三年後に発表された『帰去来《ききょらい》』(明34)は、一旦は虚栄や奢侈に満ちた都市生活を厭い、幼馴染みの女性との結婚を期待して郷里に帰った青年が、彼女の死に打撃を受けて、ふたたび都会での「戦闘」を選ぶ物語である。先に触れた湖処子もそうだが、独歩もまた「故郷」と都会との往還から免れ得ない宿命を背負って生きた。

彼以後の文学者の住居を考えてみると、そこには大都市の周縁部、または都市的要素を持ちこんだ田園に住んだ系列があることに気づく。たとえば代々木の花袋、大久保の藤村、中野の蒲原有明《かんばらありあけ》、徳冨蘆花の千歳村(現、世田谷区)、佐藤春夫の神奈川県都筑郡(現、横浜市緑区)、芥川龍之介の田端、犀星や朔太郎を中心とする大森馬込村(現、大田区)、井伏鱒二《いぶせますじ》や太宰治らの中央線沿線、南葛飾郡小岩(現、葛飾区)の北原白秋、これに堀辰雄を中心とする軽井沢(別荘も含めて)、小林秀雄、中山義秀、川端康成、久米正雄、中村光夫ら、いわゆる鎌倉文士も加えると、近代の文学者が、いかに大都市の中心部よりもその周辺の郊外、または衛星都市の中間的空間を好んだかが明らかだろう。もちろんそこには経済的事情や関東大震災、「東京」の膨張(交通機関の発達)など、さまざまな理由もあるが、選ばれた土地が、心身ともに彼らの詩的感性にフィットした空間だったことは疑えない。彼らは大都市の中心からズレた地点に立つことによって、「近代」を見直す視野を手に入れたのである。

その事情を説明する一例として、蒲原有明は藤村に次のような手紙を寄せている。

僕の生活は相変らず空な生活で終始して居る。そして当然僕の生涯の絃の上には倦怠と懶惰《らんだ》が灰色の手をおいて居るのである。考へて見れば、これが生の充実といふ現代の金口に何等の信仰を持たぬ人間の必定堕ちゆくはめであらう。

(藤村『食後』序文、明45。のち有明『飛雲抄』昭13に収録)

しかしそれと同時に、彼は「初冬の野の景色はしみじみと面白い」と言い、霜どけの苔の緑に「緑玉を砕いて棄てたやう」な美を見いだしてもいる。「生の充実」とは明治末から大正にかけてのスローガンの一つだが、それに背を向けて「無常の鐘の音」に聞きほれる生活の中で、大地の緑が「如幻の生」のように輝く。「無常の宗教から蠱惑《こわく》の芸術に行きたい」と言う彼の願望がここで達せられたわけではないとしても、都会の欲望から去り、郊外の「怠惰」に身をまかせることによって、新しい美しさが見え始めていることはたしかである。

これと対照的に、蘆花の『みゝずのたはこと』(大2)は、より「健康」、より調和的である。

> 儂《わし》は自然がヨリ好きだが、人間が嫌《いや》ではない。儂はヨリ多く田舎を好むが、都会を捨てることは出来ぬ。(中略)一方に山の雪を望み、一方に都の煙を眺むる儂の生活は、即ち都の味と田舎の趣味とを両手に握らんとする儂の立場と欲望を示して居るとも云へる。

熊本県水俣《みなまた》に生まれた蘆花(健次郎)は、子供のころから秀才の兄・蘇峰(猪一郎)と比較され、劣等感をかみしめながら兄を追い、京都同志社を経て上京した。兄が創立した民友社の『国民新聞』に入社、うだつの上がらぬまま雑報に従事する「負け犬」(荒正人）の生活は、同じ新聞の花形だった独歩とは大きな相違がある。しかし強い「功名心」を秘めていた彼は、くやしさをバネに精進を続け、『不如帰《ほととぎす》』（明31―32）『自然と人生』（明33）『思出《おもいで》の記』（明33―34）で、一躍作家としての成功を遂げた。

後に触れる『不如帰』は大ベストセラーとなった家庭悲劇だが、『思出の記』では九州出身の菊池慎太郎が、没落した生家を再興しようと苦労を重ね、大学卒業後文筆によって名を成し、愛妻の内助の功も得て在野の思想家として尊敬される。――蘆花の自伝的要素の強いこの小説は、故郷に錦を飾るハッピー・エンドにおいて政治小説と共通するが、作者との明らかな相違点は、主人公が東京に居を構えるのに対して、作者が郊外に住むことである。菊池は故郷で演説して、「国家の実力は地方に存する事」「文明の頭脳に野蛮の元気を兼備《かねそな》ふるが今日の急務である」と述べ、「奢侈文弱《しゃしぶんじゃく》」の都会に「健全の血液」を送り続けることが地方の責任であると説いた。この主張は蘇峰や、先に引いた高田早苗らと同様、改進党系の考えだが、菊池自身は郷里に留まらず、「故郷で枯れかかった菊池の家はまた東京に新芽を吐《ふ》いて居る」として、母を東京に呼び寄せた。それはまさに文明開化以来の地方出身者の願望、中央での成功とそこでの定着、郷党との調和的関係の達成であり、この物語が多くの読者の立志の夢を満足させた理由もそこにある。

しかし作者の蘆花は郊外に住んで、みずから「美的百姓」と称した。彼が売れない記者時代に執筆した『自然と人生』には、自然の神秘や美観に対する憧憬が記されているが、彼は透谷の「想世界」のように、その美的なイデーを「力《フォース》」としての「実世界」に対置することはなかった。両者を極端に分離し、敵対的に位置づけた透谷は自死し、調和的に捉えようとした蘆花は「成功」した。東京から三里、文明の響きをかすかに留《とど》め、田園の匂いをも持つ千歳村は、都市文明が生む頽廃、享楽を批判しつつも、一方ではその機能を利用するには便利な空間だった（通信・交通機関が飛躍的に発達した現在では事情が大きく変わっている）。「美的百姓」としての彼は、ようやく形成されつつあった文壇からも一定の距離を置き、農業と著作とを両立させようとした。

彼の日記には、その狂熱的な性格が散見されるが、それはまだ作品には表われていない。彼が兄・蘇峰と絶縁したり（明36）、熱烈なトルストイ信奉者としてロシアを訪問したり（明39）、大逆事件の幸徳秋水らを弁護する『謀叛論』（旧制一高での講演、明44）などで社会的話題となるのは、この後のことである。晩年の彼は独特の神道の道に入り、妻・愛子と合著で、半生の懺悔録『冨士』（大14―昭3）を刊行した。

文学者の立志――文壇の形成

東京大学出身の文学士・坪内雄蔵(逍遥)が「春のや朧《おぼろ》」の戯名で小説家となったとき、世間はその意外な進路に驚いた。江戸時代以来、戯作は文字どおり戯れに作る余技であり、「婦女子」が弄ぶ程度の低いものとしか見なされていなかったからである。彼がリードした文学改良運動は、戯作を改良して西洋に劣らぬ芸術をめざすことにあり、『小説神髄』(明18―19)はその基礎を築いた。本来軍人または外交官としてロシアと戦おうと考えていた長谷川辰之助(二葉亭)が、逍遥を訪ねて小説家に転身したのもその影響である。社会が文学の価値を認めはじめた明治二十年代には、春陽堂、金港堂、博文館など、文芸出版に力を入れる出版社があり、雑誌『国民之友』の文学附録に掲載されることは、一流文学者の登竜門として認められていた。文学新聞と称された『読売新聞』はじめ、『郵便報知新聞』、『国民新聞』など多数の新聞が文芸作品、文芸記事を載せていた。「文学」はそれで身を立てることができる職業となりつつあったのである。

大学予備門(旧制一高の前身)や東京商業(一橋大学の前身)の文学好き青年が集まって作った雑誌『我楽多文庫《がらくたぶんこ》』(明18創刊)は、最初は手書きの回覧雑誌だったが、次第に同人の数を増やし、明治二十二年には活字印刷の公刊雑誌となった。漢詩や俳諧の世界には昔からいくつもの結社があったが、近代文学者のグループとしては彼らの硯友社が最初である。幹部の尾崎紅葉も山田美妙も石橋思案も東京や横浜の出身で、江戸文学、芸能にもくわしく、地方出の青年のように政治的関心は高くなかったが、文学的成功への欲求は強かった。

応仁の乱時代の関東を舞台にした言文一致小説、『武蔵野』(明20)でまず名を挙げた美妙が、同人を離れて金港堂の雑誌『都の花』に引き抜かれた後、紅葉は『二人比丘尼(ににんびくに)色《いろ》懺悔《ざんげ》』(明22)で世に出た。美妙と同様、戦国時代を舞台とするが、美妙が戦に参加した夫の安否を尋ねて熊に喰い殺される妻の悲劇を描いたのに対して、紅葉は許嫁と、主君の命で結婚した妻と、二人の女性の「愛」、大恩ある許嫁の父と主君への忠節と、その両者の板ばさみとなって自殺する青年武士の姿を描いた。今は尼となった二人の女性が草庵でめぐり合い、お互いの身の上を合せ鏡のように語る趣向である。

彼は序文で「此小説は涙を主眼とす」と記したが、以後も女性が悲運に泣く状況を設定して、読者の涙を誘う小説を得意とした。その多くは「女物語」であり、学生ながら『読売新聞』に入社(明22)した彼は、『夏痩《なつやせ》』『おぼろ舟』(ともに明23)、『二人《ににん》女房』(明25)、『三人妻』(明25)など、趣向をこらした物語性と西鶴に学んだ文体(地の文は文語、会話文は

硯友社同人(『紅子戯語』挿絵)

観潮楼の庭にて．左から森鷗外，幸田露伴，斎藤緑雨

口語で雅俗折衷文と称する）で、次々にヒットを飛ばした。『読売新聞』や博文館と深い関係を持った彼は、友人や門下生をそれらに推薦したので、文学界の支配的位置を占め、「大家」に昇りつめた。

一方、丸岡九華《きゅうか》『硯友社の文学運動』（大14―15）や江見《えみ》水蔭《すいいん》『自己中心明治文壇史』（昭2）が回想するように、彼らは「文壇の梁山《りょうざん》泊《ぱく》」と呼ばれた腕白気分が抜けず、文士芝居や宴会、旅行に打ち興じることが多かったので、党派的結合が強かった。これに対して「紅露」と併称される露伴も、根岸に在住する文人たち、いわゆる「根岸派」と交わることが多かったので、自然に一派を形成することになった。それらの党派性の弊害や、「大家」気取り、「通」ぶった言動は、斎藤緑雨(正直正太夫《しょうじきしょうだゆう》)が『あま蛙』(明29)などで、内田魯庵が三文字屋《さんもんじや》金平《きんぴら》を名乗った『文学者となる法』(明27)で痛烈に諷刺するほどだった。

日清戦争前後に創刊された『太陽』『文芸倶楽部』『新小説』『帝国文学』『文庫』『新声』(『新潮』の前身)や『中央公論』(明32)、『明星』(明33)など諸雑誌や、各新聞は競って文学作品を掲載したから、一人前の文学者はもちろん、その予備軍としての記者たち、地方の文学志望の男女にいたるまで、「文壇」の枠組みは広くかつ強いものとなって行った。逍遥や二葉亭、透谷のころとくらべて、「文壇」に上ることが青年の願望の一つとなったのである。

その代表的な例は、大正期に『地上』四部作(大8―11)で彗星のごとく出現した島田清次郎で、作者の分身と見られる天才少年が、貧しさから這い上がり、社会批判を通じて英雄視されていく物語は、当初は圧倒的人気を集めたが、次第に未熟さを暴露し、しかも作者が人気に驕って奇矯なふるまいに走ったため経済的にも落ちこみ、最後は精神病院で亡くなった。また、昭和に入って芥川賞、直木賞が創設(昭10)されると、文学青年にとってはそれを獲得することが具体的な目標となり、その選者は文壇の権力者となった。この賞の選考に洩れた太宰治が、佐藤春夫に授賞を懇願したことは有名な逸話である。これらは極端な例としても、小説家として出世するために苦節を続ける青年たちの群は、年を経るごとに大きくなっていた。紅葉が健在のころは、目立たない作家だった田山花袋も徳田秋声も硯友社に属さなければならなかった。

紅葉が描く女性は『二人女房』のお鉄にしても、『夏痩』のお美代にしても、概して容貌は普通でも「家庭的」な女性が幸福を得、美貌で才はじけた女性は、結婚生活では不運に見舞われる。『三人妻』の妾の場合でも、才気に任せて浮気をするお才や策を弄する紅梅よりも、従順なお艶が、最終的にはお大尽葛城の寵愛を一段強く受けるのである。

紅葉が泉鏡花、柳川春葉、小栗風葉ら門弟を前に、女性に関して気焔を挙げた談話がある(『文家雑談』明31)。「紅葉氏が恋愛論、婦人論、良妻論」のサブ・タイトルがついている。それによると、彼は「真実《ほんとう》の恋愛」は「肉交一分で九分通りは精神」だと信じていた。「女は矢張り容貌《みめ》より心」で、才はじけた女は困る、妻には遊芸も裁縫の技術もいらないが、両親から温かい「家庭の教育」を受けた女性が最適で、そういう妻との恋愛はもっとも綺麗なものだという。妻を「自分の理想」に従わせるのが夫の腕で、男が外で芸者遊びをして帰っても、家政を取りしきり、夫を待って「洋燈《ランプ》の側で仕事でもしてゐる」のが「妻君の腕」なのである。透谷らの「恋愛」とは大違い、今なら全女性から総スカンを食いそうな女性観だが、彼はそれが「西洋主義」で「男女同権」だと信じ

『金色夜叉』挿絵

ていたらしい。独歩が硯友社を「洋装せる元禄文学」と評した一面は、ここにも表われている。

事実、彼の傑作『多情多恨』(明29)は、愛妻を亡くした教師の鷲見《すみ》柳之助が、「家内《ホオム》なるもの丶快楽《たのしみ》」を思い出しては仕事も手につかず、見かねた親友の家に同居するうちに、その「家庭的」な妻との間に微妙な感情を生ずる物語である。「金と恋とは両立しにくい」と前掲談話で言う紅葉が、最後に全力を傾けた作品が長編『金色夜叉《こんじきやしゃ》』(明30—36、未完)だった。

現在ではあまり読まれなくなった彼の作品の中でも、名前は割合知られているが、その発端は——両親を早く失った間《はざま》貫一は父の親友・鴫沢隆三《しぎさわりゅうぞう》に養われ、一高生となった。一人娘の宮とは親も認めた恋仲になり、大学に入学後は結婚を考えているが、二人で招かれたカルタ会の夜、宮の美貌に目をつけた富山《とみやま》銀行の跡取り唯継《ただつぐ》は、仲人を立てて結婚を申しこみ、鴫沢家も宮もそれを承諾してしまう。自分の美貌の価値を自覚していた彼女は、貫一のことを思わないではないが、数多い「学士風情《ふぜい》」よりも、もっと「大《おお》なる希望《のぞみ》」を持っていたからである。「才だにあらば男立身は思のまゝなる如く、女は色をもて富貴を得べし」。カルタ会の夜、唯継は大きなダイヤの指環をしていた。お宮と母が富山の熱海の別荘に招かれたことを知った貫一は、それを追って熱海に行き、宮に愛情の尊さを説いて翻意を迫るが、宮は「考へた事がある」と言うばかりで、はかばかしい返事をしない。新派芝居や演歌、映画でも有名な熱海の海岸の場である。怒った貫一は「来年の今月今夜になつたらば、僕の涙で必ず月は曇らせて見せる」という名科白《せりふ》を吐き、「奸婦」の宮を蹴倒して失踪する。

その後の展開は、四年後に「高利貸《アイス》」(氷のような冷たさから生まれた流行語)の手代として現われた貫一は、冷酷非情な人物として知られることになり、かつての親友・荒尾からも平然と金を取り立てる。一方、富山夫人となった宮は夫の素行の悪さに苦しみ、「愛」と「家庭の平和」が最大の幸福だと言った貫一を思い出す。後悔した彼女は懺悔の手紙を何度も書くが、貫一は冷然として取り合わない。貫一が働いていた高利貸の店が放火で全焼し、主人は焼死、貫一が店を継ぐこととなる。「美人高利貸」として有名な赤樫満枝は、貫一に恋して言い寄るが、それを撥ねつけていた貫一は、満枝がお宮と争い満枝の短刀で宮が自殺する夢を見る。そのころから貫一の胸の氷が融けはじめ、偶然塩原温泉で、金のために心中しようとする男女を救い、宮からの長文の手紙にも初めて目をとめる。宮は心痛から病気になり、ひたすら自分の愚かさを後悔して、このまま死を迎えることを願っていた。

紅葉は胃癌の苦痛に堪えつつ、断続的にこの小説を書き継いだが、その死によって作品は未完に終った。腹案がいくつか残されているが、その一種によると、貫一は高利貸をやめて、全財産を金のために苦しむ恋人たちの救済に投げ出し、宮をも許す、というような結末が考えられていたようだ。長い説明になったが、結局この小説は宮から見れば、「玉の輿」に乗った女の出世の失敗であり、貫一側から言えば最終的な「愛」の勝利ということになろう。新聞連載中から女性読者は二人の前途に一喜一憂し、その名は全国に広まった。紅葉は「明治式」の女性を書こうと意図したというが、『浮雲』のお勢にくらべても「明治式」の新種とは言えない宮の運命が大いに人気を博したのは、ひとえにその物語の構成とたくみな文章による。もし熱海の海岸で彼女が言った「考へた事」が明らかにされたならば、「明治式」女性の面目を発揮できたかもしれないが、それは謎のまま残されてしまった。その意味では、紅葉はむしろたちまち悔悟する宮よりも、欲望に従って夫や世間の目と戦って行く宮を深く掘り下げるべきではなかっただろうか。

『浮雲』の文三・お勢の関係は、育てられた家の娘と恋仲だと思いこんでいた男が、娘に裏切られる点で、また男が温かい「家庭」を求め、娘が「外部」のはなやかさを求める点で、貫一・お宮と共通する。しかし二葉亭がお勢の「浮動性」、浅い「教育」をふりまわしながら、実は流行の考えをなぞっているにすぎないことを批判し、彼女を「女豪の芽生え」と見誤まっていた文三の「学問」をも相対化するのに対して、紅葉は「肌身を許した」恋人、「妻」の貞操観のなさを問題視し、金を敵とした男と「富」に目がくらんだ女がともに反省して、「家庭の平和」を至福とする方向へ物語を進めたのである。

「家庭の和楽」はその直前から唱えられはじめたスローガンの一つであり、『金色夜叉』以後、菊池幽芳《ゆうほう》『己《おの》が罪』(明32—33)を筆頭とする「家庭小説」が流行した。男女間の富と貞操は、古くから文学の大きな命題だが、『金色夜叉』はさまざまな趣向を凝らした「通俗的」な物語性によって、明治の大ベストセラーになった。

紅葉の早世後、硯友社は力を失って行くが、それに代わって文壇を支配するのは「自然主義」と総称される勢力である。前者が概して都会出の青年のグループだったのに対して、後者には地方出身者が多い。その中心にあった田山花袋は群馬県館林《たてばやし》、島崎藤村は信州の馬籠《まごめ》(現、岐阜県中津川市)出身である。

幼くして父を失った花袋は、一家とともに上京して苦学しながら文学者をめざしたが、硯友社では不遇で、後に芥川龍之介が"Sentimental Landscape-painter"とひやかしたような短編や紀行文を書いていた。売れない文学青年が一時、故郷に帰り、懐かしい風景や、すでに結婚して子供もいる初恋の女性の姿を見かけて涙し、また東京の塵の中に戻ってくるような小説である。彼は硯友社の人々よりも独歩や松岡(のち柳田)国男、『文学界』の島崎藤村らと親しく、先述『抒情詩』にも新体詩を発表していた。その彼が英訳でゾラやモーパッサンの小説を学び、評論『露骨なる描写』(明37)を発表したのは紅葉の死の直後だった。従来の文学を文章の美しさだけに苦心する「鍍《めっき》文学」であると非難し、文章は自分の思想や感情を「露骨」に表わさなければならないと宣言したのである。

この傾向はそれ以前の『重右衛門の最後』(明35)あたりから見られたが、社会的にも大きな反響を呼び、彼を文学界の前衛に押し出したのは『蒲団』(明40)である。中年のぱっとしない作家・竹中古城が、田舎から文学修業のために上京してきた少女・芳子を内弟子として、日常生活の倦怠感から彼女に情欲を抱き、師の立場との矛盾に悩む小説である。

この小説は、作家が近い過去の実生活を赤裸々に告白した小説として評判になったが、立身出世の面から見れば、これはかつて多少の名を知られながら、現在は生活の中に埋もれて惰性的に生きる作家の話であると同時に、田舎の文学少女が東京へ出て「堕落」し、父親に連れ帰られる話でもある。女性の動向についてはこの後にまとめて述べることにするが、竹中古城の生活からは、かつての夢や志を失い、なおその抜け殻にすがりついている中年の姿が浮かんでくる。

中村光夫『風俗小説論』(昭25)が言うように、いい年をした作家が文学少女にだまされ、彼女と愛人との隠れ蓑にされた話はたしかに喜劇の材料であり、それを深刻ぶって詠嘆すること自体が滑稽のそしりを免れない。中村の「私《わたくし》小説」批判がここから出発するゆえんだが、花袋は『蒲団』の直前に同じく生活に倦怠を覚える作家が、電車の中で美少女を見ることを無上の快楽とし、ついには転落死する『少女病』(明40、後述)という喜劇的な短編を書いていた。その意味では、彼は中年作家の「恋」の喜劇性を知らなかったわけではなく、その裏返しに、人生の倦怠や悲哀を強調しすぎて「失敗」したのではなかろうか。

しかし皮肉にも当時の批評、たとえば『早稲田文学』の島村抱月は、その大胆な告白に感嘆し、立志少年としての花袋は成功したのである。小説の冒頭にもちらりとその影が出てくるが、花袋は博文館の『文章世界』(明39創刊)の主筆で、文学青年が投稿する多数の文章の選に当たっていた。かつて『穎才新誌』に投稿していた彼は、今や有力な文芸誌の編集者、選者となり、彼らから仰がれる位置にあった。『蒲団』の評価によって、それは決定的となった。

正岡子規や高浜虚子らの『ホトトギス』(東京版、明31創刊)は、すでに「叙事文」「写生文」を募集していたし、『ハガキ文学』という雑誌(明37創刊)も短い文章を募っていた。それぞれの雑誌の方針は違ってはいるが、自分の体験、感情を文章化する人々の裾野はひろがり、『蒲団』が歓迎される素地は十分にできあがっていたことになる。抱月が評価したのも、名を知られた作家が自分の「醜行」を「ありのまま」に告白した勇気と「誠実」さにおいてである。この時点で『早稲田文学』は、逍遥中心の第一次から抱月を中心として復刊(明39)した第二次を刊行していたが、逍遥『小説神髄』以来の客観描写を受け継ぎ、現実の醜悪な姿を忌憚なく暴露することを唱えていたので、「自然主義」のかけ声は大きな潮流となり、一見、文壇の主流を形成するようになった。

花袋自身は柳田国男が催した文学的サロン(のち「龍土会《りゅうどかい》」明37)や「イプセン会」で、藤村、独歩、徳田秋声、岩野泡鳴、正宗白鳥、長谷川天渓らの作家・評論家や、劇作家の小山内《おさない》薫、詩人・蒲原有明らとも親しく交わっていたが、「自然主義の母胎」と呼ばれるこの会のメンバーを見ても、彼らが単純に「自然主義」の名で一括できるとは思われない。柳田自体が、『蒲団』や藤村の小説に批判的で、泉鏡花を高く評価していたのである。さまざまな考えを「――主義」で括ることも必要ではあろうが、その文学上の「主義」を一旦解体して、個々の同時代的共通性を抽出すると、作品はまた新しい姿を見せはじめるはずだ。花袋や藤村にはロマンチックな感傷を脱しきれない面も残っており、世相を冷然と描いたかに見える白鳥や秋声の作にも、奇怪な幻想を描く一面があった(「別世界」の章で後述)。

「東京人」として

花袋の『生』(明41)というと、すぐに談話『『生』に於ける試み』(明41)と結びつけられ、「単に作者の主観を加へないのみならず、客観の事象に対しても少しもその内部に立ち入らず、又人物の内部精神にも立ち入らず、たゞ見たまゝ聴いたまゝ触れたまゝの現象をさながらに書く」という「平面描写」が実行されているように思いがちだが、実際にテクストを読めば、決してそうではないことが一目瞭然である。

この作は文壇デビュー当時の花袋をモデルとする自伝的長編で、父が西南戦争で戦死した後、東京に出てきた一家の苦闘の物語だが、長年生活苦に悩み、兄弟三人と田舎に嫁いだ娘とを育てたものの、現在は癌で死を迎えるばかりの母を中心にして、長兄夫婦と二男の銑之助《せんのすけ》(花袋)夫婦、まだ独身の三男(士官候補生)が肩寄せ合って生きて行くありさまが、主として銑之助の目を通して描かれている。

「多情多感」の銑之助は、母の一生を思うと「生の悲哀」を思って涙を流し、兄嫁や新妻が老母の我儘にいじめられると、人間の衝突を「浅ましく思」う。兄と二人でこれまでの母との戦いをふりかえると、その「家庭の苦闘ももう終に近い」と二人とも感慨無量になる。母は母で今のだらしない総領の嫁が不愉快で、それを甘やかす息子が気に入らない。夫が戦死してからの人生、特に嫁のことを思うと、息子が嫁に取られたような気持になり、最初の妻も二度目の妻も病死させたり追い出したりしてしまったことが思い出される。母の死に対する銑之助の感傷は、折からの秋の虫の音や秋雨にも及び、彼の「最初の小文集」の序にも溢れている。「これよりは時雨降り、木の葉散り、さらでだに悲しき秋を、かしの実のわれ唯一人いかに侘しき世をば経べき」。『小説作法』(明

42)で説いたように、花袋は「心理描写」を切り捨てたわけではなく、むしろ逆に、登場人物、ことに視点人物の主観をかなり強く打ち出していることになる。

物語は母の死の二年後、三男が結婚して青森から東京に転任し、三夫婦がそろって写真館で写した写真を見るところで終る。彼ら一家は、ともかくも東京に定着することができたのだが、といって、完全な都会人になりきったわけでもない。自分たちの写真を小箱にしまうとき、「兄弟は皆」そこから出てきた父や母や一族の古い写真に見入り、過去の思い出に耽るからである。彼らはいつまでも母を中心とする古い「家」の記憶を引きずって生きて行くのであろう。

同様の事情は藤村にもある。小島信夫『私の作家評伝Ｉ』(昭47)が「東京に移った同族」と名づけたように、島崎一族は故郷の家を失い、次々に東京に集結した。藤村が学問修業のため、姉夫婦を頼って木曾から上京したのは明治十四年(数え十歳)、現在の銀座四丁目に住んでいた高瀬家で、文明開化の光を満身に浴びた。彼は明治学院時代にキリスト教の洗礼を受け、卒業後は明治女学校の教師として『女学雑誌』に寄稿し、透谷に傾倒するが、透谷の死後は自分の進路に迷い、生家の没落による生活苦もあって、満足する作品を生むことができなかった。藤村がようやく一つの鉱脈を掘りあてたのは、仙台(東北学院)へ「出稼ぎ」に出かけたときに生まれた新体詩においてである。雑誌

『文学界』に発表した詩篇を中心に編んだ『若菜集』(明30)は、鬱屈した心情の底にひそむ「春」への期待を唱って、明治二十年代の青春を代表する詩集となった(彼の『文学界』時代、仙台へ行くまでの経過は、小説『春』(明41)に作品化されている)。その限りでは、この時点で彼は成功した詩人になったと言えるが、彼自身は文語定型詩の枠組みに収まりきれない情念を表現する器として散文を志し、信州小諸《こもろ》に移って雲の変化や労働する人々の「スタディ」に励んだ。

『若菜集』表紙

よく知られているように、島崎家は木曾開拓の草分けで、彼の父が十七代目という旧家である。しかし幕末から維新の動乱の中で、家職の本陣、庄屋、問屋《といや》の基盤は消滅した。成長した兄弟は五人、姉は木曾福島の旧家、薬種問屋の高瀬家に嫁ぎ、家督は長男の秀雄が継いだ。藤村・春樹は末っ子の四男である。日清戦争前後から、一族は次々に上京してきた。まず長兄一家。次兄は母の実家、妻籠《つまご》の島崎家へ養子に行き、木曾山林問題(後述)の解決のため、しばしば上京してきた。日露戦争後には、彼の二人の娘は東京の女学校に入り、高瀬家の長男も、古くさい商売を大番頭に任せて東京の株屋に勤めるようになった。三兄は若いころの放蕩が祟って梅毒にかかり、一族の厄介者だった。彼らはみな旧家の「旦那」気質を受けつぎ、おうようで経済的観念に乏しく、しかも旧家の誇りが強く、家を立て直すことに焦っていた。彼ら一族が織りなす葛藤やもたれ合いが、長編『家』(明43—44)の主な人間関係を構成して行くことになる。

『家』は小泉家(島崎家)と橋本家(高瀬家)という二つの旧家が、徐々に没落して行く過程を通じて、「イエ」に結びつけられた人間関係をなまなましく浮かび上がらせた傑作である。主人公の小泉三吉(藤村がモデル)は自立心に富んだ函館の実業家の娘・お雪と結婚し、自分が生まれ育った「旧《ふる》い家」を離れて「新しい家」を作ろうと思った。彼が考える「新しい家」とは、夫婦が同等の立場で協力し合い、経済的には親類縁者から独立した家庭である。彼は田舎教師として働き、信州の「自然」やそこで働く人々の哀歓を観察し、執筆にいそしんだ。だが二人はなかなか「心の顔」を合わせることができなかった。単調な田舎の生活に堪えかねた妻は、郷里でかつて交際した男と文通し、彼もまた近隣の避暑地(軽井沢)にやってきた女性音楽家と交際する。それらの事件によって、彼は夫と妻とが結ばれている根拠をあらためて考えるが、どうしてもそれを精神的結合に認めることができない。

彼は一旦は離婚も考慮に入れるが、妻の謝罪を容れて表面的には和解する。しかしそのときに、彼は「不思議な顔」を発見する。「結婚する前には互に遠くの方で眺めて居たやうな顔」が「妻」であるという理由で目の前に近づく。だが近づけば近づくほどそれが「今迄合せたことのない顔」であることがはっきりしてしまう顔とは、まさに「不思議な顔」と呼ぶよりほかあるまい。彼は自分は旅人で、妻は食事や洗濯をしてくれる「旅舎《やどや》の内儀《おかみ》さん」だという淋しい感想を妻に洩らすのである。

藤村夫婦を結びつけた巌本善治は、先述したように愛し合い敬し合う男女の「ホーム」を説いていた。三吉が理想としていた「新しい家」の夫婦も、おそらくはそれに近かっただろう。だがその観念は最初の試練でもろくも崩れ、彼は淋しさを抱さながら「事業《しごと》」である執筆に励む。しかし表面上彼らの関係が旅人と宿屋の内儀に似ていたとしても、決定的に違うのは、彼の観念的な思いこみを越えて、子供が次々と生まれてくることである。それならば一対の男女を「家」に結びつけるのは、性欲の力であり、結婚時に長兄・実が祝ったように、「家」を繁栄させるためなのだろうか。作中、東京から彼を訪ねてきた友人の西(モデルは柳田国男。花袋の『妻』明41にも西の名で登場)は、「自然の要求といふものは繁殖に過ぎない」と言うが、三吉は黙してそれを聞くだけである。

長い労作の原稿(『破戒』に相当)を持って一家で上京した彼は、世間的には成功を収めた。だが三人の娘は相次いで病死し、夫婦の溝は埋まっていない。そればかりか、妻が里帰りしている最中に、彼は手伝いに来た姪(長兄の娘)の手を握ってしまい、旧家の頽廃した血統を自覚する。身内の人々は長兄を筆頭に、当然のように家計の援助を依頼する。三吉はそれに不満は感じるものの、一族との血のつながり、旧家の体面を考えるとそれに応じないわけにも行かない。

一方の橋本家では、当主の達雄が知人の保証人となり、その失敗の責任を逃れるために愛人と身を隠した。姉は夫の「女遊び」を遺伝と捉え、嘆きながら留守を守るだけだが、三吉は「家」を壊して行くのはむしろ旧家の「旦那」気質だと思いつつも、自分が姪に向かって暴発しかけた日以来の「女のついた心の絵」をみつめて、「性」について深く考えこんでいる。だが結局のところ、三吉夫婦は性的関係は深まっても、「心の顔」を合わせることができていない。長兄は出稼ぎのため「満州」へ旅立ち、三吉は実質的な家長の立場から、姪たちに訓戒を与えるようになる。その姿はかつての長兄にも、さらには故郷にあった家で、一族、村民を統率していた父にも似てくるのだ。

そういう状態の中で、彼は両親の墓碑を建てるために帰郷するが、その途中、近代の波に洗われている橋本家を見る。山間の町にも電灯が灯り、中央線の工事が始まっていた。かつての「奉公人」は「月給を取るために通《かよ》ってくる店員」に変わっていた。崩れて行く「旧い家」の大黒柱を背にして、姉はただ一人それを死守するかのように彼を待っていた。

橋本の姉さんが彼様《ああ》して居るのと、貴方が斯《こ》の旅舎《やどや》に居るのと、私が又、あの二階で考へ込んで居るのと——それが座敷牢の内に悶《もが》いて居た小泉忠寛〔モデルは藤村の父。後述『夜明け前』参照〕と、奈何《どう》違ひますかサ……吾儕《われわれ》は何処へ行つても、皆な旧《ふる》い家を背負つて歩いてるんぢや有りませんか。

と次兄に言う三吉には、自分たちの原型としての父とその時代がようやく見えはじめている。だがそれは、姉の家で見せられた「黒船」の図のように、まだ「幽霊」のようにぼんやりしたものでしかない。「旧い家」はほとんど壊れ、「新しい家」はまだ出来ない。彼にとって、幻のような「家」の形を追いかける旅はまだまだ続くのであろう。

いわゆる自然主義文学は、作家が自分の身辺の出来事ばかりを題材として、「歴史的視点」や社会的広がりを持たないと非難されることが多かった。『家』にしても、傑作ではあるが「家内」の生活が中心で視野が狭いという批評もあった。しかし同時代の流れと関連づけて見て行くと、ここには近代化が進む潮流の中で、古い結束にすがろうとした人々と新しい価値観で生きようとする人々との葛藤が、鮮やかに刻まれていることが明らかになる。彼らの何気ない言動には、「大きな物語」の入口がひそんでいることが多いのである。

花袋の一族と同じく、藤村の一族も東京へ出て都会に適応しようとした。日露戦後の文学は、田舎から上京して新しい東京人になろうとした人間を集中的に描いた。先に触れた秋声『新世帯《あらじょたい》』の新吉も、正宗白鳥『入江のほとり』(大4)の長男もそうである。花袋や藤村の場合には、心の中にいつも古い「家」が住み、兄弟は集まれば昔物語に花を咲かせて過去を懐かしみ、それが「新しい家」の成立をこばんでいるし、『新世帯』の新吉は故郷を捨て、商売は順調だが夫婦仲は冷えこんで安息を得る場所がない。『入江のほとり』の長男は東京で修学、都会に定着しながら、弟の英語独学や、妹の上京熱には水をさす、曖昧な人物である。田舎の生活は見限っているが、東京の生活もおもしろいわけではない。彼らはまだしもいちおう安定した生活を送っているが、葛西善蔵《かさいぜんぞう》の『哀しき父』(大1)、『子をつれて』(大7)に描かれたように、いつまでもうだつが上がらず、売れない原稿を抱えて浮遊する作家も現われた。

たとえ経済的に恵まれても、漱石『心』(大3)の「先生」のように、故郷(新潟)と絶縁して「独立」と「自由」を得ながら、それが発端となって、目的を見いだせぬまま閉じこもる人物もいる。自殺して「先生」の前途に暗い影を落としたKもまた、郷里から勘当されても自分の信ずる「学問」にはげむ立志青年の一人だった。もちろん彼らの背後には、『破戒』(明39)の瀬川丑松や、花袋『田舎教師』(明42)の林清三のように、社会差別や貧困のゆえに、都会への夢を断たれた無数の青年がいたはずである。

前者に関してはあらためて紹介するまでもないが、長野県の被差別部落出身の青年教師・瀬川丑松が熱い「立身」の志を抱きながら、「社会《よのなか》」の差別の壁に圧倒され、「身分」を告白して学校を辞め、町を出ていく物語である。

彼の父は、社会へ出て身を立てるためには、決して出自を明かしてはならぬ、と教えた。彼はそれに従って長野師範を卒業し、飯山の小学校に就職した。だがそこで同じ境遇の先輩・猪子《いのこ》蓮太郎《れんたろう》の著書に啓発され、不合理な差別と戦うべきだと思うが、現在の生活への執着や、さらに上級学校で学びたい欲求もあって、踏みきることができない。彼の悩みに不審を感じた世間の人々は、無言のうちに彼を追いつめ、身の上を白状させようと迫る。猪子が選挙運動の演説で、反対派に撲殺された興奮の中で、丑松は「破戒」を決意し、教室の板敷に頭をつけ、隠していたことを生徒たちに詫びて学校を去るが、同族の金持とともにテキサスに開拓に行くという彼には、また別種の差別が待っているだろう。校長が彼の辞職を喜び、生徒の見送りをも禁止したように、排他的で因襲に満ちた「社会《よのなか》」は、最後まで追放の手をゆるめなかったのである。

『破戒』は社会の抑圧に抵抗する「社会小説」か、「目醒めたものの悲しみ」を描いた「告白小説」かという問いかけは従来何度も繰りかえされてきたが、その二者択一は、ここではほとんど意味がない。小説自体がその双方の要素を持つからであり、またそれが『家』にも見られる藤村的な曖昧さだからである。作中に引用される猪子の言葉にはしばしば透谷の文章が使用されるが、丑松はそれに熱い共感を抱いても、猪子に自分の出自を告げ、彼とともに戦うことはしない。それは「玉砕」した透谷と、「頭を下げ」てでもねばり強く生きた藤村の人生との違いでもあろう。「自分のやうな者でも如何《どう》かして生きたい」とは『春』の中の言葉だが、丑松もまた苦難に堪えて生きて行く道を選ぶ。

これにくらべれば『田舎教師』の林清三の生涯は、はかなく単線的であり、それゆえに哀傷に彩られている。父が商売に失敗したため、中学を出て寒村の代用教員となった彼が、文学や音楽に関心を持つが、中央では問題にもされず、友人の妹への想いも絶って、ようやく田舎教師の境涯にも順応するものの、不幸にも結核に冒されて悲運の一生を閉じる物語である。それぞれ希望の上級学校に進学した友人たちと語り合うたびに、羨ましさと寂しさが彼の胸を襲う。

独歩の『非凡なる凡人』(明36)の主人公、『西国立志編』をバイブルとして苦学し、着実に自分を伸ばして行く桂正作から見れば、なけなしの金で遊廓に通い、わずかに心を慰めた清三の弱さは、文字どおり薄志弱行と評されたであろう。しかし世の中は桂のような「強者」や、蘆花『思出の記』の菊池慎太郎のような「成功者」で満たされているわけではない。日露戦争前後から二極化しはじめた成功と失敗のうち、文学は後者に目を注ぎはじめたのである。清三が最期を迎えるとき、外では日露戦争の遼陽陥落を祝う万歳の声がひびいている。

失敗者たち、あるいは成功を求めない青年

日露戦争(明37―38)の勝利はわが国の近代化に拍車をかけた。特に東京市では、人口膨張と市街整理のため市区改正促成計画をスタートさせて以来、大正初期にかけて近代都市の基本的骨格を作りあげた。町々を網の目状に結ぶ市電、山手線、甲武電車(現、中央線)の延長など交通施設をはじめ、電灯、ガス、電話も普及し、デパート、劇場、映画館は盛り場に人々を惹きつけた。自動車《タクシー》が登場したのも明治末のことである。高等

教育制度の整備も進み、東京帝大に加えて京都帝大、東北帝大が創立され、慶応、早稲田等の専門学校も私立大学となった。高等女学校令(明32)によって各府県に一校の高等女学校が設立され、日本女子大学校もすでに創立されていた(明34)。高等教育の間口の広がりは、当然教育レベルを押し上げるとともに、一部のエリート校に志願者の数を増加させる。竹内洋『立志・苦学・出世』(平3)が指摘するように、明治二十年代の「遊学」は、三十年代末には「受験」に性格が変わり、官立の旧制高校を中心に、学歴エリートへの切符を手に入れる競争が激化した。

世間では「立志独立進歩之友」と肩書きつきの『成功』という雑誌(明35創刊)が流行していた。幸田露伴をバックとする村上濁浪《だくろう》が編集し、実業家、海外事業の成功者の実例を紹介する雑誌で、文学者と呼ばれることを嫌っていた二葉亭までが、翻訳の成功者として名を連ねているのは皮肉である。漱石『門』(明43)に、親友の「妻」とのスキャンダルで出世の道から転落した宗助が、歯科医の待合室で『成効《ママ》』という雑誌を手にする場面がある。彼はこんな雑誌はもう自分には無縁だと思うのだが、一旦は身分制を解体して欲望を解放した文明開化は、競争原理に従って容赦なく敗者をふるい落とし、新しい序列化を強めていた。

学歴競争の敗者をもっとも端的に図式化した作品は、おそらく久米正雄の『受験生の手記』(大7)であろう。東北地方から旧制一高を受験した学生が、二度とも失敗、弟にも先を越されたうえ、好意を寄せていた親戚の娘も弟に奪われ、帰郷の途中で自殺してしまう物語である。井出孫六は歴史紀行『峠をあるく』(昭54)の中で、東京行きの汽車が坂を下っていくのに、なぜ「上り」なのか、子供心に不思議に思った、と記憶を記しているが、鉄道用語は都会に出て成功する者と、失敗して「都落ち」する者とをみごとに切り分けたのである。

念のためにつけ加えておくが、雑誌『成功』の顧問だった露伴は、世俗的な成功を求めたわけではない。『一口剣《いっこうけん》』(明23)、『五重塔』(明24—25)に代表されるように、彼が好んで描いたのは、逆境にある男が強い意志の力で何事かを成しとげる姿であり、結果としての名声は、その問うところではなかった。彼は日露戦争のころ、『大《そら》うつ浪』(明36—37、中絶)を発表し、職業も思想も異なる七人の若者が出世祈願をして、世の荒波に揉まれながらそれと戦って行く大ロマンを描こうとしたが、中絶した。塩谷賛『幸田露伴』(昭40)によれば、彼らのうち苦境に陥った最年少の青年・水野が、友人らの好意で船に乗り組み、国外へ脱出するが暴風雨で無人島に漂着、ロビンソン・クルーソーにも似た生活を続けて文明社会を批判する予定だったという。近代文明の快適さ・利便性が讃美される一方で、それに対する批判も高まろうとしていた。

足かけ四年の英国留学から帰国(明36)した漱石は、『吾輩は猫である』(明38—39)の連載で好評を博し、やがて教師をやめ、作家の道を歩み出した。『吾輩は猫である』は苦《く》沙弥《しゃみ》家に拾われた棄て猫が、そこに集まる「太平の逸民」の言動をひやかし、人間という不思議な生き物にも疑問を呈する物語である。

奇人ぞろいの彼らは博学を披瀝しつつ、「首縊《くく》り」の方程式やら「俳句趣味の劇」やら、すくなくとも「実際」の役には立たない無駄口や駄法螺《だぼら》に打ち興じるが、そこには江戸の遊民、『花暦八笑人《はなごよみはっしょうじん》』(滝亭鯉丈《りゅうていりじょう》、文政3—嘉永2)の左次郎《さじろう》や卒八《そっぱち》のような底ぬけの明るさはない。その様子は苦沙弥先生「手製の名文」、「大和魂」の一節を挙げるだけでも明らかだろう。「東郷大将が大和魂を有《も》つて居る。肴屋《さかなや》の銀さんも大和魂を有つて居る。詐偽師、山師、人殺しも大和魂を有つて居る」。日露戦争の英雄・東郷平八郎から人殺しまで誰しもが口にし、その本体は誰も知らない「大和魂」が、時代を動かすばかばかしい標語を風刺していることは言うまでもない。

「蛙の眼球の電動作用に対する紫外光線の影響」なる博士論文を執筆中の理学士・寒月君に、自分の娘を嫁がせようとゴリ押しする金満家の金田家、それを揶揄する美学者・迷亭や主人の苦沙弥の根底には、金権に対する嫌悪感があり、「文明の民はたとひ親子の間でも御互に我儘を張れる丈《だけ》張らなければ損になるから勢ひ両者の安全を保持する為めには別居しなければならない」とか、結婚に関して、「人間は個性の動物である」から「開化の高潮度に達せる今代《きんだい》に於て二個の個性が普通以上に親密の程度を以て連結され得べき理由のあるべき筈がない」、したがって離婚が必然的になる、と言う哲学者・独仙の家庭観は、口から出まかせとしても現代の風潮を予言した観がある。太平楽を並べているかに見える逸民たちの笑いは苦い。

『野分』(明40)の文学士・白井道也《どうや》は、妻に言わせれば「役に立たない」学問をして貧乏生活に堪え、時代を支配する金力・権力に鋭く迫るし、『朝日新聞』に入社後、最初の連載小説『虞美人草』(明40)では、驕慢なヒロイン甲野《こうの》藤尾《ふじお》と帝大のエリート小野清三が、それぞれの許嫁を捨てて結婚しようとする願望を「道義」の名で打ち破った。ともに漱石が文明社会のありかたに対して抱いた強い批判の表われであろう。

しかし藤尾の異母兄(藤尾の母は後妻)である哲学者の甲野欽吾が、現代において「朽ちかゝる道義の縄」を指摘し、「縄は新たに張らねばならぬ」と考えたように、漱石は一方で時代の道徳的頽廃を討つと同時に、国家主義と個人主義とが「文明社会」において錯綜する時代に、新しい道徳はいかにあるべきかを追究し続けた。東京帝大に入学し、出世の希望に燃えて上京した小川三四郎が、広田先生や里見美禰子らと出会って、それまでの俗世間的な進路を見失い、「迷羊《ストレイ・シープ》」としてたたずむのも(『三四郎』明41)、実業家の親の資産で生活し、しかも文明社会のありさまを批判していた長井代助が、親友の妻との恋愛を通じて実家から絶縁され（当時は姦通罪があった）、職探しに飛び出すのも（『それから』明42）、進むべき道を確立できない意味では共通している。

彼らはまだしも女性に対する関心があった。だが正宗白鳥『何処《どこ》へ』（明41）の菅沼健次は、出世はもちろん、女性にも結婚にも期待を持つことができない。彼は大学生のころに自分の進路に迷い、学者も政治家も実業家も、すべて魅力がなくなってしまった。学校もやめたかったが、恩人の桂田博士の説得で大学だけは卒業し、今はその世話で雑誌記者の身分である。最初は珍しくて熱心に働いたが、一年も経つとすぐに厭きた。大学の友人には家庭の建設こそが人生の重大事であると考えたり、博士論文を書くために身を削っている人間もいるが、そのどちらの生きかたも馬鹿々々しい。「ノンセンス！結婚して家庭を造る、開闢《かいびやく》以来億万人の人間が為古《しふる》したことだ」「立派な人間てどうするんです」というのが彼の答えである。

父は微禄ながら旗本の家柄で、家系と先祖代々の武具を誇り、長男の健次が出世することを疑っていない。母は生活苦をこぼし、妹たちは結婚の夢ばかり追っている。少年時代の彼は「近松や透谷の作を読んで泣き、華々しいナポレヲンの生涯に胸を躍らせた」のだが、なぜか何事にも興味を失い、周囲から「愛せられゝば愛せられる程」、「力が抜けて孤独の感」に堪えられない。懇親会、園遊会はもちろん、桂田博士のお説教や、その夫人の「寵愛」もつまらない。ひたすら「激烈な刺激」が欲しいのである。作中彼が心を動かすのは、石を投げられても泰然として神の道を説く救世軍の兵士を見たときだけである。彼らはなぜ神を信じられるのだろう？

健次は表面上は快闊で、仕事の能力もあり、誰からも好かれている。だが桂田夫人に言うように、誰とでも「本性を包んで交際《つきあ》ってる」ので、その心の底に住む無目的、無感動な虚無感には誰も気づかない。目に見える地位や栄誉を物神化して成長を続けた文明社会は、その反動として彼のような青年を生むにいたった。『それから』の代助とは違い、親の金で趣味に耽っていることもできない彼は、一応の勤務を果たした後は都会をぶらついて退屈を紛らすよりほかはない。「何処へ」の題名は、日曜日を家で過ごすのがいやな健次が、「行場所に迷つた末、遂に千駄木（桂田家）へ向つた」という木尾にもとづいているが、ポーランドのノーベル賞作家・シェンキェヴィチの『クオ・ヴァディス』の影響も認めてよい。キリスト処刑の日、その高弟が発した言葉とされる「クオ・ヴァディス・ドミノ」（主よいずこに行きたまう）は健次の嘆きでもあった。

健次も『少女病』の中年作家もそうだが、個人商店から会社への組織変えにともなってサラリーマンと呼ばれる人種が都会には増えてきた。彼らの多くは電車で通勤し、

「流行の郊外生活」に憧れ、そのささやかな欲望は、郊外のありさまをまたたくまに変えて行った。独歩や蘆花が「武蔵野」に住みはじめたころ、その田園風景は彼らの心を和やかに迎え入れた。しかし甲武線の電化(明37。ただし飯田町—中野間)によって「東京」が西へと発展すると、そこは従来の牧歌的な風景や人間関係を失い、小さく区切られた個々の空間に変わって行った。『それから』の代助が東京の新開地を見て、「大地は自然に続いてゐるけれども、其上に家を建てたら、忽ち切《き》れ〳〵《ぎれ》になつて仕舞つた」と感じたような分割が、郊外でも始まったのである。

その状況を独歩は『竹の木戸』(明41)で写した。——大久保から京橋に通勤するサラリーマン家庭の大庭家の隣りに、貧乏な植木職人夫婦が住みついた。井戸もない汚ない小屋である。大庭家ではむろん彼らとつきあうつもりはなかったが、水を汲ませてくれという頼みを拒むわけには行かなかった。植木屋は勝手に粗末な竹の木戸を作り、女房のお源はそこから出入りして水を汲み、大庭家の女中・お徳と口を利くようになった。一家が「東京」の勧工場(内国博覧会の展示物産を販売したことから始まった商店の一種)に買物に行った日曜日、留守番をした主人の大庭は、ふと裏庭を見て、お源が自分の家の炭を弄んでいるのを見つけるが、大事《おおごと》になるのがいやで黙っていた。だが女中のお徳は炭が減っているのに気づき、泥棒はお源に違いないと騒ぎたてた。折からの寒さと不景気で、気が向かなければ働かない植木屋は給金の前借りもできず、切羽《せっぱ》つまったお源は大庭家の炭を盗んだのである。それを聞いた植木屋は炭屋から炭を一俵盗んできたが、お徳に責め立てられたお源はまもなく首をくくって死に、植木職人は飄然と去ってしまった。木戸は取り払われ、垣根が修復された。

ここに表われているのは、会社の時間や電車の時刻どおりに、こぢんまりした日常の秩序に安住するサラリーマン家庭と、気分や天候によって、働く意欲と収入を左右される職人（当時の職人は日給制）とのライフ・スタイルの相違であるとともに、垣根に囲われた「家庭」生活を重視し、自分と異質な人間とは、できるだけ接触を避けたい大庭家の考え方である。主人の大庭は一見穏やかな好人物であり、竹の木戸にも文句を言わず、炭泥棒と息まくお徳も押さえる。だがそれは、彼が植木屋夫婦の窮状に同情しているからではなく、関わり合って因縁をつけられるのが面倒だからである。その根本には、得体の知れぬ隣人、貧乏人に対する恐怖心と嫌悪感がある。

R・フィッシュマン『ブルジョワ・ユートピア』（小池和子訳、平2）によれば、十八世紀後半のロンドンに誕生した「郊外」は、「大都市のもつ機会への魅力と、同時に都市生活への反撥と」、相反する二つの志向の統合として作られ、「余暇と家族生活と自然との合一」を「排除の原理」で実現しようとしたという。汚れた市街の排除、賃金のための労働の排除、「労働者クラスの住居」の排除。しかしそれほどの計画性も原理もなく、人口の増大につれて自然発生的に生まれた東京西部の郊外は、生活レベルや価値観の違う雑多な人種を抱えこみ、時として『竹の木戸』のような悲劇を生む温床となったのである。

花袋の『時は過ぎゆく』(大5)は幕末から大正の始めにかけて、甲州街道の新宿の宿場から一里も離れた角筈《つのはず》村、淀橋村界隈(現、新宿区)の変遷を記した長編小説である。『生』に描かれた花袋一家をモデルとする人物たちも登場するが、中心は真弓(花袋)の叔父で下士の青山良太である。彼は維新後、荒れはてた主家の下邸《しもやしき》の整理を任され、妻と二人で精一杯働くが、時勢の移り変わりとともに、その努力は酬われず、ただただ草鞋《わらじ》がけで切り開いた林や畑が、宅地になるさまを茫然として見つめる結末を迎える。

息子は若いときから外国に渡って行方不明、娘は真弓の兄と結婚したが、姑にいじめられて病死、こつこつと貯えた老後の資金は銀行の倒産で失われた。彼と同世代の知人・親戚は次々に世を去り、最後には妻も亡くなった。その間、二つの戦争があり、近辺は異常な速さで開発された。農家もまばらで、ぬかるみを荷車で運搬していた道は広い大道となり、電車が傍を通り、四谷まで行かなければ用が足りなかった買物も便利になった。当初は東京にかぶれて家出をした百姓の息子がいたり、理由もなく縊死した百姓が話題を賑わせていたが、地価が高騰するにつれ、百姓は農作業をやめて「都会の人達」から地代を取る「地主さん」となった。畑も竹藪も梅林もつぶされ、小さく区切られてしゃれた二階家や「長い立派な板塀」の家が出来た。良太の主人も、良太が長年苦労して整備した奥庭や林を壊して貸家を何軒か造った。自分の生き甲斐がほとんど失くなった良太は、それでも黙々と雑用に従い、遠い昔を思い出していた。そんな彼の頭上を飛行機が轟音をひびかせて飛んだ。

時代の大きなうねりの中で、良太は出世なぞ望まず、一族と近隣の信頼を得てひたすら誠実に生きたが、大切なものは次々に失われた。人はいつの間にか生まれていつの間にか死んで行く、という淋しさと諦念が、名もなき民として生きた彼の感想である。子供のころ盗みをして、良太に戒められた真弓は文学者として出世し、洋行も考える勢いである。彼がどのような作品を発表しているのかは明らかでないが、花袋自身は後述(「別世界」の章)するように、明治の末ごろから、日常の生活を凝視する作風から脱出する方向を試みていた。「自然主義の大家」に批判的な新しい世代が台頭し、新しい世界を開拓しつつあったからでもある。

都市と郊外に関する新傾向の代表作を一つだけ挙げるとすれば、それは佐藤春夫の『田園の憂鬱』(大7)だろう。武蔵野南端の「草深い村」(前述)に憧れ、東京から移り住んだ夫婦の物語である。紀州らしき半島から上京した夫は、文学者として認められているが、都会では息がつまり、「人間の重さで圧《お》しつぶされる」ように感じて、「草屋根の田舎家」を借りた。しかし解放感もつかの間、まず妻が不自由な田舎暮らしに厭きて、ふたたび上京するようになり、彼も次第に「都会に対するノスタルジアを起」こすようになる。最初にパラダイスかと見えたはるかな丘の風景にも感興を失い、退屈と倦怠の夜には「怪奇な病的現象」が彼を襲う。「汽車のひびき。電車の軋《きし》る音。活動写真の囃子《はやし》。見知らぬ併《しか》し東京の何処《どこ》かである街」。これらの幻聴・幻覚は彼を悩ませる一方で、近代の都会人の自我のふるえを自覚させてもいる。そのような彼に、「おお、薔薇、汝病めり」という内心の声が聞えてくる。故郷での健康な心を東京ですりへらし、過敏な神経を研ぎすました文学青年が、もはや田園生活でもそれを鎮めることができず、むしろ病んだ神経によって芸術的幻想を紡ぎ出す姿がここにはある。

二葉亭『平凡』に、「僕の神経は錐《きり》の様に尖《とン》がつて来たから、是で一つ神秘の門を突《つツ》ついて見る積《つもり》だ」と自慢する作家の友人が文学者の「屑《くず》」と嘲笑されているが、漱石も「趣味の判定者」だった『それから』の代助を、最終的には「生活」へ向かわせる。いわば明治の作家にとって批判の対象だった過敏な神経(代助は目覚めたとき心臓の鼓動を確かめるのが癖である)や、そこから生まれる幻想は、次世代の文学者にとっては苦痛であると同時に、美的世界を創造する動力でもあった。谷崎潤一郎『秘密』(明44)、志賀直哉『剃刀』(明43)『濁った頭』(明44)『范《はん》の犯罪』(大2)、豊島与志雄《とよしまよしお》『囚《とら》はれ』(大4)、広津和郎《かずお》『神経病時代』(大6)、萩原朔太郎の詩集『月に吠える』(大6)などには、とりわけその傾向が強い。山崎正和『不機嫌の時代』(昭51)が論じたように、社会や人間関係にアイデンティティを見いだせず、怒りをぶつける明確な対象もわからぬままに、その場の「気分」で神経を苛立たせる青年が増えてきたのである。神経衰弱、ヒステリイという言葉も、日露戦争後から流行した。

物語る女性・描かれた女性

男性の支配力が圧倒的に強く、女性が家事・育児に閉じこめられていた明治前期、十九世紀末には、少数の例外を除いて女性の社会進出自体がきわめて少なかった。実在の人物では、男女同権論の先覚者・岸田(中島)俊子や、自由民権運動の闘士・景山(福田)英子(回想に『妾《わらわ》の半生涯《はんせいがい》』明37)、教育者としては実践女学校や学習院女学部の下田歌子、津田塾の創設者・津田梅子、明治女学校を設立した木村鐙子《とうこ》らの名が浮かぶが、旧派の歌人を除いて、新しく流行する小説に挑んだのは、田辺(三宅)花圃《かほ》、木村曙《あけぼの》、清水紫《し》琴《きん》らである。

花圃の『藪の鶯』(明21)は、当時の鹿鳴館時代の世相を批判し、それに浮かれる女学生の姿を写しながら、両親を助け、内職をして弟の葦男《あしお》を学校にやる松島秀子の、質実でつつましい生き方が次第にクローズ・アップされてくる。華族令嬢の篠原浜子が、養子で許婚の勤が洋行中に享楽的生活に耽り、官員・山中の甘言に迷ってすべてを失うのに対して、秀子の女徳は、帰国して篠原家の後始末をつけた勤の目にとまり、めでたく結婚することになる。

これに対して木村曙の『婦女《ふじょ》の鑑《かがみ》』(明22)は、人物関係が錯綜して構成にもいくつかの難はあるが、舞台は日英米三国にまたがり、主人公の吉川秀子が「一事をし出して世の為に益せん」とする壮大な立志物語である。

留学直前、恋の恨みから友人・花子の奸計で「不義の汚名」を着せられ、父(実は養父)に勘当された秀子は、苦心惨憺を重ねた末、かつて救った春子の献身的な援助によってイギリス留学を果たす。リリーと名乗った彼女はケンブリッジ大学の女子校を優等で卒業。彼女の成績を妬んだ友人のため馬車事故に遭わされるが、逆にその「敵」を気遣った「慈悲の心」が評判になる。しかし彼女は「学術修業」に留学したわけではなく、「商業社会《なかま》」に入るのが目的だったため、渡米して「工業場」に身を投じ、絹織物の女工として技術を習得する。この地でも彼女の慈悲心は遺憾なく発揮され、後に因縁が判明する老爺を助けるが、帰国を促しに来た姉・国子の婚約者の言葉に従い帰国、翌年(明22)築地に「工業場」を創立して貧しい女性を雇って救済した。工場の製品(おそらく絹織物)はすべて純国産、工人、下職《したじょく》には食事を給し、工場の隣りに幼稚園を設立し、貧民の子を教育した。

当時の物語がほとんどすべて男女の仲を主軸にして展開するのに対して、ここでは敵役の花子の嫉妬が発端になるだけで、秀子の心が一筋に留学して技術を学び、工場を作って貧民を救済する方向に向いていることが特徴的である。作中の人物はみな不思議な縁で結ばれ、「慈悲」と「報恩」の精神で貫かれている。父・吉川の訓《さと》しにある「命は元より此世の物」「総て其身は何事も　世の為めに進退せよ」が、秀子の社会福祉の志を生んだとも言えようが、この理想が十代の女性作家の頭に宿った遠因には、やはり『西国立志編』の投影を見ておくべきだろう。秀子が「学問」や「政治」に直接関わるのではなく、実際的な「技術」を通じて恵まれない女性を救い上げようとする点に、その具体的社会性が感じられるからである。外国人をも含む少女たちの奇縁と連帯は、従来も指摘されてきたように、『里見八犬伝』の八犬士の女性版なのかもしれない。

紫琴の『こわれ指環』(明24、筆名つゆ子)は、破鏡にいたった女性の一人称の口語体短編。父の命令で「圧制結婚」をした「私」が、夫の女遊びに泣き、次第に「泰西の女権論」を身につけて夫に忠告するが、夫は「賢《さか》しげに女の分際で」と取り合わない。「私」は不本意ながら離婚をして「只管《ひたすら》世の中の為に働こふ」と決意し、その「紀念の為に」、かつて夫が呉れた指環の玉を抜いて発奮のバネとしている、という告白である。もっとも、自分の忠告に取り合わない夫に対して、「是も私のまことが足らぬから」と思ったり、「此《この》こはれ指環が其《その》与へ主の手に依りて、再びもとの完《まった》きものと致さるゝ事が出来るならば」と願ったりする点は、離婚を人生最大の失敗とする当時の女性たちの反映でもあり、その女権の主張は、彼女が参考にしたと思われる岸田俊子『同胞姉妹に告ぐ』(明17)にくらべてやや不徹底だったと言えよう。

　これら三つの小説は、女性作家の出発期に三者三様に女性の生き方を描いたものだが、『浮雲』のお勢に代表されるように、男性作家が描いた「教育ある」女性は、概して冷笑的、または不運な結末を迎える。たとえば広津柳浪《りゅうろう》『女子参政蜃中楼《しんちゅうろう》』(明20)の山村敏子《さとこ》は、男女同権論にもとづき女性の参政権をめざして活動するが、男性政治家から足を引っぱられて失踪、そのまま行方不明となる。柳浪が序文に記すように、婦人参政はまだ蜃気楼にすぎない。紅葉『風流京人形』(明22―23)は勉強そっちのけでお洒落や男性の噂に興じる「開華女学校」生徒を嘲笑し、美妙の『嫁入り支度に教師三昧《ざんまい》』(明23)も、女教師・志保子が軽薄な行動を重ねて堕落する様子に批判を浴びせかけている。

その傾向の中で、正面から教育ある女性の欠点と悲劇を描こうとしたのは、逍遥最後の小説『細君』(明22)であろう。『こわれ指環』の語り手も高等女学校出身だが、『細君』のお種も同じく高等女学校(お茶の水女子大の前身)を卒業した才媛である。

漢学教師の家に生まれ、美貌に恵まれたわけでもない彼女は、早々に結婚して幸せをみせびらかす友人たちが羨ましく、「夫の人柄に好《この》みはない、只中等より以上の宅へ縁附いて元の友達の顔が見たい」とひそかに思っていた。その甲斐あってか、彼女は以前に父が学資を援助したことのある下河辺《しもこうべ》、「当時才子、学者、日の出の官吏、評判よき著述家」と結婚するのだが、その家庭生活は暗い。夫は横暴で、月給は渡さず、しかも土曜ごとにどこかへ出かけて行く。月末には借金取りの言い訳に追われ、奉公人からは、「女書生」で「学問の外に取所のない」人だと陰口を叩かれる始末である。その有様は新しく奉公した小間使・お園の目を通じて展開するが、最終的には、実家に用立てる金に窮したお種が、お園に頼んで衣類を質屋に入れ、帰り道にお園はその金を奪われて警察沙汰となる。名誉を傷つけられたと夫は激怒、お種に叱りつけられたお園は投身自殺、お種は家事取締り不行届きで離縁され、夫は留学先から連れ帰った外国人女性を家に入れる、という結末を迎えるのである(ちなみに、その後のお種は女教師になるらしい)。

先にも触れたように、この時期には数多くの女学校が大都会に創立されたが、そのいずれもが新時代に即した「良妻賢母」の育成をモットーとしていた。その詳細は明治女学校を母胎として発行されていた『女学雑誌』(明18—37)などに明らかだが、先述三人の女性作家のうち、花圃と紫琴は明治女学校に学び、曙は東京高等女学校出である。彼女たちとその主人公はそれぞれに生きる方向を持つことができたのだが、逍遥が描いたお種は、「学問」を生かすことを知らず、家政能力を欠いたまま、出世する男と結婚するアンバランスな女性として設定された。しかしお園の自殺が強調されたために、学問をした女性とその結婚生活の葛藤は深く追求されることなく終った。時代はまだ妻に「内助の功」を求め、「愛情」に満ちた家庭を守ることを女性に望んでいたのである。明治女学校の教頭(のち校長)で『女学雑誌』を主宰していた巌本はその代表である。『藪の鶯』の秀子はその教本どおりに幸福を得、『こわれ指環』の「私」は失敗して後に、知識を社会に役立てる道を見いだした。『婦女の鑑』の秀子だけが周囲の女性の結婚に気を配りつつ、自分一人は独身であることは、自立する女性の結婚についてきわめて示唆的で、その題名とともに突出したレベルを示している。

なおつけ加えておけば、明治女学校出身者には、独歩の最初の妻で、有島武郎『或る女』のモデル・佐々城《ささき》信子や、その従妹で新宿中村屋を創設する相馬黒光《こっこう》(回想記『黙移』昭9)、作家の野上弥生子《やえこ》(晩年に当時を回想した小説『森』昭60がある)らがいる。女性翻訳家の草分けで、『小公子』(明23―25)を訳した若松賤子《しずこ》は、巌本の夫人だった。

　しかしこの時期最大の女性作家は、花圃の成功に刺激されて作家をめざした樋口一葉である。彼女は、逍遥の『細君』や紅葉の『二人女房』(明25)を受けて、『十三夜』(明28)を書く。

　『二人女房』はお銀、お鉄の姉妹が、美貌の姉は中級官吏の後妻となって、婚家の人間関係(姑、小姑)や夫の免官に苦しみ、明るく健康な妹は職工と結婚して幸せな家庭を築く小説である。これらを『十三夜』と対照すると、夫が遣り手の官僚という点では三者一致し、妻が幸福にならなかった点でも同様である。ただし、お種が高学歴を自慢にしていたのに反し、『十三夜』のお関は学歴も家政上の心得もない。原田の人力車(この小説の人力車については後述)に、羽子《はね》突《つ》きをしていたお関の羽子が飛びこんだのが縁で、原田が彼女の美しさを見染め、身分が違う、稽古事もしていないと断るのを無理に貰い受けたのである。だが子供の太郎が出来てから、夫はお関の「教育のない身」を罵り、「相談の相手にはならぬ」「太郎の乳母として置いて遣はす」と嘲けるようになった。「お前のやうな妻を持つたのは」自分の不幸だとまで言われては、お関が離婚を決心して実家を訪れたのも無理はない。家政が不得手なのはお種の場合と同じだが、下河辺は囲い者のために家計を圧迫していたようだから、原田が妻に立派なみなりをさせ、お関が黒塗りの人力車で実家に出入りしたり、両親に小遣いを渡す自由を持っているのとは、事情が違うようである。

原田自身は作中に直接登場しないので、妻の人格を認めない彼の雑言はお関の訴えを信じるよりないのだが、仮に彼の立場から見れば、彼は当時の「妻」の心得の教本どおりにならないお関に不満をぶつけただけだったのかもしれない。いい暮らしをさせ、弟を役所に世話までして、夫の役割は十二分に果たしているというわけである。もちろん彼の暴言は許すことはできず、教養のない点は「人知れず習はせて下さつても済むべき筈」というお関の反発ももっともなのだが、それを彼女は口にして要求したことがあったのだろうか。彼女は「私の言条《いいじょう》を立てゝ負けぬ気に御返事をしましたら夫《それ》を取《とっ》てに〔口実に〕出てゆけと言はれるは必定」と思いこんでいる。原田は原田で「張《はり》も意気地もない愚《ぐ》うたらの奴」と決めつけているから、二人の心が切り結ぶことはないのである。

しかし『細君』のお種から遅れること六年、日清戦争を経た後のお関の結論は、離縁して実家に帰り、親の手助けをして暮らすことだった。しかしこの二人の条件が決定的に異なる点は、お種には子がなくて教育があり、お関には教育がなく子があることである。お種には教師として自活する道が残されているが、お関には職業につく道がない。

当時の女性の職業は、内職を除けば、教師、女店員、女中等の住みこみ奉公、女工、電話交換手、看護婦、それに、いわゆる水商売程度しか思い浮かばない。そのどれもが、資格的にも年齢的、性格的にも彼女には無理だろう。だから彼女は離婚したとしても、「内職なり何なりして」と父に頼みこむよりほか仕方ないのである（横山源之助『日本之下層社会』明32には女性たちがいかに低賃金で内職に励んでいたかが記されている）。まして彼女には、残して去らなければならない男の子があり、そこに父の説得が功を奏する余地があった。

「一端〔一旦〕の怒りに百年の運を取はづして、人には笑はれものとなり」に始まる父の考えは、まず「玉の輿《こし》」をみずから降りることの愚かしさ（世間の評判）を説き、夫を「機嫌の好《い》い様にとゝのへて行くが妻の役」、それが「世の勤め」であると諭し当時の一般的考え）、次第に原田の恩義、太郎との別れ、「お前が口に出さんとても親も察しる弟《おとと》も察しる、涙は各自《てんで》に分けて泣かうぞ」と情に訴える。お関の決心は「一端の怒り」に任せたものではなかっただろうし、父の説得に斎藤家の現状を保持したいという願望が交じっていないとは言えないが、その言葉に彼女は泣いて「辛棒」を誓うほかなかった。だがその代償でもあるかのように、後半で、帰宅を急ぐ彼女は「玉の輿」ならぬ人力車を降り、夢幻の一時《ひとときを》を過ごすことになる。

お関に代表される女性の哀しさは、相互の愛情に欠ける夫婦の不幸を示し、家庭内に閉じこめられる姿を描いた意味では、当時の女性が置かれた位置を表わしていると言えよう。一葉の作品には抑圧された女性の悲劇というイメージがつきまとい、事実それに違いはないのだが、お関の場合にも見られるように、彼女たちはひたすら慎ましく柔順だったわけではない。

たとえば『にごりえ』(明28)では、銘酒屋の酌婦(一種の私娼)のお力《りき》が、上客の結城《ゆうき》に「お前は出世を望むな」と心底を問われて、「私等《わたしら》が身にて望んだ処が味噌こしが落《おち》、何の玉の輿までは思ひがけませぬ」と冗談にはぐらかす場面があるが、「つまらぬ、くだらぬ、面白くない、情ない悲しい心細い中に」、いつまでのたうたなければならないかと嘆いたところで、一旦落ちた泥沼から這い上がり、「人並《ひとなみ》」に生きていく道はない。祖父・父・自分と三代続いて「俗」と張り合う意気地(お力の言葉では「気違ひ」)を結城に語った彼女は、「菊の井(店名)のお力」として「人情しらず義理しらず」を通して、源七に後袈裟《うしろげさ》に切られて死ぬ。彼女の最期には源七がしかけた無理心中(彼はお力に入れあげて店を失った男である)、「得心づく」の心中の二説があるが、そのどちらにせよ、お力が死によってその宿命から解放されたことはたしかである。

『わかれ道』(明29)のお京が仕立屋をやめて妾になるのも「何《ど》うしても斯《こ》うと決心」し

たからであり、『裏紫《うらむらさき》』(明29、未完)のお律が何の不足もない夫を裏切り、以前からの恋人の許へ急ぐのも、結婚するときから「形は行っても心は決して遣るまいと極めて置いた」からである。

『われから』(明29)のお町は、出世の見込みがないため妻に逃げられてから一念発起、高利貸となった父の巨万の富を相続した一人娘で、政治家の恭助を婿養子にして勝手気ままな暮らしぶりである。帰りが遅く、不在がちな夫の女遊びは手きびしくやっつけるが、夫に囲い者があり子まで生《な》していることを知ったときには、それを問いつめることができない。だが淋しさから書生を可愛がり、その噂がひろがって別宅へ押しこめられるときの最後の言葉は、「此の小《ちい》さき身すて給ふに仔細《わけ》はあるまじ、美事《みこと》すてゝ此家を君の物にし給ふお気か、取りて見給へ、我れを捨てゝ御覧ぜよ、一念が御座りまする」である。そこには「家」や「夫」に縛りつけられながら、一方的な夫の仕打ちには反抗する激しい女の意地がこめられている。一葉の日記を「明治女書生の厭世立志伝」と呼んだのは和田芳恵『一葉の日記』(昭31)だが、一葉が描いた女性たちは、とりわけ晩年ほど女の「一念」を貫こうとする意志と、「われは女成りけるものを」(『日記・水の上』)という呻きの両極を揺れ動いているようである。

よく知られているように、一葉の父は百姓の生活に絶望し、武士に憧れて甲斐(山梨県)の僻村から夫婦で逃亡、江戸に出て辛苦の末に望む身分を金で買った人物である。最後には事業欲で失敗したとは言え、ともかくも維新の動乱期(身分制廃止)を無事に切り抜け、官員に横すべりした生涯は、俗流立志伝の小さな一例と言えよう。彼は娘のなつ(一葉)に高度の学校教育は望まず、裁縫や和歌や、「女らしい」教養を身につけさせようとした。彼女が小説を書きはじめた直接の理由は、和歌の萩《はぎ》の舎《や》塾で同門の花圃の成功に刺激され、父亡き後、負債を抱えた一家を支えなければならなかったからだが、尋常小学校を半ばで退学させられ、「女」の枠に嵌めこまれた彼女が、和歌を通じて表現することを学ぶとともに、その型に収らない女としての「私」を自覚するのは、おそらく必然的な方向だっただろう。

＊

彼女がわずか二十五歳で夭折した直後、「家庭小説」と銘うった一群の小説が流行した。現在そのはしりとされるのは蘆花の『不如帰《ほととぎす》』だが、音読みで婦女記に通じるこの題名は、時鳥《ほととぎす》の血を吐くような哀切な声から、ヒロインが結核で死出の旅路につくことを暗示しているようだ。浪子と武男の物語として演劇化もされ、『金色夜叉』と並ぶ明治の大ベストセラーとなった。女子学習院を卒業した片岡浪子は、薩摩出身の功労者・川島家の一人息子で男爵海軍少尉の武男と結婚し、相思相愛の仲になる。彼女の父はやはり薩摩出身の陸軍中将だが、浪子が八歳のとき妻に先立たれ、長州出身の女性と再婚した。義母は若くして英国に留学した「男まさりの上に西洋風」の女性で、片岡家を西洋風に改革し、父の中将は、「学問の出来《でく》る細君《おくさん》は持つもんぢやごわはん」などと苦笑していた。義母は、「寡言《ことばすくな》」な浪子を自分に懐かない「拗《す》ね者」と誤解し、活発な妹を可愛がった。浪子はひそかに、自分が結婚したならば、和洋の長所を取った家庭を築こうと考えるようになった。

しかし川島家では未亡人となった姑が実権を握り、古風な「家」を守っていた。彼女は根は悪い女性ではないが、一人息子を嫁に取られたような淋しさから、浪子にきびしく当たった。浪子はよく姑に仕えた。だが日清戦争が始まろうとするころ、浪子は喀血、武男への感染を恐れた母の指示によって、神奈川県の逗子で病いを養うことになる。当時結核は不治の病いであり、伝染病のうえ、血を吐くことへの恐怖も加わって、もっとも恐れられた病気だった。養生には、湘南海岸などでオゾンを吸うこと（後には軽井沢などの高原で新鮮な空気を吸うこと）がよいとされていたのである。軍務に就いた武男は浪子を気遣いながら日清戦争に出征、武男の従弟や御用商人らの奸計もあるが、その間に姑は病気を理由に浪子を離縁してしまう。姑には古来からの「七去《しちきょ》」（日上に従順でない、盗癖、重病などの七項目に該当する嫁は離縁してもよい）のしきたりが生きていた。

章で触れるように、浪子と武男はその後一度だけすれ違う機会があるが、浪子は「もう婦人《おんな》なんぞに――生まれはしませんよ」という悲痛な言葉を残して、亡くなってしまう。

ついでながら、この小説のモデルは、薩摩出身で日清・日露戦争の英雄、大山巌とその後妻、明治の始めに最初の女子留学生として津田梅らと一緒に米国に留学した会津出身の山川捨松の家庭に起こった悲劇である。会津と薩摩を和解させるための結婚だったともいう。

この小説は上流家庭を舞台にした愛の物語であり、奸計をめぐらす悪役の登場という点では「家庭小説」と同類とも言えるが、若い二人の愛が古い「家」のしきたりで押しつぶされて行くという意味では、かなり異質な面がある。菊池幽芳『己《おの》が罪』(明32―33)、同『家庭小説 乳姉妹《ちきょうだい》』(明36)、田口掬汀《きくてい》『家庭小説 女夫波《めおとなみ》』(明37)などの代表的家庭小説は、上流家庭の幾多の波瀾を描きつつ、ヒロインの一筋の愛が最終的には勝利を収め、美しい家庭を作っていく物語だからである。『不如帰』を含めた傾向が「メロドラマ」というモードで統一されるとしても、女性の生き方としては、愛情が病魔という不可抗力や古い「家」観に踏みにじられるのと、愛の勝利とには、やはり一つの切断面を認めてよい。幽芳や掬汀が唱える「家庭小説」とは、それらの「序文」を総合すれば、おおよそ次のようなものだった。

今の一般の小説よりは最少《も》し通俗に、最少し気取らない、そして趣味のある上品なもの
一家団欒のむしろ〔席〕の中で読《よま》れて、誰にも解し易く、また顔を赧《あか》らめ合ふといふやうな事もなく、家庭の和楽に資し、趣味を助長し得るやうなもの
地の文に極めて平易な、また詞遣ひの叮寧な言文一致体を用ゐた事　（幽芳）
「清純で深厚なる愛の力は如何なるものをも抱合融和さすべきもので、人の世にある力の最も清く且《か》つ強いものは、愛の外にはない」と云ふ思想《かんがえ》　（掬汀）

その限りでは、日向男爵の嫡男に嫁いだ小町田子爵令嬢の浜子が、「夫婦中か睦まじく行か」ず、「ぶら〳〵病ひ」となって実家の別荘（鎌倉）で淋しく死んで行く、草村北星『浜子』（明35）は、母が継母であること、「極悪非道なイアーゴ」的奸計によって離縁されることも含めて、『不如帰』に近いと言えよう。『不如帰』の悪役、千々岩《ちぢわ》が戦死し、浜子に不義の汚名を着せた小菅が最後に自殺するのも共通する点である。しかし浜子はその奸計に図られる以前から婚家の生活に鬱々としており、といって、自分を愛してくれない夫に自分から心を配ったわけでもない。彼女はただ消極的に、親同士が決めたま

まに結婚し、夫の意のままに離婚されて死んで行く、「淋しい」女性である。「家庭の和楽」のスローガンは、愛に満ちた結婚生活を至上のものとして描いたが、愛のない結婚もまた、「家庭」にしか生きる場所を持たない女性を描いたのである。

自立しようとする女性

しかしこれらと併行して、「学問」や「文学」によって自立しようとする女性も小説の中に登場しはじめた。一方では家父長の権力を明文化した明治民法が施行され（親族・相続の二編は明31）、他方では高等女学校令（明32）によって、高学歴の女性が輩出した時代である。前者の男女不平等に反発した女性たちが、「学問」によって家族制度の傘から脱出しようとするのは自然の勢いである。その姿を描いた代表的作品に、小杉天外『魔風恋風《まかぜこいかぜ》』（明36）や小栗風葉『青春』（明38―39）がある。

鈴《ベル》の音高く、現れたのはすらりとした肩の滑り、デートン色〔アメリカ製デートン自転車と同じ鮮紅色〕の自転車に海老茶の袴、髪は結流《ゆい》しにして、白リボン清く、着物は矢絣《やがすり》の風通、袖長けれど風に靡いて、色美しく品高き十八九の令嬢である。

『魔風恋風』のヒロイン、萩原初野が登場する場面である。彼女は美女揃いと評判の「帝国女子学院」の花と謳われる才媛で、皇后臨席の開校十周年記念に、選ばれて英語のスピーチを披露する予定だった。しかし校門に着く直前に、飛び出した二人の書生と衝突、失神、骨折して大学病院に入院を余儀なくされてしまった。彼女は千葉県佐原の金持の娘だが、父の死後、家を継いだ異母兄に「妾上りの後妻の子」として冷遇され、学問で身を立てようと考えて上京した。折から女学生の堕落が新聞紙上を賑わせていたが、彼女は男性の誘惑や贅沢な生活には目もくれず、必死に勉学に励んだ甲斐あって、あと数か月で卒業というところで事故を起こしたのである。冷たい兄は卒業までの学費と生活費をしぶしぶ出しただけで、入院費やその後の生活費の依頼には応じてくれなかった。

困り果てた彼女は、自分を姉と慕う後輩の子爵令嬢・夏本芳江とその婚約者・夏本東吾（養子）の経済的援助を受けたことから、はからずも東吾と愛し合うようになるが、自分の跡を追って上京した妹の問題や、東吾の養子縁組解消騒動などで心労が重なり、脚気衝心の病いに倒れ、生活困窮に陥る。一方東吾に去られた芳江は家出して初野の許に隠れるが、周囲の説得に負けた東吾の変心を知った初野は、東吾が千葉にいるとだまし、芳江を千葉の別荘に行かせようとするが、芳江の遺書を読んで罪を悔い、芳江を追って船着場に駆けつけたときに起こった発作で、芳江と東吾との幸福を願いながら死んでいく。

独立して、病気がちの母に孝養を尽くし、妹を立派に教育しなければならぬという初野の志は、むなしく挫折し、卒業試験を目前にして死を迎える。彼女は金のためには身を売ろうかと考えたり、高利貸から金を借りようと思うこともあるが、さすがに新聞に出る堕落女学生の真似はできない。むしろ彼女が「妹」の婚約者を奪う恋に身を滅ぼしながら、純潔を保ち続けた心根が読者の同情を買ったわけである。物語自体は従来の才子佳人小説の悲恋版と大差ないとしても、志を立てた女性が恋と志の間で苦しむ姿には、たしかに当時の女性が置かれた状況の反映が写し出されていた。初野の颯爽とした登場は、演歌にも唱われて、「家庭」に閉じこめられがちだった若い女性の夢をかき立てたのである。後に有吉佐和子は、明治の末年に、和歌山の田舎で自転車の稽古に励み、母に叱責されて土蔵に押しこめられる女学生を登場させた(『紀ノ川』昭34)。

『青春』のヒロイン小野繁《しげる》の場合も、事情はほぼ同様である。水戸の医者の家に生まれた彼女は、跡取りの姉の夫に支配されるのを嫌って上京し、「独身主義」を貫いて東京で身を立てようと思った。今は「成女大学《せいじょ》」切っての美貌を誇る才色兼備の学生である。彼女は親友の実業家令嬢・香浦園枝の邸に招かれ、園枝の父が保証人となっている大学生（東大）の詩人・関欽哉《きんや》と知り合った。彼は愛知の豊橋在の出身で、養子となった関家には許嫁がいる身である。養母から医学へ進むことを求められていた彼は、京都の旧制三高で十九世紀の文明を形成した科学や哲学を疑い、東大の文科に入ったのである。彼は香浦邸で繁に惹かれ、自作の詩「顕世《うつしよ》」を朗読して、その弁舌によって彼女の心を捉えた。「懐疑」「煩悶」「厭世」「個性」の伸長、「人間の運命」などが彼の得意な話題である。

香浦家の人々や養家との複雑な関係は省略するが、現世に絶望して「神経衰弱」に陥っている彼も、永遠の「愛」への憧れだけは強かったので、二人は出会いを重ね、ついに結ばれる。しかしその結果は繁の妊娠、堕胎（当時堕胎は重罪だった）、責任を取った欽哉の投獄という暗転を迎え、三年後に彼が出獄したときには、もはやお互いに以前の情熱を失っていた。思い出の銚子《ちょうし》（千葉県）に旅行しても過去は戻らず、たまたま出会った高校の友人・北小路（園枝と結婚）に、欽哉は「過《あやま》つて恋愛といふ歯車に巻込まれ」た自分の半生を語る。鷗外訳『埋木《うもれぎ》』（シュピン原作、明23―25）の言葉に従って、「恋愛は美しい夢を見て穢《きたな》い事を為《す》るものだ」と考える彼は、獄中で「恋愛」の目的は生殖であると悟った。やがて彼は繁にも次のように述懐する。

恁《こ》う言ふと、如何にも恋愛の神聖と高尚とを故《ことさ》らに卑しくするやうであるが、実は然らず！ 生殖と云ふ事は、生存の慾望と共に最も強大な力であつて、第二の我、次代の箇人《こじん》が是に由つて支配さるゝのである。で、恋愛其物は一種の方便に過ぎなくて、男女《なんによ》の関係の真意義は色慾であり、生殖である其の證拠には、人は恋し合ふのみで決して満足せぬ、恋する所の恋人を独占し得て始めて満足するので、単に愛情の交換のみで無く、愛情の結合、即ち肉慾上の満足を得なければ歇《や》まぬのを見ても分る。

このような考えは、当時の知的青年間に流行したショーペンハウエル流の哲学にもとづくが、欽哉によれば、自分たちは「種族の保存」という「宇宙の要求」に背き、「恋愛の幻影に欺かれて、恋愛の真意義を誤つた」ということになる。彼の反省の弁に賛成するかどうかは別として、二人はもう結婚する気もなくなり、とりあえず故郷へ帰ると言う欽哉は新橋駅で繁と別れるが、やがて彼から繁の許に長文の遺書が来る。それによると、養家に向かおうとした彼は偶然、かつての許嫁お房が、新しい婚約者を迎えるのを嫌い、入水自殺した現場に行き合わせた。「人間の神秘」を痛感した彼は、そのいじらしい情に殉じて死ぬつもりだと言うのである。手紙を読んだ繁はしばらく机に顔を埋めて涙を流すが、やがて「那《あ》の人は死ねる人ぢや無い」と思い直し、二人の青春の記念だった押し花を窓から投げ捨てて立ち上がる。

欽哉は北小路や園枝の兄の速男《はやお》が見抜いたように、その言葉は情熱的で本人もそれを信じているのだが、時が過ぎると夢が覚めてしまう、結果的には実行力に乏しい人物である。この小説は、彼の性格や落ちぶれた彼に援助の手を差しのべようとする友人の存在も含めて、ツルゲーネフの『ルーヂン』(二葉亭四迷訳『うき草』明30)の影響を受け、観念や幻想に欺かれた青年を「時代の犠牲者」として描こうとしているが、立身出世、または上京青年の面から見れば、故郷から上京した青年男女が「恋愛」によって失敗するという構図は、『魔風恋風』と通底している。漱石の『虞美人草』も、上京した秀才が許嫁を棄てて華やかな美女と結婚しようとする点では共通するのである。ただし亡き許嫁への「殉死」を言い出す欽哉にくらべて、あらためて「純粋の独身主義」を誓う繁は、はるかに逞しい。「美しい夢」から目覚めた彼女は、その苦い結末を嚙みしめて仕事に立ち上がるからである。

だがそのようなわずかな例外を除いて、描かれた女性たちはまだ依然として「家庭の幸福」に浸ったり、色香によって男性に寄生し、自分の権力を手に入れようとしているかに見える。北小路の妻となった『青春』の園枝は、自分の場合は「奴隷の屈従」ではなく、「自分で丁《ちゃん》と自由意志も持った服従」だと満足しているし、大塚楠緒子《なおこ》『空薫《そらだき》』(明42)の松戸雛江《ひなえ》のように、権力を得るためにさまざまな策略をめぐらす女性も、やや下って有島武郎『或る女』の早月《さつき》葉子にしても、結局は男性に頼り、自力で生きるようには描かれていない。その限りでは、たとえ倒錯的関係であっても、谷崎潤一郎『刺青』(明43)、『痴人の愛』(大13—14)なども例外ではない。

その停滞した状況がようやく動きはじめたのは、森田草平『煤烟《ばいえん》』(明42)のころからである。漱石の弟子で英文学者の森田と、日本女子大学校出で「禅学令嬢」と噂されていた平塚明子《はるこ》(後のらいてう)との心中未遂事件をもとに、当事者の森田が自分の側から小説化したものである。

男性(要吉)側から見れば、この小説は『青春』に似て、妻子を田舎に残し、東京で文学者として売り出した男が、教会の学校で教えたユニークな女性に魅せられて、その観念的で不可解な言動にふりまわされ、ついに心中を約束した物語であり、女性(朋子《ともこ》)側から見れば、要吉はダヌンチオの『死の勝利』(上田敏『みをつくし』明33に部分訳、「完訳」は生田長江『死の勝利』大5。ただし英訳本から重訳)を貸し与えたりしながら、実は煮え切らない「生温《なまぬる》い水」である。彼女は要吉に「自己の体系《システム》」を理解させようと、彼の心を冷やしたり熱したりするが、彼が求めているのはごく普通の「愛」であって、一人の心は噛み合わない。彼は彼女のエキセントリックな言動が、彼女に対して抱いていた「幻影《イリュージョン》」を壊して行くのを憎み、鎌倉の鶴ヶ岡八幡で彼女を殺した「幻影《まぼろし》」を見たと書き送り、彼女は、「私は敗れた」「もう自分で自分を制御することが出来なくなつた」「私は先生の御手にかゝつて死ぬ――殺して頂く」という主旨の手紙を彼に突きつける。

二人は死場所を求めて塩原(栃木県)へ向かうが、要吉が「貴方は私のために死に、私は貴方のために死ぬ。さう言つて下さい。私を愛すると、唯一言」と迫っても朋子は黙然として答えない。自分の心を見せ、自分にも隠そうとして来たことを男に打ち明けた自分が許せなかったのである。家出の前に彼女は古い日記を焼き、新しく二、三行の文字を書いて持参した。「我生涯の体系《システム》を貫徹す。われは我が cause に因つて斃《たお》れしなり。他人の犯す所に非ず」。彼女は自分が殺された後、彼がそれを読んで失望するのを想像して「勝利」を感じていた。

小説は深い残雪の峠を登っていくうちに、要吉が彼女の態度に「反抗心」を起こして、相手も殺さず自分も生き続けようと翻意し、「自然」の命《めい》にまかせて「氷獄」をさらに進むところで終るのだが、『死の勝利』に影響を受けているとは言え、ここでは男と女の立場が逆であり、結末も『死の勝利』では、嫌がる女性を無理に絶壁へ誘った男が、

「愛します」と絶叫する愛人とともに落下していく点が大きく相違している。

もちろん実際の森田と平塚明子は、追手に発見されて連れ戻されるが、小説にちなんで「煤煙事件」と呼ばれるようになったこの事件は、不自然ながらも、女性が親や家や男性の桎梏から逃れて、自分自身として完結しようと踠《もが》いたための狂態だった。要吉は「今の世に新しい女は幾許《いくら》でもある。あの女は普通《ただ》の新しい女ではない」「黒い日の下に生れて、黒い運命に支配されなければ、こんな女は出来ない」と考えているが、彼女を一般の新しがりの女(『蒲団』の芳子のような「堕落女学生」もそこに含まれる)と違うと感じる点では多少彼女を理解していたとしても、それを精神病と疑う点では、彼および森田の理解は、まったく当時の男性原理にとどまっていたと言えよう。

この小説を『朝日新聞』に推薦した漱石は、「草平が未だ要吉を客観し得ざる書き方」を注意した手紙を送っているが、ここでは要吉の分析が自己弁護に流れる点も多く、それが朋子をも皮相な観察に終始させた原因であろう。彼が漠然と感じたように、朋子はまさに「黒い運命に支配され」てきた「女性」として生まれ、光を取り戻すべく苦しんでいた女性であった。モデルの平塚らいてうが、まもなく「元始女性は実に太陽であった」という言葉を掲げて、雑誌『青鞜《せいとう》』を創刊(明44)するのは必然の道筋だった。

『青鞜』創刊号には、歌集『みだれ髪』(明34)で大胆な恋情を唱い上げて大反響を呼んだ、与謝野晶子（当時は鳳晶子《ほうしょうし》）の『そぞろごと』が巻頭に載った。「山の動く日来《きた》る」に始まる有名な詩である。そこには「すべて眠りし女《をなご》今ぞ目覚めて動くなる」「一人称にてのみ物書かばや。われは女《をなご》ぞ」など、「黒い運命」の蓋を吹き飛ばす女の炎を、「一人称」でストレートに文字化すべきであるという認識が明瞭に示されていた。晶子自身、直情の赴くまま、師・与謝野寛の妻の座を奪い取り、スキャンダラスな噂に屈せず、妻、母、歌人、雑誌『明星』の経営に大車輪の活躍を続けていたことは言うまでもない。それまで多分に蔑称の色が濃かった「新しい女」をあえて名乗った『青鞜』の下には、賛助者を含めて多彩な女性たちが集結した。女性の生き方についてのそれぞれの論には立場の違いもあったが、その詳細については、堀場清子編『『青鞜』女性解放論集』（岩波文庫）を参照していただくこととして、ここではこの運動の追い風となった『人形の家』の上演に触れておきたい。

『みだれ髪』表紙

イプセン原作・島村抱月訳『人形の家』（明43）が逍遥・抱月らの文芸協会の研究所で試演されたのは、『青鞜』創刊と同年月である。それは引き続き大阪公演や帝国劇場公演で大反響を起こし、ノラを演じた松井須磨子は一躍スターとなった。これまで女性は結婚して家庭に収まり、夫や舅姑に仕えて子供を育てるべきだという「女大学」的、あるいは明治民法にも流れている女性観が、ノラによって強烈な衝撃を与えられたのである。

彼女は結婚八年、表面上何不自由ない生活を送る無邪気な人妻で、法律家のやさしい夫からは「ひばり」と呼ばれ、可愛い三人の子に恵まれている。だが、夫が支配人として就任する予定の銀行から、古い友人を免職にしようとする冷たさや、かつて夫を救うために父の遺産を法に背いて用立てたことを非難する夫の自己保身に、彼女は我慢できなかった。愛されていると思っていた自分が「人形妻」にすぎなかったことを悟った彼女は、家を出て行くことを宣言する。どこへ行くあてもないけれど、とにかく家を出て一人で考えようと思ったのである。

彼女の決断に対しては世界中で賛否両論があり、保守的な婦人からは家庭を壊すこと、特に子供を置いて母が出て行く点についての非難も強かった。『青鞜』も翌年の一月号でノラ問題を特集し、同人の多数が発言したが、「人格的」に尊敬できない夫と別れるノラの決意に共感する評が多い中で、H（らいてう）は同情しつつも辛辣な批判を展開した。

――あなたは私は人間だと言って威勢よく家出した。しかしあなたはまだ人間にならねばならぬと思っただけで、本当の人間ではない。本当の自覚はこれから始まるのだ。「冷《ひや》やかな他人の取囲む中で」あなたは悪戦苦闘し、自由や独立だと思っていたものが「幻影」であったことに気づき、「第二の悲劇」を迎えなければならない。それを克服して「ノラ」という「自己」を殺したときに、「真の人間」としてあらゆる他者を受け容れる「新しい女」が生まれるだろう。――ここには煤煙事件を経て、「自己」を貫徹するために苦しんだ彼女の、一種の「宗教的」願望の境地が示されているようである。しかしノラに対して、男を愛するのは男から愛されるためかと問い、「女」は「男」の利己的な面を知ってなおかつ愛するのだと説くのは、彼女が達した高い心境の表明ではあっても、生活苦や横暴な夫に苦しむ妻たちにとっては、非現実的な方針としか感じられなかったのではなかろうか。

事実、『青鞜』はこれ以後、貞操論争、堕胎論争、売春論争など、女性たちが直面していた切実な問題に向かって展開していくことになる。「恋愛」または対男性の問題は、経済面を別にしても、大正初期の段階ではまだ新旧両要素の渦の中で、どちらとも割り切れない作品が生まれていた。その代表として、ここでは田村俊子『彼女の生活』(大4)と徳田秋声『あらくれ』(大4)の二作を挙げておきたい。

田村俊子（『彼女の生活』扉）

『彼女の生活』では、作家として売り出し中の優子《まさこ》が、独身を通そうと考えながら新進評論家と愛し合い、情熱のまま結婚した。以後の彼女は家事、育児、夫の嫉妬などさまざまな障害にぶつかるたびに、「愛」の名で自分を納得させ（あるいは自分を殺し）、ついには「愛の権化」となろうとするのである。これは「恋愛」が男女の結合の理想的なかたちである、という考えが、青年層に支配的となりつつあった時代の姿を表わすとともに、結婚生活がいかに女性の負担の上に成り立っていたかを示す一例ともなっている。

　といっても、夫は圧制者ではなく妻を「同権者」と認め、家事も可能なかぎり分担しようとした。だが彼女の「愛」は夫に献身的に尽くすことを指示し、それを他人《ひと》まかせにすることを許さなかった。

　経済力では自立も十分可能だった彼女は、自分の仕事と家事のために疲れ果てた。だが「愛」の力でそれを克服した彼女も、芸術上の友人や編集者（男性）が妻を訪問することを嫌がる夫の嫉妬には苦しんだ。ここでも、彼女は「嫉妬を制することの出来ない男の苦痛」に同情して、大きな「愛」の心で男性の訪問を断るのだが、寂しさは隠せなかった。だが自分が我慢すればいいのである。子供が生まれたとき、心身ともに限界を感じた彼女は、夫の考えどおり母に救援を求めた。しかしまたしても彼女は、母のやり方が気に入らず、自分の子は自分の手で育てることにした。それが家庭の「愛」だと思ったから。産む性である「女」を呪った彼女は、今や「子に対する愛、良人に対する愛、そうして自身に対する愛」に満ち溢れ、「不思議な生活の力」が煩瑣な日常生活と芸術とを両立させることに誇りを感じている。

この優子の現在は、与謝野晶子の奮闘を思い出させるし、また先述のらいてうのノラ論とつながっている感じもないではない。だが末尾につけられた語り手の感想、「優子のこの生活の問題は、彼女に取つて再び永遠に繰り返されなくつて済む問題だらうか」という疑問は、優子の将来が、このまま現状維持に終らないことを示唆している。第二子の出産、男性の誘惑、「創造の世界」の拡大、それらが出現したとき、「彼女は又現在の愛の生活と戦はなくてはならない」というのである。

「然《そ》うして、哀れむべき女の必然の運命から到底逃れられないと知つた時、彼女は又新奇な「愛の生活」を叫び出すだらう」と結ばれる感想は、自立したはずの優子が、てうのノラ観をなかば批判しているようにも見える。

優子が牢獄を出るためには「愛」の観念を壊す以外にないのだが、透谷の『我牢獄』と同じで、それも許されないのがこの牢獄の特質なのかもしれない。その対比で言えば、らいてうがノラに要望した苛酷な道は、その「自己」滅却的な性格において、露伴『風流悟』の悟りの女性版とも言えよう。

もし優子の夫が心の貧しい夫や愛人に子供を作る夫だったなら、彼女は後の宮本百合子『伸子』(大13—15)や、野上弥生子『真知子』(昭3—5)の場合のように、結婚の失敗を認めて新しく出発することもできただろう。だが夫の新田は、多少嫉妬深い点はあっても優子一人を愛し、有能で、当時としては思いやりもある人物として設定されている。そこにこのやや観念的な小説の「愛」の実験が成立する基盤があるが、この時点ではまだ、このはてしない「愛の生活」との戦いの意味は、十分に理解されなかったようだ。

聡明でかつ勝気な女性ほど「愛」の理想に囚われ、夫との暗闘に陥って行った様子は、岩野泡鳴と結婚した遠藤(岩野)清子の日記『愛の争闘』(大4)や『恋愛と個人主義』(大4)などに明らかである。後者によれば、彼女は「恋愛」とは相手を同化する両性の戦いであると考えていた。漱石の絶筆、『明暗』(大5、未完)のお延にしても、一筋に夫・津田の愛を求めながら、その夫婦関係は「土俵の上で顔を合せて相撲」を取り、どちらが主導権を握るかという毎日だった。彼女たちは、口とは裏腹に男性原理を脱しきれない夫と抗争しつつ、しかも大枠ではその外に出ることがなかった。

これらに対して『あらくれ』のお島は、男に頼らない生き方に到達した女件である。彼女は生来の気の強さや利発さが逆に実母から疎《うと》まれて養女に出され、養家が押しつけた婿(軽い知能障害をもつ)がいやで式の夜に養家を飛び出した。以来、何人もの男に寄生していくつもの地を転々とするが、学歴がなく、「事務員」にもなれない彼女には、日々の暮らしをどのように過ごすかが問題であって、そこに「観念」が入りこむ余地はない。持前の気力と能力だけが頼りなのである。その過程で彼女は、すぐに酒や女に溺れる男の弱さや、口先だけの言葉も見分けがつくようになり、「盲動と屈従」の生活から脱出したいと思う。

折から日露戦争が始まるころで、洋服の仕立て職人と知り合った彼女は、彼と共同で洋服の仕立て屋を始め、自転車で注文取りに走り、兵士の外套の注文も受けることに成功した。彼女は彼と世帯を持ち、店を発展させようとするが、男の態度が横柄になり、その親までが「嫁」としての奉仕を要求することに反発し、女洋服屋として一人立ちする決意を固める。前途はなお不明だが、ともかくも男に従属せず、自分の力で生きて行こうとする女性がここに誕生した。

秋声の最後の小説は、軍部の干渉に憤って筆を折った『縮図』(昭16、中絶)である。財閥の三村家の養子となった均平が、妻の死後、三村家を出て芸者屋を営む銀子の許に身を寄せ、日中戦争で雲行き怪しい世相を嘆きつつ、銀子の過去の苦闘、遍歴を聞く話である。

もとはやくざだった靴屋を父に持つ彼女は、子供のころから靴造りの技を仕込まれ、必死に働いたが、年頃になると生計を助けるため芸者に出された。以後、次々と場所を変え、関東、東北を流れては東京に帰る生活を送り、その間、恋も知り、何人かの男も知るが、妾奉公を断るまっすぐな気性は失われていない。物語は彼女が東京で芸者になるあたりで中絶しているので、その後の変転と均平との関係がどう展開するのかは不明だが、『あらくれ』のお島と共通する、苦難にめげず、たえず前向きに歩く女性を秋声は好んだようだ。ある意味で、それは貧しい女たちの立志編なのである。

「故郷」を求める心

平林たい子によれば、林芙美子は秋声の作品をよく読んでいたそうである。そう言われれば、彼女の『放浪記』(昭3―4。単行本、昭5)の主人公「私」や、『浮雲』(昭26)の幸田ゆき子には、捨て鉢な気持の中に、生きることを見失わない逞しさが同居する。だが秋声の女性とは違い、ここでは終着点は見当らない。特に『放浪記』の「私」は、「故郷(鹿児島)に入れられなかった両親」から生まれ、自分自身の「古里」を持たない「宿命的な放浪者」である。作者の自伝的要素が強いこの小説では、流れていく「旅が古里」であり、寸暇を惜しんで読むチェホフの世界や、啄木の短歌もまた故郷なのである。

行商の両親とともに西日本を放浪した少女時代を経て、彼女は上京してさまざまな職業と安宿を転々としつつ、文学に志すのだが一向に芽が出ず、「故郷」(母がいる場所)に帰っては、また上京する往還を繰りかえす。東京では「うらぶれて異十の乞食《かたゐ》となるとても」(犀星)と呟き、「故郷」では「東京は悲しい思ひ出ばかりなり」と嘆いても、文学で身を立てるためには、やはりまた上京して、女中、女給、女店員として働かなければならない。「男に食はして貰ふことは、泥を嚙んでゐるより辛《つら》いことです」。

彼女は二週間ほど、小説家・徳田(近松)秋江の家で女中をしたことがある。「ここの先生」が書く「京都のお女郎の話」(『黒髪』大11などの情痴小説を指す)を縁遠く感じ、チェホフの世界に「生きた」人間を発見する彼女は、文学の現状に不満を抱きながら、金のためにその尊敬できない先生に奉公せざるを得ない。その違和感が向こうにも伝わったのかどうか、彼女はすぐクビになり、「汽車道の上に架《かか》つた陸橋」で涙金の少なさに怒りを堪《こら》える。陸橋から眺めた東京の風景には触れられていないが、そこを下りて見る青い屋根の文化住宅の窓は、「十二月の風に磨いたやうに冷く」輝いている。それは彼女のように貧乏な田舎者を拒絶する「文化」の防壁である。

言うまでもなく、陸橋は交通の発達にともなって、近代都市が鉄路に架けた橋であり、また一種の「展望台」の役割も果たしている。都会の放浪者は、しばしば駅や陸橋に故郷と都会との接点および断絶面を見いだし、そのどちらにも属さない自分の位置を確認する。先述した啄木や朔太郎がそうであり、芙美子もまた同類である。帰るべきか留まるべきか、彼女はその迷いを抱いて陸橋に佇《たたず》むのだろう。

だがそれとは逆に連帯を誓って「同志」を故郷に送る別れもある。

辛《しん》よ　さようなら
金《きん》よ　さようなら
君らは雨の降る品川駅から乗車する

李よ　さようなら

も一人の李よ　さようなら
君らは君らの父母の国にかえる
君らの国の河はさむい冬に凍る
君らの叛逆する心はわかれの一瞬に凍る
（下略。『雨の降る品川駅』、『中野重治詩集』所収、昭6。ここでは昭22版による）

この詩では、続いて「冬」の故郷に帰らねばならない人々に「あのかたい　厚い　なめらかな氷」を叩き割ることを期待しているが、「冬」の猛威はもちろん朝鮮半島（当時日本の植民地）を支配しているだけではない。その意味でここには、切り離される人間関係とともに、決して断絶しない人間の絆を信じようとする詩人の心が浮かび上がる。「氷」を割る力はまだ弱いかもしれないが、彼らとの連帯のためにも、彼は東京に留まって戦い続けなければならない。

この詩の前段階として、中野重治の小説『歌のわかれ』（昭14）の片口安吉の心境を置くことが許されるならば、中野の精神がようやく一つの核に結晶しつつあることが理解されるだろう。北陸から上京して東京帝大に入った安吉は、大都会の「地形」に方位感覚を失い、短歌会や左翼運動の中でも違和感を持ち、自分のあるべき位置を確認できていないからである。

鷗外の『青年』(明43)の小泉純一のように、「東京方眼図」(鷗外が考案した便利な地図)を手に、東京を自在に歩く青年は例外としても、田舎からやってきた男性は、東京の複雑な地形や都市機能、そこでの人づきあいに戸惑うのが普通だった。電車で市内をぐるぐる廻り、東京がどこまで行っても終らないことに驚嘆した小川三四郎はその代表である。

これに対して女性の場合は、『放浪記』もそうだが、意外に早く都市生活に適応して行く印象がある。佐多稲子の回想『私の東京地図』(昭21―23)では、十一歳のとき一家を挙げて長崎から上京したせいか、望郷の思いはそれほど強くない。「私」は「生活の情緒」を形づくった最初の場所である上野の山下界隈を「故郷」と思おうとするのである。しかし父の知り合いである松田家の年寄りの九州弁になつかしさを感じるように、生まれ故郷の感覚は、身体の奥に残っている。この老人が毎日誰かと話すことがあるのだろうか、と疑う彼女は、いち早く都会言葉に順応してしまった自分に、どこかでこだわっているはずだ。松田家もまた一族で上京したのだが、父の悪友だった当主は、失敗して生活苦のために妻を遊廓に売り、挙句のはてに自殺した。大正初期、第一次大戦をはさんで、景気が乱高下したころの話である。

「私」は上野、日本橋を皮切りに女中、女店員、女工などとして働き、結婚、離婚も体験するのだが、その過程を通じて、彼女は都会の人となって行く。しかしそれは、生まれ故郷を失った人間が、「体《たい》を交《かわ》した身ぶり」を身につけることと同義だったのかもしれない。それは身体的接触だけではなく、他人とうまく付き合いつつ、裸の心のぶつかり合いは巧みに避けることでもある。上野山下《やました》に「故郷を感じる」彼女は、それを「縄張り」という「厭な、古臭い言葉」でしか表現できないことの隙間を自覚していたからである。

上野の盛り場が教えた生活感覚とは別に、彼女が「郷愁に似たおもひ」を抱くのは、本郷、田端、小石川などの古びた神社の境内や、「ひんやりと音もない」屋敷町だという。ただ、その物哀しい気持は、彼女が子供時代から読んだ日本の小説の描写によって養われたものだった。実感として「故郷」と呼ぶべき土地を持たない彼女は、「東京人」として、イメージの中に自分だけの故郷を紡いでいったのである。それは室生犀星や高野辰之の「ふるさと」とは微妙にズレるが、日露戦争後、東京に定着した地方人が持った「故郷」の一つの型であった。なお結婚生活における彼女の女性、または作家としての苦しみは、『くれなゐ』(昭11)に描かれている。

平林たい子が長野県の諏訪高女を卒業し、ただちに上京したのは大正十一年だった。

校長でアララギ派の歌人、土屋文明の影響を受け、早くから文学者志望だった彼女は、堺利彦らの著書を通じて社会主義思想にも共感していた。上京後の彼女の逞しさ、プロレタリア文学運動への参加、逮捕、満洲(現、中国東北部)渡航などは、男性関係を交えて自伝的作品『施療室にて』(昭2)、『かういふ女』(昭21)に明らかだが、ここでは上京直後の生活に取材した短編、『殴《なぐ》る』(昭3)を紹介しておきたい。

信州の田舎で、何かにつけて母を殴る父とそれに忍従する母を見て育ったぎん子は、上京して電話交換手見習いとなる一方、偶然出会った土工の磯吉と同棲した。だがあまりの待遇の悪さに抗議しようと仲間を誘って電話局をクビになり、茫然として局を出て歩くと、磯吉が現場監督に殴られてペコペコと謝っていた。彼女が監督に食ってかかると、驚いたことに磯吉は彼女を殴った。

彼女は男が女を殴るのは田舎の因襲で、「都会の人間の生活は、率直で勇気」があり、女性も労働者も、正当な権利を主張できると思いこんでいた。しかし局長の美しい訓辞とは逆に、職場の労働条件は劣悪そのもの(独歩の『二少女』明31にも、女性電話交換手の採用が始まったころのみじめな生活が描かれている)、しかも私語は監督によって盗聴されていた。「男」は現場監督には無力で卑屈なくせに、抗議する「女」を当然のように何度も殴った。その不条理な関係を非難することは簡単だが、あらためて考えると、これは

「電池ください」交換台に縛りつけられ、わずかな休憩時には「鮎の死魚」のように動かぬ女と、コンクリート・ミキサーの轟音の下で、「ばらばらな機械」のように感覚も麻痺して土を掘る男の物語なのである。誤解を恐れずに言えば、ただ殴り殴られているときに、彼らは自分の身体を取り戻し、精神をも解放しているように見える。東京生活によって彼女は勤務先の非情さや男の暴力を体験し、女性差別撤廃への道が遠いことを知るが、救いがあるのは、彼女が母のようにただ打たれているのではなく、割れるような大声で泣くことである。ビル建設の鉄骨を打ちこむ頭上の音に拮抗するこの泣き声が続くかぎり、彼女の精神の健康は失われず、戦いもまた止むことがないだろう。

「健康な精神」と言えば、同時期には相次ぐ艱難に堪えて、初志を貫徹しようとする古典的な立志譚もあった。尾崎士郎『人生劇場』(昭8「青春篇」。以後、昭26—27「望郷篇」まで断続的に発表)や、山本有三『路傍の石』(昭12。改稿、昭13—15。中絶)である。少年小説の佐藤紅緑『あゝ玉杯に花うけて』(昭2—3)や、時代小説の吉川英治『宮本武蔵』(昭10—23)を加えてもいい。

『人生劇場』は、任俠の地・三州吉良《さんしゅうきら》(愛知県)に生まれた青成瓢吉《あおなりひょうきち》が、大正初期に早稲田大学に入学、創立者大隈重信の夫人の銅像が学内に建設されることに反対(早稲田の将来像をめぐる改革派と現状維持派の対立の一端)して以来の波瀾に富んだ半生を、吉良常《きらつね》、飛車角《ひしゃかく》らの侠客やお袖をはじめとする女性たちとの関係を交えて描く。父の瓢太郎は彼が上京後、破産してピストル自殺を遂げるのだが、遺言で彼が息子に期待したのは、出世して家名を挙げることではなく、何処へ出ても己れに恥じることのない人間になることだった。子供のころから「無鉄砲」な性格を植えつけられた瓢吉は、徒手空拳、成否を顧りみず「義理と人情」の世界を生きる男となる。その古風な「侠気」や反骨に満ちた生き方には、現在ではとかくの批判もあろうが、当時はそれが爽快でかつ哀愁を帯びた「男の道」として愛好されたのである。

『路傍の石』は、明治維新で没落し、士族の誇りだけで生きている横暴な父を持つ愛川吾一の苦闘の物語。彼は貧しさから中学校へ進学できず、友達の店へ丁稚《でっち》奉公《ぼうこう》に出されるが、小学校の次野先生からお前の名前は天下に吾《われ》一人という意味だと教えられ、福沢諭吉の「天ハ人ノ上ニ人ヲ造ラズ人ノ下ニ人ヲ造ラズ」という言葉を心に刻んで向学心を失わない。彼は母の死後、失踪した父を尋ねて上京、あらゆる機会を捉えて苦学するのだが、中絶したためその前途は不明である。中絶の理由は彼がアルバイトに通う印刷工場の労働争議(特定はできないが大正十五年に共同印刷の大争議があり、徳永直《すなお》『太陽のない街』昭4のような小説もあった)に関わるらしいが、彼はポンチ絵を描く黒田に励まされる一方、再会した次野先生(かつての先生とは別人のように出世を求めている)には失望して、東京の片隅であくまでも出世よりも正道を求める。その姿は、明治初年の立志少年に似てはいるが、名誉や富とは無縁である点が、むしろ『西国立志編』的であり、同時に気力と能力だけでは浮かび上がれなくなった暗い社会を反映しているのだろう。

『宮本武蔵』は、暴れ者だった新免武蔵《しんめんたけぞう》が何度も修羅場をくぐり抜けて、剣の道の完成をめざしてからは世俗的な立身を求めず、仕官のチャンスである乱世を余所《よそ》に「剣禅一如」の境地を究めて「剣聖」となって行く長編である。お通《つう》との恋や佐々木小次郎との決闘も絡んで、大衆的人気を博した。

例外は『少年倶楽部』(大3創刊)に連載された『あゝ玉杯に花うけて』である。家が没落し、母子で伯父に引き取られた少年・青木千三《せんぞう》が、豆腐売りをして家計を助け、いじめに屈せず夜学に学びながら一高に合格するまでの「立志編」である。ここには関東大震災(大12)から立ち直り、「帝都復興」を讃美しつつ、金融恐慌や第一次山東出兵(昭2)、共産党員大検挙(昭3)など不穏な世相が続く中で、少年たちに「正義」や「友情」「努力」の尊さを教えようとする少年文学ならではの意図が明らかである。千三が一高をめざす理由には、そこでの学問はもちろんだが、名門一高野球への憧れもあった。東京六大学野球は始まったばかり(大14開始)であり、プロ野球はまだなかった。なお表題は、もっとも有名な一高寮歌の冒頭である。

首尾よく一高に入学した千三が、どのような青春を送るのかはわからない。だがもし彼が昭和三年の入学だとすれば、彼は『校友会雑誌』に掲載された数々の左翼的評論や、後に『山月記』(昭17)や『李陵』(昭18)の作家となる中島敦の初期作品を読む機会もあったことになる。その『巡査の居る風景――一九二三年の一つのスケッチ』(昭4)や『D市(大連)七月叙景』は、ともに朝鮮人・中国人が受けた、屈辱的な植民地支配の姿を伝えている。「正義」と「友愛」に富む千三の感想が聞きたかったところである。その意味では、川端康成の『伊豆の踊子』(大15)も、一高生がさしたる目的もなく伊豆の天城《あまぎ》街道を歩き、賤民視されていた踊り子の一家と知り合い、下田まで旅を続ける話である。一流の上級学校に入学することは、決して「上がり」ではなかった。

戦争の足音が近づき、上京した青年を描いた作品はますます暗い陰に覆われてきた。その一つ、阿部知二《ともじ》の『冬の宿』(昭11)は、地方の高等学校から東京の大学へ進んだ青年の下宿を舞台とし、無気力に陥った人物を主人公としている。卒業間際になっても勉強に身が入らず、友人たちのように社会運動に参加する気にもならず、金持の娘との恋愛にも心からは打ちこめない「私」は、ただごろごろと外国文学を漫読する「自堕落」な生活を送る学生である。下宿の霧島家(没落した地方の名家出身)の主人は、本能のままにふるまい、一攫千金を夢見て大言壮語するが、身分は官庁の守衛であり、妻は「古い陶器の光沢《つや》、硬さ、色、冷やかさ」を持った女性で、キリスト教の信仰によって人を救おうとしている。同宿の高《こう》は深川の病院で朝鮮人労働者に奉仕する医者で、後に警察に追われ、「私」の名をかたって逃亡する。「私」ははからずもこの「生物の断面図」のような人間関係に巻きこまれるが、そのどれにも同調できず、鬱屈した心を持てあましている。結局、恋人は結核で死に、霧島の主人が競馬で金を失い、家を失って崖下の貧民窟に落ちぶれて行くのを「私」はただ眺めているだけである。

「私」の心の色が冬枯れの色だとすれば、戦後の発表だが同時期を描いた田宮虎彦『絵本』および『菊坂』(ともに昭25)の「私」の心は極寒の凍土の色にたとえることもできる。二作ともほぼ同様の設定で、生活苦のために内職に追われ、学業も生きる目的すらも見失いかけている学生の物語である。

『絵本』の「私」は父の反対を押し切って上京し、大学に入ったが、仕送りはキったく望めず、母の期待に応えて「偉い人」になろうとガリ版の筆耕をして苦学するものの、生きるのに精一杯で、到底勉強には手が廻らない。『絵本』の舞台は麻布第三連隊の起床ラッパが響く青山墓地の崖下の素人下宿屋、『菊坂』の「私」は本郷菊坂の坂下の安下宿に住んでいる。現在とは違い、両方とも都会の吹きだまりのような場所だった。そこで身を寄せ合って、やっと「寒さ」を凌いではいるが、人々の心はともすれば貧しさに凍えそうである。

『絵本』の「私」の隣室には、新聞配達をしながら上級校進学の希望を持つ中学生が住んでいる。彼の兄は上海事件で捕虜となって銃殺されたため、それを恥じた父は病死、母はたくさんの弟妹とともに田舎の親類に身を寄せた。「私」は彼と親しく言葉を交わすようになったが、彼は追剝と間違われて警察で拷問を受け、二日後に青山墓地で首をくくって死んだ。「兄が捕虜なら、貴様は赤〔共産主義者〕だろう」という刑事の言葉に、前途を悲観したのである。彼が死んで淋しさに堪えがたくなった「私」は苦しい生活費を割いて、脊髄カリエスで寝たきりの下宿屋夫婦の子に、アンデルセン童話の絵本を贈って住居を換えた。おそらくは助からない男の子に、せめてつかの間の夢を与えてやりたかったのであろう。その絵本だけが、凍土に芽を出した植物のように、はかなく点《とも》っている。

巷には皇太子誕生(昭8)の歓呼の声が溢れていたが、たまに大学へ行くと滝川事件(京大の滝川教授の刑法上の学説を、自由主義思想として免官にした文部省に対する抗議運動、昭8)に抗議する学生たちが次々に逮捕されていた。昭和初年からの左翼や自由主義の断圧、五・一五事件(昭7)に現われた右翼のテロ攻撃の一方では、大宅壮一が「エロ・グロ・ナンセンス」と名づけた頽廃的雰囲気が漂っていた。

『絵本』の友人、西野は金にあかせて享楽的生活に耽る学生の一人であり、『冬の宿』の伯父一家も、ダンス・パーティーに興ずるブルジョアの生活を楽しんでいる。正しいと信ずる左翼思想に進んだ学生は「法」に背き(『菊坂』でも親切だった先輩が刑事に連行される)、貧しい学生は勉強する時間がない。しかも彼らは、底辺の生活を通じてもはや「学問」する意味すら疑っているのである。明治以来の「勤倹力行」のスローガンは実質上無効になったと言ってもよい。

彼らが失ったのは学業意欲だけではない。『冬の宿』の「私」は就職口を探さなければならないが、郷里のコネを辿った某私大の理事には、「愚弄された」感じだけが残り、帰省して、市役所を退職した父の話を聞いていると、「人生に対する激しい憤怒も懐疑も、そして希望も」、すべてが「平凡な波の中にとけこんでしまふ」ような気持になる。そのかぎりでは、それは一種の「子守歌」として気休めにはなるのだが、彼はそこに安んじることができない。友人からの電報でまた職を求めて上京し、恋人の死を知り、下宿の主人・霧島と大酒を呑んだり競馬をしたりしたあげく、霧島家の崩壊に立ち会うのである。

生家は一時的な避難所にすぎない。『絵本』や『菊坂』の「私」にいたっては、母の死にも父から帰郷を許されず、故郷そのものを喪失して、都会の底でうごめくばかりである。伊藤整『生物祭《せいぶつさい》』(昭7)にしても、父の死をみとるために帰郷した「私」は、父の弱った心身に自分との「残虐なつながり」を感じ、植物たちの「春の祭典」にも、「異邦人」である自分を認識せざるを得ない。

＊

小林秀雄に『故郷を失った文学』(昭8)という評論がある。彼は東京生まれの自分には「故郷といふものがない」という「一種不安な感情」を前提にして、次のように言う。

自分の生活を省みて、そこに何かしら具体性といふものが大変欠如してゐる事に気づく。しつかりと足を地につけた人間、社会人の面貌を見つける事が容易ではない。一と口に言へば東京に生れた東京人といふものを見附けるよりも、実際何処に生れたのでもない都会人といふ抽象人の顔の方が見附けやすい。

小林の主張は、さらにドストエフスキイの『未成年』に描かれた青年が、「西洋の影響で頭が混乱して、知的な焦躁のうちに完全に故郷を見失つてゐる」点で、「私たちに酷似してゐる」という自己確認に進むのだが、故郷を見失ったのは「東京人」だけではない。これまでも述べてきたように、多くの地方出身者もまた、小林の言う西洋対日本の相似形として「東京」に同化することを急ぎ、一種の「抽象人」となったのである。この傾向はすでに漱石の『心』(青年の「私」)にも見られるが、この時期にそれを端的に示しているのは、坂口安吾の『吹雪物語』(昭13)である。

「一九三×年のことである。新潟も変つた」と書き出されるこの実験的小説では、主人公の青木卓一はじめ、ほとんどの人物が「観念」に酔った一種の「抽象人」である。故郷の新聞の編集長として迎えられた卓一は、新潟への期待はもちろん、東京への幻想も持っていない。「理知」の人である彼にとって、東京の刺激はもはや退屈だが、雪に閉ざされた暗鬱な故郷は、なまじ東京に似た設備が整い出しただけに、一層うんざりした感じを起こさせるのである。「ほんとの現実に生きるためには、あこがれのもつ現実性を拋棄しなければならない」と考えた彼は、それを実行すべく、地元の生活に自分を順応させようとして帰郷したのだが、「あこがれ」の源泉だと思いこんでいる澄江に再会し、違和感を感じながら、「理知」を捨てて求婚する。だが「理知的生活のすれっからし」に我慢できない彼女は、彼を愛しつつ「満洲」に去ってしまう。残された彼は、もはや退屈この上ないこの街の人間関係に飽き、ふたたび以前の「加工」の生活に戻って故郷を出て行く。

彼ばかりでなく、ここに登場する多くの男にとっては、観念こそが現実味を持つものであり、結婚生活も含めて、実際の日常生活はその残り滓《かす》のようなものにすぎない。だからこの小説では、土着の生活に執着する老人は死に、卓一を筆頭に観念の現実性を夢見る若者は、次々にこの地を離れて上京、卓一と関わった女性たちも、どこかへ消えてしまうのである。「雪の中へ雪が降ると、急に見えなくなつてしまふ」とある人物が呟いているが、その情景は、まるで青年たちの観念のかけらを無化して退屈と倦怠の集積に変えてしまう「故郷」の暗喩のように見えてくる。

これに対して、島木健作の『生活の探究』(昭12—13)は、東京の大学を中退した杉野駿介が、瀬戸内海の「故郷」に帰って農業(葉煙草の生産)に従事し、農家のしきたりや利権争いに苦しみつつ「真に土に生きるものとならう」とする物語である。札幌出身の島木は農民運動に参加した経験を持ち、治安維持法違反で検挙されて「転向」した作家だが、この小説では彼の故郷や彼が味わった思想上の挫折感は取り入れられず、その結果、主人公の生産的生活の実践は都会生活への反措定として、観念と実践の分裂を明らかに示すこととなった。『吹雪物語』では、観念こそがリアリティを持つと信じた青年たちがいたが、ここでは逆に、実践の中で苦闘することで観念の空虚さを振りはらおうと懸命な青年が描かれる。前者が難解な失敗作として埋もれたのに対して、この作が好評を博して多くの青年を帰農に導いたのも、主人公の不屈の情熱という「観念」が、自己の存在に不安を抱いていた当時の知的青年に一種の拠り所を与えたからだろう。

川端康成はエッセイ『都会と田舎』(昭9)において、「自然主義にしても、人道主義にしても、新感覚派にしても、プロレタリア文学にしても、それは田舎者の挑戦であった」と述べ、たいていの作家が東京に住み、しかも「書斎に住んでゐる」、つまりは「どこにも住んでゐない」ような現状を批判した。彼によれば、現在の文学からは「都会の喜びも、都会への憎しみも」薄れ、同時に「田舎者の見た田舎の現実」も消え失せた、と言うのである。その意味では、『吹雪物語』と『生活の探究』とは、「田舎者が見た田舎の現実」ではなく、表面的には逆方向でありながら、都市を体験した人間の中間的認識において通底していたのかもしれない。

この時期、昭和十年代、あるいはより広く、一九三〇年代の文学には、「故郷回帰」の傾向が強く現われた。先に挙げた萩原朔太郎の『氷島』も「日本回帰」を志した詩集として有名だが、個々人の故郷も含めて、「文学のふるさと」を回復しようとする動きは、保田《やすだ》与重郎《よじゅうろう》や亀井勝一郎ら日本浪《ろ》曼《まん》派《は》の評論、保田の『日本の橋』(昭10)、『戴冠詩《たいかんし》人《じん》の御《ご》一人者《いちにんしゃ》』(昭13)、亀井『大和古寺風物誌』(昭18)などに明らかである。これらは、当時の左翼断圧、「転向」、日中戦争、第二次大戦と続く状況を受けて登場したもので、「日本」および「日本人」の心の「ふるさと」として、古典文学に描かれた美を追究した。『日本の橋』では『古事記』や『万葉集』以来の日本の橋が、「道の延長」として、西洋的な人工とは異なる「自然の道」であり、「日本の血統」がいかに「生きものの拓いたみち」を求めてきたかを指摘、『戴冠詩人の御一人者』では『日本書紀』を中心に皇室の歌人を論じ、「上代に於ける最も美事な詩人であり典型的武人であった」日本《やまと》武 尊《たけるのみこと》の悲劇を、「国粋文学」として称揚する。

倭《やまと》は、国のまほろば、たたなづく、青垣山、隠《こも》れる、倭し、美《うるは》し

（保田の引用のまま）

保田が引用した日本武尊の大和は、あらためて日本人が思い出す「故郷」の代表となった。亀井が前掲紀行で大和の古寺の風情を礼讃したのもそれに与《あずか》って力があった。志賀直哉がこの時期に奈良に住み、小林秀雄が奈良に滞在したのも、堀辰雄が夫人とともに『大和路・信濃路』（昭18）の旅をしたのもその風潮と無縁ではない。雑誌『アララギ』の歌人・斎藤茂吉が『万葉秀歌』（昭13）によって万葉の心をひろく啓蒙したのも同時期のことである。

保田らの思想は、西洋化を推進してきた日本の近代化を否定する政治的意図よりも、

むしろ美的な「伝統」を再発見することにあったが、それは戦争へと進んでいく帝国主義・国粋主義とも複雑に絡み合った。その間の事情については、橋川文三『日本浪曼派批判序説』(昭35)にくわしい論がある。

第二次大戦下、小林や林房雄らが創刊した雑誌『文学界』(明治時代や現行の雑誌とは別)は座談会『近代の超克』(昭17)を掲載し、小林・林・亀井・河上徹太郎・中村光夫ら同人のほか、西谷啓治、諸井三郎らが参加したが、それぞれが抱く「近代」の観念や「超克」のイメージが食い違い、満足な結果をもたらさなかった。しかしこのような企画が催されたこと自体が、西洋の近代化とは異なる「日本的なもの」を模索する渦中から生まれたことは疑えない。

なお古典的「美」への回帰というかぎりでは、関東大震災直後に関西へ移住した谷崎潤一郎が、『蓼《たで》喰《く》ふ虫』(昭3―4)、『吉野葛』(昭6)、『芦刈』(昭7)などで描いた世界も、エッセイ『陰翳礼讃《いんえいらいさん》』(昭8―9)に記した感性も、「文学のふるさと」を求める同じ流れの中にあったと言うべきだろう。

最後にこの章の締めくくりとして、日本と西洋との対立を描いた二つの大作について述べておきたい。藤村の『夜明け前』(昭4―10)と横光利一の『旅愁』(昭12―21。断続的に発表され、昭23の単行本で末尾を加筆)である。

『夜明け前』はペリー来航の幕末から、明治維新、文明開化の時代を木曾街道馬籠宿の変遷を中心に描いた長編である。藤村の父で平田派の国学者だった島崎正樹をモデルとして、主人公・青山半蔵が抱いた王政復古への夢と、それが実現した後にやってきた思いがけない「近つ代」に対する失望と狂態、その結果の幽閉と死が主な縦糸だが、横糸は江戸(東京)、京都の動乱、政治状勢にひろがる。本陣・庄屋・問屋の家職を相続した半蔵は、国学を学んで王政復古に期待するが、尾張藩の行政職の末端として、勤王の運動に参加することもできず、「山の中」に閉じこめられて悶々とする。しかし街道筋の位置を利用して情報蒐集は怠らない。その彼の前を将軍に降嫁する和宮をはじめ、多数の大名行列、「官軍」が通過して行った。

そして「御一新」は突然実現し、天皇親政、「五箇条の御誓文」に彼は歓喜する。もろもろの制度は改められ、戸長に任ぜられた彼は、新政府の改革に率先して協力し、村民にも呼びかけたが、食うにも困る彼らは彼の言葉を信じなくなった。しかも山林問題(木曾の山林は幕府時代には多少の伐採が住民に認められていたが、明治政府は官有林としてこれを厳禁した)で抗議した彼は職を免ぜられた。政府の方針が王政復古から維新に転じたことを知った彼は、西洋の乱入が古代からの美徳を害うことを恐れ、上京して天皇に直接和歌を献じようとして罰せられ、飛驒高山で神に仕えた後、故郷に隠栖する。失意の彼は次第に「百鬼夜行」の現世を呪い、菩提寺に放火して座敷牢に押しこめられ、そこで悶死する。その明治十九(一八八六)年は、全国に鉄道が普及しつつあったが、馬籠は半蔵の死と呼応するかのように鉄道網から外れ、不便な山中に閉ざされる。

だがまさにその文明からの隔離によって、描かれた馬籠は「近代化」に抗して「自然」を守る「ふるさと」の地位を獲得した。もっとも、現在の馬籠は交通の便のよい中津川市に編入され、観光地の賑わいを見せているが、そこには「文学」が作り上げたイメージも商品化されざるを得ない時代の流れが作用しているのであろう。

なお明治維新の激動を描いた作品には、彩霞園柳香《さいかえんりゅうこう》の政治小説『莚旗群馬嘶《むしろばたぐんまのいななき》』(明14)や江馬修《えましゅう》『山の民』(昭13―15)など群馬、飛騨高山の農民一揆を題材とする小説のほか、福島二本松城落城から自由民権運動を弾圧した福島事件(明15)まで、翻弄される民衆の運命を描いた榊山潤《さかきやまじゅん》『歴史』(昭13―15)もある。昭和十年前後に、日本の近代化を問い直す動きが盛んだったことを示す一例である。

一方、『旅愁』の中心人物の一人、矢代は、半蔵のように時勢に敗れた人物ではない。しかし歴史学者としてヨーロッパ視察の旅に出た彼は、同船の社会学者・久慈が西洋文化・芸術に心酔して行くのに対して、日本(東洋)文化の奥深さへと傾斜する自分を止めることができない。渡航の船中の模様はⅢ章「洋行」の項で後述するが、矢代はやはり船中で知り合った千鶴子とチロルで恋に落ち、結婚を約するものの、帰国後は彼女がカトリック信者であることに不安を感じ、二人の恋はヨーロッパにおいてのみ成立した夢の時間だったのではないかと悩むことになる。

自分の先祖が遠い昔、キリシタン大名に滅ぼされた記憶を呼びさました彼は、父の納骨のために、九州の故郷に行き、祖先の地で城山が呼びかける声を聞いたかのような錯覚にとらわれる。どこにいても日本人は同じだ、「行きなさい」と言う「山」に対して、どこにいても面白いことはないと思いつつも、その声は忘れられない。古神道の研究にのめりこんだ彼は、一方では「過去を問はぬ」のが「伝統」だと考え、他方では、過去を持ちながらそれを問わずに「明日を信じてゐる」人々にも懐疑的である。しかしその不安定な心を抱いたまま、彼は信仰を棄てるという千鶴子の決心や、周囲の状況に押されて結婚生活に旅立とうとする。

この小説の最大のテーマは、東西文化の融合ははたして可能であるか、という点にあるが、問題は本質的には未解決のまま残されている。日中戦争開始から第二次大戦敗戦を越えて書き継がれたため、古神道への熱中に見られる時局との癒着や、敗戦による作者の思想的な動揺も否定できない。だが西洋的な教育を受けた矢代が西洋の地で安心できず、逆に故山の呼び声には涙して、そこに心を残して立ち去る姿は、唐突かつ曖昧であるとしても、やはり近代文学が描いてきた「脱亜入洋」の志、またはその縮図としての都市と田舎の関係の帰着点を示すものとして重要である。それは日本武尊や青山半蔵を通じて描かれた望郷や美しい故郷ではない。花袋の『生』や藤村の『家』、さらには啄木や犀星や朔太郎が唱ったような、東京で懐かしく思い出したり、愛憎こもごもに起こる故郷でもない。

少年時代、父に連れられて来ただけの記憶しかない矢代にとっては、直接にはほとんど無関係の土地である。それにもかかわらず、彼はこの土地の樹々の芽や草の葉から、無数の骨片が立ち上がったような感覚に襲われる。それらは合理的思考の鎧の隙間から忍びこむ風となって、彼の身体を包んでしまう。彼の一家は父の代に故郷を離れて、東京で成功を遂げたのだが、自分の先祖、つまりは自分の種子がここで生い立ったのだという思いが、彼にまつわりついて離れない。

といっても、彼は心情的にこの土地に「回帰」するわけではない。彼にとって「故郷はもう東京以外にはなく」、「異教徒」千鶴子との約束を守ってただちにこの地を去る行為は、むしろ祖先の霊に背くことでもある。しかし「山」の声は、「サァ、もうお前は行きなさい」と彼を促し、「どこにゐようと同じだ」と自信に満ちた言葉を囁くのである。

それは、西洋と東洋、都会と田舎の二項対立を克服しているようで、実はそうではない。「どこにゐようと」、お前はこの地から逃れられないという宣告である。先には芥川龍之介『神神の微笑』(大8)のバテレン、オルガンテイノが聞いた日本の神々の声も、後には遠藤周作『沈黙』(昭41)の司祭ロドリゴが、長崎奉行・井上筑後から聞かされる、すべてを呑みこむ「沼地」のような風土性とも共通するものだろう。それに片足を搦め取られた矢代は、どこか落ちつかない旅の愁いを感じながら、千鶴子の許に急ぐほかはない。

明治維新以来、無数の人間が東京と西洋をめざし、西洋の文化、学問を身につけようと励んだ。「脱亜入洋」とか「和魂洋才」とかのスローガンは、たしかにわが国を「近代国家」として発展させたが、それと同時に、何かしっくり来ない違和感と不安とを植えつけた。漱石の文学に典型的に表われているように、近代文学はこの開化がもたらした暗部、不安や矛盾を大きなテーマとして展開した。それに意識的だった文学者も、無意識のうちに表現した文学者もいるが、これまで述べてきたように、多くの作品の基本的な問題点が「ふるさと」の性格に収斂する。

古井由吉『東京物語考』(昭59)は、郷里岡山県と東京の間を揺れた正宗白鳥の生涯を論じて、そこに「東京人」の一つの原型を見た(白鳥は郷里のミッション・スクールに学び、明治二十九年に上京して今の早稲田大学に入り、受洗、棄教後、作家となり成功するが、大正八年には隠退する決心で帰郷、翌年ふたたび上京して文壇に復帰する）。無感動なニヒリストと評された彼またはその作中人物（短編集『異郷と故郷』昭9、『田園風景』昭21など）にして、「生の不安」を癒すためには、不快ながら「故郷」の大きな繭に包まれることが必要だったようだ。

冒頭に名を挙げた太宰治『人間失格』の葉蔵にしても、上京後は「都会人」になろうとして自堕落にはまりながらも、「繭」を抜け出すことはできないのである。さまざまな交通機関や通信手段が、故郷と都会との距離感を一挙に短縮し、「故郷」の観念が稀薄になった現在と一律に考えることはできないが、それは愛憎両様の意味で「近代文学」を形成した大動脈の一つだった。

II

近代文学のなかの別世界

――他界と異界のはなし――

異界という言葉が登場したのは、それほど古いことではない。正確に言えば、その概念はまだ揺れていて、その範囲を限定するに至らない。たとえば『大辞林』にはそのくわしい項目があるが、『広辞苑』は第六版(平20)でやっと簡単な項目が収録されたという具合で、この語に対する態度は研究者によってもまちまちなのである。

その原因は、この語の輪郭が曖昧なために、かえって便利に使用され、非日常的な現象をどんどん取りこんで増殖して行くことにある。数年前、私の授業に参加した学生諸君に、どういう空間を「他界」「異界」と思うか、というアンケートに答えてもらったことがあるが、非日常、非現実的な場所を指す点では一致していても、「他界」は沖縄のニライカナイと死後の世界が多く、「異界」は妖怪変化の棲む場所、死後の世界、宗教的神秘性、夢、妄想などポピュラーなものから、外国、東京のように未知数にみちた場所、さらには他人、ストーカーのいる場所といった、現代の閉塞状況を反映したものまであった。ある共同体の枠組みが個人を制約していた時代には、「非日常」的空間もはっきり区切ることができたが、その性格が弱まるにつれて、「異界」も個人的に分散せざるを得ないのであろう。本書では他界・異界を厳密に分けることはしないが、天、天国など実社会を遠く離れた世界には「他界」という言葉を使いたいと思う。

赤坂憲雄『異人論序説』(昭60)が指摘するように、異界とは基本的に秩序《コスモス》／混沌《カオス》という二元構造の世界観から生まれ、「想像上の障壁」(境界)によってしきられている。異界という言葉自体が「共界」(共同体)の対義語として作られ、共同体の秩序を保ち、強化する機能を果たしているのであろう。

赤坂も言うように、各共同体のはざまに成立していたそれぞれの異界は、共同体の統一、拡大につれて縮小し、均一化をめざす近代社会の成立とともに、古典的な空間としては消滅に向かった。だが秩序の維持のためにある種の混沌が必要である以上、それが完全に消え失せるはずもない。文明の光によって一旦は駆逐されるかに見えた「異界」は、狭い「闇」の中に確実に生きのび、あるいは文明が新たに作った「闇」とともに、従来とは別種の空間を構成しつつあるのである。

虚と実

幕末明治の代表的落語家・三遊亭円朝は、明治六年創作の『累《かさね》ヶ淵《ふち》後日怪談』を後に新聞に連載したとき、次のような前口上を述べた。

怪談ばなしと申すは近来大きに廃《すた》りまして、余り寄席《せき》で致す者もございません。と申すものは、幽霊と云ふものは無い、全く神経病だと云ふことになりましたから、怪談は開化先生方はお嫌ひなさる事でございます。それ故に久しく廃《すた》つて居りましたが、今日になつて見ると、却つて古めかしい方が、耳新しい様に思はれます。

（『真景累ヶ淵』）

後に鷗外は、百物語（ローソクを百本点《とも》し、一人が一つずつ化物の話をして一本ずつ火を消して行く。百本が消えて暗闇になると化物が出現するという催し）を聞きに行き、神経が次第に刺激されて、「一時幻視幻聴を起す」のではないかと想像するが（『百物語』明44）、それが神経の作用だとしても、多くの人間の心の底に、怪異に対する恐怖と期待がひそんでいることに変わりはない。

円朝の噺《はなし》には、幽霊を神経病のせいとみなす開化の風潮に従いながら、一方にはそれだけで割り切れない、人間の心の不可解さを語ろうとする決意がある。彼は続けて、「眼に見え無い物は無いに違ひない」という説に対して、「無いといふ方が迷つてゐる」と釈迦に言わせ、執念や怨みが、悪人には怪しい姿となって見えるのだと結論する。この前置きが発表されたのは明治二十年代半ばだから、文明開化の当初とは多少状況はちがうかもしれない。しかし「眼に見える物」のみを実在とする「合理的」考えと、「眼に見え無い物」を信じる考えとの抗争は、明治初期における「合理性」の一方的勝利を経て、ふたたび新しい局面を迎えていたのである。

文明開化以来、現在にいたるまでわが国を支配してきた基本的な路線は、「実学」尊重である。「実学」とは、当時のオピニオン・リーダー、福沢諭吉や中村正直(敬宇)が言うように、「「エッキスペーリメンタル・インクワイリース」試験考究トイハル実事実務ニツイテタシカニ之《これ》ヲ経験シ親試シテ始メテソノ然ルヲ知ル学問」(中村『西学一斑』明7―8)であり、和歌や詩文のように「益なき学問」ではなく、普段の日常生活に役立つ自然科学、社会科学(たとえば物理学、経済学など)だった(『学問のすゝめ』明5―9)。

この潮流はたちまち全国を覆い、科学的合理性によって混沌たる「闇」の世界を駆逐して行った。物理的な意味でも、文明の象徴である照明と鉄道は、それまでの暗い夜を照らし、新しい知識を田舎に運んだのである。この状況の下で、「文学」も当然変質を余儀なくされた。

仮名《かな》垣魯《がきろ》文《ぶん》・山々亭有人《さんさんていありんど》は連名で『著作道書キ上ゲ』(明5)を教部省に提出して、従来の「虚」(作り事、嘘)を中心とする戯作の作風を転換し、時勢に即した「実」(事実、実用)の作を書くと誓った。これを境にして、いわゆる文芸の表面から、「虚」的な要素は次第に姿を消し、それとともに、旧来の土着的な異界は追いつめられ、文明の陰や深山幽谷にひっそりと隠れたのである。

もちろん文明開化を歓迎した人間ばかりだったわけではない。先述した『夜明け前』(昭4—10)の青山半蔵には、乱入する「西洋」の現象が「皆んな化物だ」と見えていたし、三世(柳亭)種彦を名乗った「時代遅れ」の戯作者、高畠藍泉《たかばたけらんせん》は、『怪化《かいか》百物語』(明8)で「半過《はんか》(半可通=なまかじり)先生の化物」や「書生の化物」を描いて、その「百鬼昼行の世態」(『明治文化全集』石川巌「解題」)をからかった。それまで「百鬼夜行」していた醜悪な化物たちが、白日の下、弱々しく現われたわけである。しかし秩序/混沌が異界の基本であるとすれば、ここに示されているのは「秩序」を保つべき現実の社会が無秩序の世界と変じ、それに従って不可思議、または不気味な異界も消え失せた、過渡期の「文明社会」の姿である。その乱雑な世界の背後に、あらためて「異界」的な存在を探ることが、「近代文学」出発に当たっての大きな課題だった。

その方向性は、西洋文学の理念の中にそれにふさわしい充塡物を見いだすこと、あるいは追いつめられた旧来の異族たちをいかにして甦らせるか、の二つに大別することができるだろう。

文学改良運動のリーダー坪内逍遥が、「見えがたきを見えしむる」(『小説神髄』明18―19)ことに小説《ノベル》の本領を認めたとき、彼が想定していた「見えがたき」ものとは、人生の根源にあるはずの「限なく窮《きわまり》なき隠妙不可思儀なる因源《みなもと》」だった。そこから発する種々多様な結果を描き出すことによって、読者に「人生の大機関《からくり》」を悟らせ、「自然に反省」を促すことが小説の主目的だったのである。その際、具体的な事例として強調されたのが、「小説の主脳は人情なり世態《せいたい》風俗これに次ぐ」という有名な言葉だったわけである。この「人情」について彼が分りやすく「百八煩悩」とか「情慾」と言い換えたことが、さまざまな解釈を生むことになったのだが、その真意は、人間の行為の起因となる心の動きの究明にあったとおぼしい。

以後彼の「見えがたき」ものは、二葉亭四迷との出会いもあって、「真理」とか「理想《アイヂア》」とか、「幽界」の間を揺れることになるが、それらが彼の言葉によれば「虚の世界」だったことは間違いない。虚と実は「うそ」と「まこと」と解されることが多いけれども、本来は、形がない存在と形がある存在の状態を示す観念であり、漢詩や俳諧の世界では、心と景物(風景、風物)とを意味していた。

二葉亭は『小説総論』(明19)という短文でベリンスキーの『芸術の理念』を祖述し、「模写と云へることは実相を仮りて虚相を写し出す」ことだと記したが、「実相」は「フホーム」、「虚相」は「アイデヤ」の訳語だから、現在の言葉で言えば、彼が考えていた小説とは、現実社会の形象を借りつつ、「真の実在」としてのアイデア(理念)を写すもの、ということになろう。

ただし従来指摘されてきたように、ベリンスキーの理論では、アイデア(イデー)は「神の絶対的イデー」であり、神の意志によって万物に自己発展するものだった。キリスト教的な神を信じられなかった二葉亭は、その「アイデヤ」と「フホーム」の関係だけを採用し、それを虚実の関係と結合させたのである。逍遥が最初は「奇妙」な理論と感じた二葉亭の考えを、彼なりに消化したのも、それが虚実論という共通の枠組みを持っていたからである。その限りでは、北村透谷(『人生に相渉るとは何の謂ぞ』明26)や森鷗外(『早稲田文学の没理想』明24)もアイデア(イデー)の表記として「高遠なる虚想」とか、「太　虚《ダス・アブゾルウテ》」など同系の語を用いていた。

逍遥が最終的に目標とした文学は、シェイクスピアの作品だった。彼は『小説三派』(明23)で当時の日本の小説を三派に分け、まだ日本には生まれていない「人間派」を『マクベス』や『ジュリアス・シーザー』を例に挙げて説明した。たとえば「マクベスの逆心」が王の殺害を惹き起こし、事件を起こしたことが彼の悪心をますます高めて、ついには彼を破滅させる。その過程を通じて、「明界(目に見える実の世界)の背後《しりえ》に更に又一《いっ》の幽界〔目には見えない世界〕」があって、その「理法」が人間を律していることが明らかになる、というのである。

この『小説三派』や翌年の『シエークスピヤ脚本評註』の「緒言」をきっかけに、いわゆる「没理想論争」が鷗外との間に始まるのだが、ここでは両者の相違には関わらない。大切なのは、それぞれの立場を越えて、近代文学の先覚者たちが、現実社会の現象を単に写すのではなく、その根源にある別世界を想定していることである。先に触れた鷗外は「意識界」の奥底に「無意識界」の存在を確信し、透谷は安易に「現象世界」にとどまることなく、「高遠なる虚想」をもって「現象以外の別乾坤〔別天地〕」をみつめることを力説した。石橋忍月や内田不知庵〔のち魯庵〕ら批評家にしても同様である。「別世界」が新しいかたちで登場するためには、まずこのような文学観が前提とされなければならない。

透谷の『他界に対する観念』〔明25〕は、わが国における別世界のありかたを考察した評論である。他界の語は今では死、または死後の世界に使用されることが多いが、ここでは形而下的な現実社会とは違う「想」の世界の意味である。そこで彼はキリスト教的な一神教にある「中心の善美」と、その裏面にひそむ「一魔教」の「中心の毒悪」に注目し、多神教のわが国では「中心を有せず焦点を有せざるが故に、遠大高深なる鬼神を詩想中に産み出す事を得ざるなり」と述べた。

たとえば日本の「他界に対する美妙の観念を代表する者」である、『竹取物語』や謡曲『羽衣』に対して彼が不満なのは、両者の仙女が「月宮に対する人間の思慕を化躰《かたい》せるに過」ぎないからである。彼によれば「月宮は有形の物」「人界に近き一塊物」であり、そこには「自在力」も「大魔力」もない。月の美しさに憧れるのは自然の情としても、それは雪月花の一つとして風流の趣味を満足させ、「我文学を繊細巧妙にならしめ」るが、「崇高壮偉」の感は与えない、ということになる。

彼が同時代の作品から実例としたのは、嵯峨の屋おむろの『夢現境《むげんきょう》』(明24)である。心中の毒蛇、我執から逃れることのできない主人公・孤影は、天上の月を眺めてそこにしばしの慰藉を求めることしかできない。しかしそれならば、月は彼の苦しみを解消してくれる場所だろうか。彼は夢の中で「赫奕姫《かぐやひめ》」に誘われて月宮に赴き、一時の平穏を楽しむが、そこに住む雁から、人間は本来罪深い存在で、「此処は汝の居る所ではない」、と地上に投げ返されて、絶望のあまり投身自殺をはかる。そこで夢は覚めるが、雁の言葉はいつまでも彼の胸に突きささり、心の中では依然として毒蛇が「青い火を吹いている」。——この作に対して、当時「上野に月を視て其《その》美に賛嘆し人界の不平を訴へし厭人的の孤影が同じ人界の(雲の上なる)美人と宮殿に懊悩を消散せしむるは余大《おおい》に疑なき能はざるなり」という批評もあったが、ここでは月宮と現実世界とに質的な違いがなく、毒蛇(悪魔)の性格も不明なので、孤影の言う人間苦が、現世的で卑小なものに見えてくることは否定できない。この失敗は、透谷が言うように、わが国における「他界」の創造が、いかに困難であるかを暗示するものだろう。

だがそれに言及しつつ、『ハムレット』の亡霊や、『ファウスト』のメフィストフェレスのような魔的な存在の欠乏を嘆じた透谷は、「理想詩人」としてどのようにこの難題を克服しようとしたのだろうか。その実験的作品が『夢現境』の直後に発表された劇詩『蓬莱曲《ほうらいきょく》』(明24)である。

この世が偽りに満ち、為すこともないと悟った柳田素雄《もとお》は、塵にまみれた俗世を捨て、恋人の露姫をも振り切り「真理《みち》」や「美妙」が支配する世界を求めて放浪の旅に出る。しかし諸国を経めぐっても「真理」は得られず、ついに彼は霊山の「蓬莱山」麓に辿りつく。そこで彼は「塵」で作られながら「塵の世」に背く人間を嘲ける「空中の声」を聞き、従者・清兵衛が夢うつつの内に露姫の俤《おもかげ》を見たことを知り、制止に従わず、愛器の琵琶を背に一人山頂をめざして行く。中腹の「蓬莱原」では仙姫《やまひめ》(露姫)に出会い、姫を追って「死の坑《あな》」に入るが、姫は彼の呼びかけに答えない。道士・鶴翁《かくおう》は「自然に逆はぬ」道を説き、「おのれ」という「自儘者《じまもの》」から解放されることこそ「安慰」の方法だと言うが、人間の「壊《くず》れたる内神《うち》」を知る素雄はそれを肯《うべ》なわない。かくて彼は、山中に住む魑魅《ちみ》魍魎《もうりょう》をふりはらって、山頂に達する。

だがそこにはすでに霊山の神聖さはなく、大魔王が鬼王どもを従え、君臨していた。彼は自分に従えば俗界での栄耀は意のままだという魔王に反抗し、現世的な楽しみでは満たされない人間としての苦しみを語るが、魔王は下界の都を焼き尽くして見せ、素雄の目を塞ぎ、身体をしびれさせて去る。残された素雄は、断崖から墜ちた琵琶の跡を追おうともがくが、そのまま倒れる。

まもなく「想世界と実世界との争戦」(『厭世詩家と女性』)を唱えることになる透谷が、それをこの劇詩で表現したことは当然だが、素雄の内にある「神性《かみ》」と「人性《ひと》」との決して和解しない二つの要素の対立は、彼の苦悩を明らかにはしても、透谷がめざしたような他界の性格を十分に表現してはいない。蓬萊山における神と大魔王との争いはすでに結着がつき、「神なるものは早や地の上には臨まぬ」からである。大魔王はたしかにその魔力を存分に示すが、素雄の苦悩を「愚《おろか》なる苦しみ」と呼びつつ、「塵」の人間にしては見所がある、「汝《いまし》を滅ぼさんは」簡単だが、と躊躇する彼の態度は、悪魔的不気味さというよりどこか人間的な権力者の側面を見せている。

要するに蓬萊山における「神」の不在、または「神」と大魔王との戦いの終了は、素雄を絶望させただけでなく、「サタンの魔性」を薄め、他界の緊張感をも弱めてしまったのではないか。これは唯一神を持たぬ精神的風土が生む必然かもしれないが（透谷はキリスト教徒だったが、素雄は信徒ではないし、あらゆる地上の学に失望している）、透谷の人間苦の深さが、安易に彼を「神」に到着させないのだとも言える。その結果、他界願望の原因である人間苦（精神と肉体の分裂）が、同時に彼を地上に引き戻し、さらにはげしい渇きを感じさせるのである。「我邦理想詩人の前途、豈悟然《あにあんぜん》ならざらんや」（『他界に対する観念』）という嘆息は、彼自身を含めた展望だったのかもしれない。

過去の文学にその「理法」を探ったとき、彼が求めえたのはわずかに「ロマンチック・アイデアリスト」馬琴の『南総里見八犬伝』中、伏姫《ふせひめ》が八房《やつふさ》に伴われて隠れる富山《とやまの》洞《ほこら》から発して作中を貫く、儒仏を一丸とした因果の理であった。「表面を仏界なりとせば、裡面《りめん》は魔界なり。表面を魔界なりとすれば、裡面は仏界なり」（『処女の純潔を論ず』明24）。伏姫の清浄と八房の煩悩が争い、ついに伏姫の誠心が妖犬の煩悩を浄化する富山洞は、まさに川一筋が「人界と幻界」とを隔てる霊妙の空間だった。しかしこのような奇異譚に属する物語は、科学的合理性や「写実」をモットーとする時代には、正当な市民権を得るに至らなかった。

逍遥は『八犬伝』を少年時代から愛読したが、『小説神髄』では「別に論あり」としながら八犬士を「仁義八行の化物」と呼び、その非現実性を批判しなければならなかった。彼は「因果の理」や、「幽界」から「明界」を支配する「一定の理法」を説いたけれども、内田不知庵に「我をしてミルトンの大観念あらしめば台処の失楽園を作らん」と語ったように(不知庵『『浮城物語』を読む』明23)、その「悪魔《サタン》と天宮《ヘヴン》との戦争」は、あくまでも「台処」という日常の場所が前提であった。以上のような事情が、次第に「理想派」(ロマンチシスト)の文学を「他界」よりもむしろ「異界」と呼ぶ方がふさわしい場所に近づけ、そこでの怪異な幻想によって、かろうじて「他界」の面影を紡がせるのである。幸田露伴の諸作がその代表的な例である。

露伴の「他界」

露伴の『風流仏《ふうりゅうぶつ》』(明22)、『縁外縁《えんがいえん》』(明23。のち『対髑髏《たいどくろ》』と改題)は、いずれも文明から距《へだ》たった片田舎、あるいは山中を舞台とする物語である。前者は仏像の彫刻師・珠運《しゅうん》が関東の仏像を見学しての帰途、木曾街道須原の宿での出来事。叔父に身売りを強いられている孤児の花漬《はなづけ》売り・お辰を救ったのが縁で二人は恋に落ちるが、婚礼直前に現われた実の父(岩沼子爵)に引き取られて、お辰は去ってしまう。残された珠運は狂乱の後、茫然とお辰の小屋で暮らすが、宿の亭主が与えた古板にお辰の像を彫り、次にその衣服を削り取って裸身の像を眺め、恋しく怨めしく「妄想」に耽るうち、物音がして「天より出《いで》しか地より湧《わき》しか、玉の腕《かいな》は温《あたた》く」彼の首筋に絡まる。恋の一念が通じてお辰の像に魂が入り、「風流仏」(恋の仏)となって彼を迎えに来たのである。その後白雲に乗って手を携え衆生を済度する二人の姿が各地で見られたという。

先に触れたように、男の一念が不可能を可能に変えるのは露伴の作品に顕著な傾向だが、ここでは恋の念力が夢幻のうちに珠運の魂を救済したことになる。現実と非現実との境界が曖昧になり、そこで恋の誠が仏と感応する、このような神秘的物語は、実は古来、仏教説話などを通じて延々と語られてきた物語と同質のものである。といっても、作中の時代は汽車も走る「文明」の世であり、お辰の父である幕末の志士の立身譚もある。しかしそれらに逆らって中仙道を徒歩で旅する仏師の青年が、顕官の実父に恋人を連れ去られ、一念でその魂を呼び戻すところに、この作品の「文明」に対する姿勢があり、またそれが幻想の他界として成立した原因でもある。なお作中には、くどすぎる言文一致体の心理描写に対する揶揄の文もある。

『対髑髏』もまた、文明を謳歌する風潮に背いて異界へ入りこむ物語である。日光中禅寺湖の奥で病気療養をしていた「露伴」は、平癒後、宿の亭主の制止を振り切って群馬・栃木県境の「魂精峠《こんせい》」を越えようとする。作中に「明治二十二年四月」とあるが、残雪は深く、無謀な旅である。人跡稀な山中と言い、「魂精峠」という表記と言い（普通は金精峠）、そこが現実界とは異質な世界であることは言うまでもない。忠告を無視し、危険を冒して境界を越えるのも、また山中の一つ家で妖しい美女と出会う設定も、この種の物語に常套的なパターンである。

その美女・お妙は、「これを見て一生の身の程を知れ」という亡き母の書置きに従って世俗的な幸福を諦め、華族の若君の恋も退けるが、若君が恋煩いから肺病となったと聞かされたときには、さすがに感情を抑えがたく看病に駆けつける。だがその甲斐もなく若君は亡くなり、それをきっかけに家を出た彼女は、山中をさまようちに「道徳高き法師」の導きにより「天地に一つも憎きものな」き境地に達した、と身上を語るが、一夜明ければ一つ家も美女も消え失せ、「露伴」の足許に髑髏一つが残る。やがて人里に下りた彼は、一年前、業病に冒された乞食女が、狂って山中に入ったという噂話を聞く。

作者自身も言うように、骸骨がものを言う怪奇な物語には古来いくつもの先例があり、亡霊の出現という意味では、上田秋成『雨月物語』（浅茅が宿）や三遊亭円朝『怪談牡丹燈籠』（速記本、明17）などを挙げることもできる。しかしここで特徴的なのは、髑髏が美女に姿を変えて現われること自体ではなく、それが現世への妄執を語るよりも、そこから超越した人間の理想を語ることである。

自然の変化によって四季を知り、静寂の中に種々の気配を知る生活を続けるうちに「心華《しんげ》開発」して、浮世のこともさまざまな人の心も、すべてを同じように受け入れ、愛することができるようになった、というのが彼女の心境である。

昔時《むかし》は我死ぬほど人に恋はれてもつらくあたり、今は我死ぬほど人に厭がられても可愛《かわゆ》し、一心の変化、同じ天地を恨みもし楽みもするこそおかしけれ。

一般に死骸を通じて示されるのは万人に共通の死にいたる無常観であり、この世のはかなさだが、ここでは逆に生死や人畜の境界を超えた広大な慈愛の世界が開かれる。

もっとも、彼女がこの悟りを得るまでの過程は、「一念発起」と「道徳高き法師」の導き以外、ほとんど具体的には記されていない。同じ露伴の『封じ文《ぶみ》』（明23）の幻鉤居士《げんこうこじ》のように、容易に解脱できない愛着に苦しむ方が、「浮世」の中ではより自然かもしれない。だがここではわが身の不運を呪い、肉体を越えようとする心と、若君の求愛に揺れ、いつしか「髪かたちをも治むる」心との矛盾葛藤を追求するよりも、両者をほとんど無媒介に接合して「浮世」を脱出させる道が選ばれた。亡き若君を慕い、家を出て狂おしくさまようお妙には、「実在《まこと》の物」は消え失せて「幻影」だけが見えている。だが「浮世」の外のこの深山では、現実と非現実の差違は解消し、「幻影」は美しい一つの「理法」と化して差別に苦しむ現世の人間を広く包みこむのである。それは透谷のケースのように現実の世界とはげしく切り結びはしないが、同時にあらゆる存在を拒否しはしない。透谷がめざす理法を十分に具象化できなかったことを思えば、仏教的な解脱に基盤を持つ露伴の理法は、わが国における「他界」の可能性とその限界を同時に示すものであった。

なお晩年の露伴には、古代人の心理や中国の怪談を記した『怪談』(昭3)や、隅田川の釣人をめぐる怪談めいた名作『幻談』(昭13)もある。

鏡花の「異界」

同じ山中の一つ家の物語として有名なのは、鏡花の『高野聖《こうやひじり》』(明33)だが、こちらは露伴の作とくらべて異界性が強い。高野山の説教僧と汽車に乗り合わせた「私」が、敦《つる》賀《が》の宿で、その上人の若い日の懺悔話を聞く設定である。

飛騨の山越えをして信州へ行く僧・宗朝《しゅうちょう》は、途中で道が二股に分れ、一方は大水で道が隠れ、一方は登り坂だが近道らしい分岐点ではたと迷う。近辺の百姓が坂道は旧道で今は通る人も稀だという忠告に従わず、嫌味を投げつけて自分を追い抜いて行った富山の薬売りの身を案じた彼は、旧道の坂を上るが、薬売りの姿は見えず、道に横たわる大蛇や森から降ってくる大蛭《おおひる》にこの世の終末を感じつつ、命からがら一軒の山家に辿りつく。そこにはお定まりの美女が知的障害の少年と夫婦で暮らしていた。

彼女は宗朝を裏の谷川に伴い、自分も裸身となって身体の傷を「霊水」で癒してくれる。彼はその美しい姿を「白桃の花」だと思うが、大蝙蝠《おおこうもり》や猿が女の身体にまとわりつくのには不審を感ずる。夕食後、寝静まった家の周囲に獣や魑魅魍魎や、「怪しの姿」が集まる気配を察した彼は、必死に陀羅尼《だらに》(もろもろの障害を除く仏語)を誦して難を逃れる。翌朝、後ろ髪引かれる思いで出発した宗朝は、「孤家《ひとつや》」と俗世間を往復する「親仁」から、「魔力」を備え、「色好み」で煩悩に狂う男たちを弄んでは獣に変える妖女の素生・来歴を聞く。

このような展開で語られる「孤家」は明らかに異界の要素を備えており、宗朝が経文の功徳でかろうじて生還することも、従来の型を引き継いでいる。しかし鏡花の異界の特色は、世間からは恐れられる妖女が、一面では母や姉のようなやさしさ、あえて言えば聖性をも併せ持ち、迷いこんだ主人公がその側面を忘れえないことである。

鏡花が描く女性には、『一之巻』―『誓之巻』(明29―30)や、『照葉《てりは》狂言《きょうげん》』(明29)のように、少年が「姉」と慕う薄幸の美女が多いが、彼女たちを人跡稀な異界に置けば、聖と魔を貼りつけた妖しい女性が誕生するのかもしれない。『高野聖』の妖女も、「親仁」の話によれば生来慈悲深く、「薬師様が人助けに先生様〔医師の父〕の内へ生れてござつた」と信仰を集め、数々の神通力を顕わした女性だった。夫とした少年も、元は父親が手術に失敗した子供であり、洪水で全村が死滅し、山中の「孤家」にいた子供と自分と付添いの「親仁」だけが生き残ったとき、彼女は自分の運命を悟ったようだ。

これより先、鏡花は『龍潭譚《りゅうたんだん》』(明29)で似たような異界を描いていた。母と早く死別した千里《ちさと》少年が、母代りの姉の言いつけに背いてタブー(一人で遠出してはならぬ、夕暮に遊んではならぬ)を破り、一面真紅の躑躅《つつじ》が丘で迷って、町の人が怖れる「九ツ谺《こだま》」に行ってしまう物語である。あまりにも赤く美しい花も、千里を刺すきらきら光る毒虫も、稲荷の社の裏手で見知らぬ子供たちとする隠れん坊も、「あふ魔が時」という時刻も、道具立てはすべて揃い、不吉な予感を与える。毒虫に刺されて顔が腫れあがった千里は、探しに来た姉にも別人と思われ、悔しまぎれにどこまでも走りに走って、大沼の前で倒れたのである。そこが異界との境界であることは言うまでもない。

水浴するあでやかな女性、それに舞い下りる白い小鳥、天井を走る動物は、たしかにこの女性の魔性を感じさせるかもしれないが、それは『高野聖』のように激しいものではない。むしろ千里を介抱し、乳房を含ませて添寝する姿は母親のそれであり、守刀《まもりがたな》を胸に身じろぎもせず眠る姿は、「亡き母上の爾時《そのとき》〔棺に入ったとき〕のさま」を思い出させる。千里が家に帰って後、「狐つき」「気狂」と罵られても美しい人の俤を恋うのも無理はない。その意味では、この作品の基底を流れるのは、亡き母を求める母恋いの物語である。

谷崎潤一郎の『母を恋ふる記』(大8)も夢の中で子供に還った「私」が、「何か、人間の世を離れた、遥かな〳〵無窮の国を想はせるやうな明るさ」を持った夜の道を、川岸の家に住む老婆や、狐の顔をした鳥追いに迷わされながら、母を求めてどこまでも歩いて行く話だが、「天地に照り渡る」月明の下、照らされる者はことごとく死に、「私だけが生きている」と感じられるように、彼が辿るのは死の世界であり、彼が最終的に若き日の母を認め、相擁して涙するところで夢は覚める。

これに対して『龍潭譚』で俗世間から「魔《エテ》」と恐れられ、かつ蔑《さげす》まれる女性の場合は、寺僧が声を揃えて誦する陀羅尼経によって「九ツ谺」は一夜にして崩壊、水の底に消滅するのである。ここには戯曲『夜叉ヶ池』(大2)の白雪姫が持つ、世俗の社会を呑みつくさんとする魔力は与えられていない。「九ツ谺」の崩壊がその魔力の弱さにあるのか、経文の強さにあるのかは問わぬとしても、一夜にして深い淵と変じたこの異界が、俗世間と対抗する性質のものでなかったことはたしかである。後年「年若く面《おもて》清き海軍の少尉候補生」となり、現実の厳しい秩序に組み込まれた千里に、「龍潭」(おそらく龍女が住むという噂によって名づけられたのだろう)は、「暗碧を湛え」て何も語りはしない。露伴の「理法」が、ひろく俗界の衆生を覆うのに対して、ここでは滅ぼされた美しい異界への憧憬が、哀切感をともなって、千里個人の心情に凝結するのである。『高野聖』の異界にしても、怪異ではあってもそれは俗世間(文明社会)に対してほとんど影響を及ぼさない。それはこの世に魔的な世界があることを教えるけれども、宗朝の記憶の中にとどまって、俗界との関係や意義づけがなされるわけではない。鏡花の異界は、次第に個人的な情念が惹き起こす怪異な事件へと向かうようである。

もっとも、『高野聖』以前の『化鳥《けちょう》』(明30)では、世間から筆舌につくしがたい残酷な仕打ちを受け、今は橋番をしている母親が、息子の廉《れん》に「人間も、鳥獣も草木も、昆虫類も、皆形《みんな》こそ変つて居てもおんなじほどのものだ」と教える。廉はその考えを教室で話して女教師にたしなめられるが、母に、分らない人にそんなことを言うと怒られるから、言ってはならないと諭される。母が苦しみの末に到達した考えは、明らかに万物平等無差別の仏教的思想だが、ここでもそれは、親子が胸の内にしまいこむ消極的な姿勢にとどまる。そして廉は、川に落ちたとき助けてくれたのは「大きな五色の翼《はね》があって天上に遊んで居るうつくしい姉さん」だという母の言葉を信じて、町の人に嘲られながら、もう一度「羽の生えたうつくしい姉さん」に会いたいとひそかに思い続けている。

みずから言うように鏡花は「迷信家」であり、「二つの大なる超自然力」としての、観音力と鬼神力を信じていた(『おばけずきのいはれ少々と処女作』明40)。怪談にも「因縁話、怨霊」などその出現に理由のあるものと、「天狗、魔」のように測り知ることができないものの二種があると言うが(『一寸怪《ちょいとあやし》』明42)、彼の作品に登場する「魔」は、多くは前者の因縁によって深山や空屋、あるいは古寺などの異界に住むのである。

後者の「魔」は、それが「人間の出入する道を通った時分に、人間の眼に映ずる」のだが、その典型的な例は『草迷宮』(明41)で秋谷の別邸に出現する悪左衛門《あくざえもん》や、『夜叉ヶ池』の白雪姫などであろう。ただし悪左衛門が言うように、彼らは「夜半人跡の絶えたる処」で「人間を避《よ》けて通る」ので、それを見て人間が驚くのは「其奴《そやつ》の罪」なのである。しかしここでも物語の主軸は葉越《はごし》明の母恋い、それにつながる手毬唄の主の探索にあって、悪左衛門の魔力が人間と対立するわけではない。彼は手毬歌を歌った女性を保護し、世間の道に背き魔界を志す彼女を小次郎法師に取り次ぐ役にすぎない。その点では、因縁話と魔とは、はっきりと分れているのではなく、密接に撚《よ》り合わされていると言えよう。

『夜叉ヶ池』にしても、その異界は人間界を敵とし、それを滅ぼそうとするわけではない。池の主・白雪姫は、昔高徳の僧の行力《ぎょうりき》で池に封じこめられた先祖の竜神の誓いを守って、鐘が定時に鳴る間は、池水を放出しようとはしない。彼女は人間がどうなろうとも「剣ヶ峰千蛇ヶ池の御公達《ごきんだち》」への恋を全うしたいと焦っているが、彼女がいなくなると池が決壊し、人間どもが死ぬ、と押しとどめるのは側近の姥《うば》である。結果的には天地晦冥して、全村洪水に呑みこまれてしまうが、その原因は人間どもの傲慢、横暴が鐘の故事を忘れ、異界の存在を無視したからである。

奇異譚を求めて全国を廻遊した萩原晃は、ここ琴弾谷《ことひきだに》で鐘楼守となり、百合と夫婦として暮らしているが、雨乞いのため夜叉ヶ池の竜神(白雪姫)の犠牲に百合を捧げようと押しかける村人たちと争いになり、百合は夫を守って自殺、晃も鐘の撞木《しゅもく》を切り落としてその後を追う。村を滅ぼして晴ればれとした白雪姫は、自分は剣ヶ峰に行き、「此の新しい鐘ヶ淵は、御夫婦の住居《すまい》にせう」と宣言するが、鐘とともに水中に沈んだ二人は、「魔」となって異界に生きるのである。白雪姫自身も本来は村人によって生犠《いけにえ》とされた村娘だった。ここでも「魔」の前生は非道な人間に迫害された女性であり、その正体は悪魔ではない。たとえば不義の恋に陥ったとしても、非はつねに権力をふるう人間側にある。

　これまで触れてきた鏡花の作品に登場する異界は、そのほとんどが夕方、または夜の世界である。『三尺角』(明32)と続編の『木精』(明34)、『薬草取』(明36)、『眉かくしの霊』(大13)などもそうである。しかし彼はお化けを「成るべくなら、お江戸の真中電車の鈴の聞える所へ出したい」(『予の態度』明41)という希望を持っていた。東京ではないが神奈川県逗子駅の新築祝を背景に、「散策子」が見る真昼の幻影、『春昼』『春昼後刻』(明39)は、その願いの現われだったと言ってもよい。

「うたゝ寐に恋しき人を見てしより夢てふものはたのみそめてき」(小野小町)の古歌をモチーフに展開する、玉脇みをと久能谷《くのや》岩殿《いわと》寺《でら》に仮寓する青年との「不思議の感応」「夢の契」は、まさに現実と非現実との境を越えて、夢のように怪奇でもあり、美しい。女性は俗悪きわまりない成金の何回目かの妻であり、恋に落ちた青年は、寺の柱に彼女の筆蹟になる先の和歌を見、次いで囃しの音に観音堂の裏手の谷間に導かれて、祭礼の舞台で自分とみをとが他の罪人とともに、背中合わせに引き据えられているのを見る。後には芥川龍之介らが関心を示すドッペルゲンガー現象だが、青年はそこに、俗世において断罪される二人の姿を透視するとともに、別世界で結ばれる運命を予知したのである。

彼がみをの寝衣《ねまき》に指で書く△□○の記号は、思いを伝える愛の徴《しるし》でもあるが、『南総里見八犬伝』巻之五には、庚申山《こうしんやま》の「三箇《みつ》の窟室《いわむろ》」の入口が、左から△□○の形で並び、「是《これ》天地人の三才に象《かたど》るものか」と説明があり、江戸時代の禅僧・仙崖にも大世界を表わす同じ禅画があるから、それはあの世で仏の御手に抱き取られようという願望の印でもあったのだろう。○を書き終えたとき、「颯《さっ》と地を払つて空へ抉《えぐ》るやうな風が吹くと、谷底の灯の影がすつきり冴えて、鮮かに薄紅梅」。それに照らされて「浜か、海の色か」と見えるのも、後日、二人が水死してあの世へ行く暗示だったに違いない。「世間外に、はた世間のあるのを知つ」た男はこの数日後に水死した。

『春昼後刻』で散策子を呼びとめ、「(死後にも)真個《ほんとう》に未来といふものはありますものでございませうか知《し》ら」と尋ねるみをは、男の死後、ノートに○□△(男とは逆に人地天と辿ることによって「天」に到達しようとする)を書き散らし、「霊魂」があの世で結ばれることがあるかどうかに迷い、「長閑《のどか》で、麗《うららか》で、美しくつて、其れで居て寂しくつて、雲のない空が頼りのないやうで、緑の野が砂原のやうで、前世の事のやうで、目の前の事のやうで」とその心中を語る。そしてたまたま通りかかった角兵衛獅子《かくべえじし》の子に「君とまたみるめおひせば四方《よも》の海の水の底をもかつき見てまし」の古歌を言伝《ことづ》て、やがて入水《じゅすい》するのである。死骸は翌日早朝、かつて青年が発見されたと同じ岬の岩でみつかったという。みをは言伝てを頼んだ角兵衛獅子の子を胸に抱いていた。青年が見た怪奇な谷底の幻に対して、散策子が見た「一幅の春の海」は、どこまでも美しい幻である。とろりとした春の日と、「人が寂しい」春の日とが融け合い、それ自体が演出した妖しい白日夢のような名作である。

死後の世界での恋の成就は、近松門左衛門の浄瑠璃に代表されるように、従来しばしば描かれてきた構図である。鏡花もまた初期の『外科室』(明28)以来、この趣向を愛用しているが、『愛と婚姻』(明28)で、婚姻は愛の自由を圧殺し社会のために犠牲を強いるものだと論じた彼の姿勢は、禁じられた恋をあの世で救済する点で一貫しているわけである。特に『春昼』の場合は、おどろおどろしい闇の世界というより、散策子がみつめる春の海が、現実と非現実、此岸と彼岸の境界を取り払って、仏による救いを感じさせる。

渚の砂は、崩しても、積る、くぼめば、たまる、音もせぬ。たゞ美しい骨が出る。
貝の色は、日の紅、渚の雪、浪の緑。

八犬伝』挿絵

『南総里見

雑誌『文学界』のロマンチシズム

あの世での恋の成就を描いたのは鏡花ばかりではない。雑誌『文学界』(明26―31)のメンバーは、透谷を筆頭に「形骸」を越えた「霊魂」の世界に憧れた。星野天知は色情を退け、「ホーム」を恋の堕落として「霊界の結婚」こそ重要であると主張し(『草庵の渋茶』明26)、戸川秋骨は『変調論』(明26)、『活動論』(明27)などの評論で、ひからびた世俗の「道徳眼」ではなく、「時代の精神の外に超絶する一個の生命」「万世に一貫する活動力」を唱えた。「或時は宇宙の理法に衝突し或時は天地の妙機に私淑し」(『想界漫歩』明26)と述べた馬場孤蝶も、透谷の考えに従って、「塵」(形骸)と「精」(霊)の「見えざる剣」の戦いを図式化していた初期の藤村も、現実と異なる「想界」を求めるかぎりで、足並みを揃えていた。それぞれの恋を抱えていた彼らが、「恋愛」を通じて「想界」の存在を語ったのは当然だったのかもしれない。

しかし、彼らの別世界は透谷のように現実界とはげしく切り結ぶことはなく、その思想を文芸的に完成することもなかった。わずかにその片鱗を示したのは、「此現実の社会」に反抗するよりも「美妙の香天世界」「無窮の大霊地」に遊ぶことを意図していた平田禿木《とくぼく》で、その哀切なロマンチシズムは、『薄命記』(明27)やダンテの『神曲』の部分的な紹介『地獄の巻の一節』(明29)に表われている。

後者で彼が取り上げたパオロとフランチェスカの悲恋は、兄の国王の使者としてフランチェスカを貰い受けに行ったパオロが、一目見るよりお互いに恋し合い、彼女が王妃となってからも不倫を重ねたことが発覚し、ともに処刑されたことを指すが、禿木はそれを「されどフランチェスカが恋は罪なりき。地にてのろはれ、天にてゆるさるべき清き罪なりき」と理解した。二人の恋が鏡花の場合と同様に、俗界の権力によって断罪され、別世界で救済されることの哀しみが美しく唱われるのである。もちろん彼は、「自然の情」としての恋の力を知らなかったわけではない。だが「美しき空想に欺かれ、あやしき夢にだまされ」て、「人間の心の冷《ひやや》かに、世の情のうすき」(『薄命記』)を若くして知った彼は、それによって俗世と戦うよりも、悲恋を抒情的に解消し、美的な世界と変ずることを選んだ(この傾向は「二人の恋は清かった」と唱う「坂田山心中」の流行歌『天国に結ぶ恋』昭7にいたるまで続いている)。

やがて上田敏《びん》の手であらためて紹介されるパオロとフランチェスカの名を、漱石『行人』(大1―2)の中にも見いだすことができる。妻・直の心を理解できず、弟・二郎との仲さえ疑うようになった一郎が、二郎に向かってこの恋物語を教える。

人間の作つた夫婦といふ関係よりも、自然が醸した恋愛の方が、実際神聖だから、それで時を経《ふ》るに従つて、狭い社会の作つた窮屈な道徳を脱ぎ棄てゝ、大きな自然の法則を嘆美する声丈《だけ》が、我々の耳を刺戟《しげき》するやうに残るのではなからうか。

人間社会の形式に流れる規則や道徳を批判し続けた漱石は、恋愛においても「大きな自然の法則」に従う文学者だった。

その初期の作品に『幻影《まぼろし》の盾《たて》』や『琴のそら音』(ともに明38)、『趣味の遺伝』(明39)などがある。『幻影の盾』は「一心不乱と云ふ事を、目に見えぬ怪力をかり、縹緲《ひょうびょう》たる背景の前に写し出さうと考へて」作られた作で、アーサー王の時代、先祖から伝わる幻の楯を持つ騎士「ヰリアム」(ウイリアム)が、恋仲である隣国の城主の姫・クララとの仲を主君と隣国城主の戦いによって裂かれるが、楯の魔力によって、楯の中の「南の国」で結ばれる物語。似たような設定で男女の仲を描いた紅葉の先述『二人比丘尼色懺悔』とくらべると、両者の作風の違いがよくわかる。『琴のそら音』と『趣味の遺伝』は、ともに夫婦や男女の思いの不思議な感応を描いたものである。

漱石の一高教師時代の生徒に、華厳《けごん》の滝に投身自殺(明36)をして社会問題にもなった藤村操がいるが、漱石が「藤村操女子」の名で作った『水底《みなそこ》の感』(明37)は、直接の関係はないだろうが、『春昼』の結末の先駆けとも見える。


水の底、水の底。住まば水の底。深き契り、深く沈めて、永く住まん、君と我。

黒髪の、長き乱れ。藻屑もつれて、ゆるく漾《ただよ》ふ。夢ならぬ夢の命か。暗からぬ暗きあたり。

うれし水底。清き吾等に、譏《そし》り遠く憂透《うれひ》らず。有耶無耶《うやむや》の心ゆらぎて、愛の影ほの見ゆ。


「うねうねと」曲りくねって、どこまでも人間関係の心の底を覗きこまずにいられなかった漱石が求めていたのは、このような愛の平安だったのだろう。

『琴のそら音』や『趣味の遺伝』には、不思議な心霊現象をできるだけ合理的に説明しようとする態度も見られるが、東京帝大英文科講師として漱石の前任者だったラフカディオ・ハーン(日本に帰化して小泉八雲)は、愛着を持つ日本および日本人を西洋に理解して貰うために、日本の伝説や信仰を研究した。その一部は『KWAIDAN』(『怪談』明

37)として出版されたが、盲目の琵琶法師・芳一が語る『平家物語』の壇の浦合戦の段によって、平家の亡霊が出現する『耳無し芳一』や、『ろくろ首』『むじな』『雪女』などは特に名高い。現在から見れば、文化人類学的に日本人の心性の奥に住む魔を甦らせたと言えようが、ちょうどこの時代は文明開化の大波も一段落し、日清戦争の勝利と三国干渉を経て、人心がようやく「日本的なるもの」に目を向けはじめたころだった。

「霊魂の復活」をめざした郡虎彦《こおり》は、謡曲の世界に材を取り、『道成寺《どうじょうじ》』(明45)、『鉄輪《かなわ》』(改作、大2)などで鬼気せまる女性の執念を戯曲化した。その上演は、日本よりもヨーロッパで好評を博した。三島由紀夫『近代能楽集』(昭25―40、断続的に発表)は、第二次大戦後の作品だが、その流れを受け継いだものである。ついでに触れておくと、三島には『仮面の告白』(昭24)、『禁色《きんじき》』(昭26)など、日常的世界と調和できず、孤独な夢を紡ぐ作品が多かった。『鍵のかかる部屋』(昭29)で、亡き母の愛人と、母同様のしぐさを繰りかえす小学校二年の少女が、人形の媚態に似て不気味である。

甦る古層――柳田国男と折口信夫

日露戦争前後から日本の古層を本格的に研究しはじめたのは柳田国男である。詩人・

歌人として出発した柳田(当時は松岡姓)は、国木田独歩・田山花袋らとの合詩集『抒情詩』(明30)に抒情的な新体詩を発表しているが、新体詩の処女作『夕ぐれに眠《ねむり》のさめたるとき』(明28)には、早くも現世とは異なる美しい夢への憧れが表われている。

うたて此世は　をくらきに
何しにわれは　さめつらむ
いざ今いちど　かへらばや
美くしかりし　ゆめの世に

やがて農政学者・農務官僚として農業の近代化を指導した彼は、各地の視察を通じて、地方に残る古い文化にめざめて行く。それが集成されるのがいわゆる柳田民俗学である。相馬庸郎《つねお》『柳田国男と文学』(平6)によれば、その始まりは天狗に関する談話『幽冥談』(明38)あたりというが、その方向を決定づけたのは、岩手県遠野に残る伝説・習俗を、同地出身の佐々木喜善《きぜん》が語り聞かせた伝承にもとづく『遠野物語』(明43)である。

山人譚、雑神譚、怪異譚、動物譚など、併せて百十九話、山の神、オシラサマ、ザシキワラシなど、今もよく知られる神や精霊と人との関わりや、山男、山女、行方不明の男女、狼、そして現在では遠野の象徴のようになった河童、さまざまな怪異が格調高い文体でそこに甦る。

いわゆる柳田民俗学は雑誌『郷土研究』の創刊（大2）や南方熊楠《みなかたくまぐす》との交流（まもなく離反）を通じてますます活発になり、大正八年に官を辞してからは、東北、沖縄旅行等を通じて、後に『雪国の春』（昭3）や『海南小記』（大14）に結実する数々のエッセイや研究を世に出した。『遠野物語』の世界を拡大した『山の人生』（大15）には、神隠しや山姥、サンカ、鬼子などの話もあるが、これらのフィールド・ワークによって彼がめざしたのは、近代文明がその合理性によって追放した「虚」の世界の復権だった。それが日露戦争後全盛期を迎える「自然主義文学」の文壇に飽き足りぬ文学者の動向と呼応する結果となったのも当然だった。

漱石の『夢十夜』（明41）第三夜が語る怪奇な夢（後述）や、永井荷風『狐』（明42）の狐狩りにおびえる子供の回想も、文明社会の人間の心の底に生き延びた「魔」に対する恐怖心が根底にある。あるいは歴史的文献や物語に取材した鷗外『山椒大夫』（大4）や、芥川龍之介の初期作品、『羅生門』（大4）、『鼻』『芋粥』（ともに大5）などを加えてもいい。先に述べた鏡花が、柳田とお互いに敬愛する仲だったことは言うまでもない。文壇で孤立しがちな鏡花にとって、柳田の研究は心強い味方だった。なお初期の柳田は『文学界』

グループと親しく、『海上の道』(昭36)に言うように、明治三十年に伊良湖岬に遊んだとき、椰子の実が浜に流れ寄っていたのを見た柳田が藤村にそれを伝え、『落梅集』(明34)の絶唱『椰子の実』が生まれた。ただし二人は文学観の相違から、次第に疎遠になって行く。

柳田の民俗学は、現在では日本民族および日本文化の等質性を前提とした「一国民俗学」であるとの批判も強いが、「霊界との交通方法」「無窮に対する考へ方」(『山の人生』)を明らかにした功績は、別世界を考える上で特に大きい。お化けと幽霊との違いも柳田によって明確に規定された(『妖怪談義』昭11)。

*

柳田が拓いた道を受け継ぎつつ、独特の方向に発展させたのが折口信夫《おりくちしのぶ》(歌人名、釈《しゃく》迢空《ちょうくう》)である。『郷土研究』(大4・4)に発表した『髯籠《ひげこ》の話』で神が来臨する場所(依《よ》り代《しろ》、招《ね》ぎ代《しろ》)を見いだした彼は、「まれびと」(海の彼方から幸福を授けにやってくる神)の設定によってその古代世界の骨格を形成した。『古代研究』(昭4―5)など、その学問的評価に関しては日本文学研究資料刊行会『折口信夫』(昭47)、松田修『非在への架橋』(昭53)、西村亨『折口名彙と折口学』(昭60)などを参照していただくことにして、ここでは彼の文芸作品、『身毒丸』(大6)と『死者の書』(昭14。改訂版、昭18)に触れておきたい。

前者は江戸時代の説経浄瑠璃『しんとく丸』を源流とするもので、「説経」の方は河内の国高安の信吉《のぶよし》長者が清水観音に申し子して生まれた「しんとく丸」の「貴種流離譚」だが、『身毒丸』の主人公は住吉神社の田楽師を父とする少年である。父は彼が九歳のときに行方不明となり、彼は父の兄弟弟子の源内法師に養われて、諸国を巡業する田楽師の子方となった。言うまでもないが、この種の漂泊する芸能者は、御田植の神事に関わる住吉踊りを行う意味で一種の尊敬の目で見られるとともに、賤民として蔑視されてもいた。加えて身毒丸は、美貌と美声で各地の女性から「もて囃され」たが、その名のごとく先祖から父に伝わった宿業的な病気(父には「気味わるいむくみ」が顔にあり、背中には「蝦蟇の肌のやうな、斑点」がいたるところにあった)も遺伝していた。この負《ふ》の要素が、はたしてしんとく丸が清水観音の功徳によって救済されるのと同様に、住吉神の力で逆転し、現在の境遇を脱することができるのかどうかは不明だが、東郷克美『異界の方へ』(平6)が指摘するように、この小説が折口の「附言」に言う、「ある伝説の原始様式の語り手といふ立脚地」から発想されていることはたしかであろう。

神の依り代を設置し、田楽を舞い唄う一方で、身毒丸はダルな生活を繰りかえしている。源内法師は女に心を奪われている身毒丸に写経を命ずるが、身徳丸の「疲れ果てた心の隅に、何処か薄明りの射《さ》す処があつて、其処から未《まだ》見ぬ世界が見えて来相《きそう》に思はれ」る部分もあり、彼が出家して寺に入り、漂泊の生活に終止符を打とうと考える箇所もある。

しかし結末で、彼は先発した一座の者の楽器の音が聞えてくると、「かうしてはゐられない」と慌てて道具(長柄の傘)を持って立ち上がるのである。その意味では、彼の漂泊はまだ続くのだろうし、彼が感じた「薄明り」も、神を招く役柄を演じている彼が、絶望的な状況の中でかすかに夢想した別世界から流れてくるのではなかろうか。折口が描こうとしたのは、「ほとんど実証不可能な漂泊芸能民の深層を、みずからの資質と肉体の「実感」を通じて認識し、それを「具体的」に表現」することだった(東郷前掲書)。無数の彼らの「夢」によって、伝説は形成され、増殖して行くことになる。

もう一つの小説『死者の書』は、謀叛の罪によって粛清された大津皇子《おおつのみこ》(作中、滋賀津彦)の霊と、彼が死の直前にこの世への執念を残した藤原鎌足の娘の了孫、藤原南家の郎女《いらつめ》との怪奇な霊的交通を描いたものである。

「した　した　した」という塚穴の雫の音で滋賀津彦が死から目覚める冒頭は、不気味で迫力に満ち、千部写経に励む郎女が、春分の日に二上山の「二つの峰の間に、ありありと荘厳《しょうごん》な人の俤」を見て以来、その幻に憧れ、一年後の春分に家を出て、二上山麓の当麻《たいま》の常闇《とこやみ》で滋賀津彦の霊と交感するありさまは妖美そのものである。その後、郎女は半年後の秋分に、紫雲に乗って二上の峰から来迎する菩薩の幻像を拝し、「俤人《おもかげびと》」のために蓮の糸を織り、衣を作って、それに「曼陀羅の相《すがた》を具へ」た絵を描き、この世から消え去ってしまう。

実はこのような部分的な粗筋は、この作品の雰囲気を紹介したことにはならず、折口独特の言葉遣いや古代に関する折口学の到達点を取り落としているのだが、それらの点は池田弥三郎・関場武注釈『日本近代文学大系46』の『折口信夫集』(昭47)に譲り、ここでは折口の狂熱的な想念の中で「見えるもの」と「見えないもの」、現実界と幽冥界とが交流し、彼が信じる他界の姿が出現したことを確認するにとどめたい。

日常の裏の非日常

これに対して、同じく土俗的な信仰に依拠しつつ、内田百閒の『冥途』(大11)に収められた短編群は、どこか近代的な人間の不安に裏打ちされていて、幽界との交渉が途切れている感じがある。書名となった『冥途』は、どこへ行くのか分らない「高い、大きな、暗い土手」下の「一ぜんめし屋」が舞台である。

「私」はそこの「白《し》ら白《じ》らした腰掛」に座って隣りにいる四、五人連れの話をぼんやり聞いている。「提灯をともして、お迎へをたてると云ふ程でもなし、なし」という言葉や、土手を往還する人影の様子から、どうやらお盆の夜、死者の魂があの世から帰ってきたが、提灯も迎え火もなく、幽冥の境の土手下で愚痴をこぼしているらしい。その声を聞いているうちに「私は、俄《にわか》にほろりとして来て、涙が流れ」るが、それがなぜかは分らない。話をしている人だけが「影絵の様に映って」いるが、誰かも分らない。飛べなくなった蜂が店に入ってきて、それに気づいた隣りの客が、昔、子供との間に起こった蜂をめぐる葛藤を語りはじめる。「私」はそれを聞いて「お父様」と泣きながら叫ぶが、向こうへは通じず、一団は静かに立ち上がり外へ出て行ってしまう。追いかけた「私」に、「月も星も見えない、空明かりさへない暗闇の中に、土手の上だけ、ぼうと薄白い明かりが流れてゐる」のが見え、そこをさっきの一団が「ぼんやりした尾を引く様に行くのが見えた」。

「私」と「父」とはたがいに求め合いながら直接に心を交わすことができない。湿っぽい空気の中で二人の心がうるむが、「私」が「父」と気づいたときには、その魂はもう遠くへ去って行くのである。魂の帰還を信じたい気持はある。だがそれを迎える用意もないまま、「父」はむなしく去る以外にない。土俗の風習に従わなかった「私」が、「父」を思い出すのは幼い日の記憶であり、鏡花や折口が信じていた仏や神の力ではない。そこには神仏にすがるよりも、自分の力によって生きて行かなければならなくなった個人の不安や哀しみが表われているようだ。

同じく収録作の『道連』にしても、暗い峠を越し、「土手の様な長い道を歩」く「私」に、いつのまにか道連れがいて、この世には生まれなかったけれど「己《おれ》はお前さんの兄」だから、「ただ一口己《おれ》を兄さんと呼んでおくれ」と頼む話である。「私」は最初は気味が悪く、次には相手の声が自分とそっくりなのに気づいてぞっとするが、次第に、その「生れて一度も人を呼んだことのない言葉」が自分の「昔の言葉」であるような気持になり、「兄さん」と取りすがろうとした途端に「兄」は消えてしまう。ここでもぎりぎりのところで霊との交通は成り立たない。「私」の身体は急に重くなり、一歩も動けなくなってしまうのである。

立場を換えて、「私」が「からだが牛で顔丈《だけ》人間の浅間しい化物」になってしまった『件《くだん》』ではどうだろうか。「件」は生まれて三日で死に、その間に人間の言葉で「未来の凶福を予言する」という怪物である。

いつのまにか人間が無数に集まり、野原で「私」を取り巻きその予言を待っている。だが「私」の心は人間であって、予言すべき何物もないし、死にたくもない。二日目の夜になって不安は募るが、群衆の顔にも「不思議な不安と恐怖の影がさしてゐる」。その中から、予言は聞く必要はない、殺してしまえという自分の息子の声が聞えてくる。驚いた「私」が息子の顔をよく見ようと立ち上がると、群衆は恐れて四散する。「件」が「私」の死後の世界での生まれ変わりかどうかは不明だが、人間は「私」を恐れるだけで、息子との会話はまったく断絶している。人間らしい感情を持つのはむしろ「件」の方で、人間は化物としての「件」しか認めない。だからここには死後、あるいは転生の別世界はあっても、そこと人間の世界とは交流しないのである。第二次大戦後のカフカの『変身』や安部公房『壁――S・カルマ氏の犯罪』(昭26)などに顕著な人間存在の不安をここに見いだすことも可能だろう。

『冥途』にはこの他、花火に誘ってくれた女が、突然首を絞めてくる『花火』や、子供を背負って泣きながら歩いて行く女の後をつけているうちに、「ふとこの道を通った事があるのを思出し」、どこまでも女の泣き声を辿って、「恐ろしい暗闇の中に昔の事を思ひ探」る『木霊』、婆さんに連れ去られる女の子を助けようとして、野原で婆さんを打ち殺したが、女の子の声はいつのまにか婆さんの声に変わっていた、という『柳藻』など、全編不気味で幻想的なシーンに満ちている。

このような作風が師の漱石の『夢十夜』を受け継ぐことは、伊藤整『作家論』(昭36)以来の通説だが、雨の夜に「自分」が背負った盲目の小僧が、「自分の過去、現在、未来を悉《ことごと》く照らして」、百年前の殺人を思い出させる「第三夜」が、存在の不安、不可解な過去とのつながりという点で共通しているとしても、百閒には漱石の「第一夜」が描いた、百年後に恋人が白百合の花となって甦るロマンチシズムはないし、内田道雄『内田百閒――『冥途』の周辺』(平9)が指摘するように、これは「夢」だという漱石の枠組みはない。百閒の「私」はごく普通の現実の風景から、いきなり異様な怪異現象にひきずりこまれ、感情はそのクライマックスにとどまって、こちら側に帰ってくることがない。読者もまた、「私」とともに境界のない異界と現実の間に「宙づり」(種村季弘)にされ、「消化不良」の気味悪さを感じなければならないのである。

『旅順入城式』(昭9)には「余ノ前著『冥途』ニ録セル文ト概《おおむ》ネソノ趣ヲ同ジクスルトコロノ短章ナリ」という序が付いているが、その標題ともなった小品は、大学で上演された「旅順入城式」の映画の画面に、観客の「私」が入ってしまい、泣きながら、淋しい町をどこまでも兵隊の行進について行く話である。観客は一斉に拍手を送るが、「私」には「鉄砲も持たず背嚢《はいのう》も負はない兵隊」が、「魂の抜けた様な顔をして、ただ無意味に歩いてゐる」としか見えない。兵隊はおそらく旅順の激戦で戦死したのだろうが、スクリーン上では威風堂々入城行進する兵の裏に、死んでいった無数の兵の陰画が現われる。ここに日露戦争勝利に沸く風潮に対する批判があることは当然としても、異界に関して言えば、より重要なことは、現実を「再現」するニュース映画という近代の産物が、表面に現われた映像とは別次元の映像を生み出してしまうことである。いわば近代の異界とも言うべき、科学が作り出す世界が現われたのである。

漱石『明暗』(大5)の津田も、医者から見せられた顕微鏡の中に、肉眼では見えない細菌を見て不安に駆られるのだし、江戸川乱歩の『押絵と旅する男』(昭4。後述)の兄も、浅草の十二階から望遠鏡で見た、八百屋お七と「覗きからくり」の中に収ってしまうのである。百閒の小説では、他に『大尉殺し』(『旅順入城式』所収)や『サラサーテの盤』(昭23)などがそうである。

前者は山陽線で岡山へ行く大尉が汽車の中で殺される話だが、「私」は待合室ですでに「あれが殺される大尉だ」と知っている。殺人者が到着したのも知っている。しかしこれは三十年以上昔の話だというのだから、「私」が目撃する殺人は、過去の記憶の深層と夜汽車に乗っている現在とが地続きで、反射し合っているのである。風が吹く闇の中を夜汽車が近づいてくる。「汽車の窓が妙なふうに動いてゐる。いくつもいくつも目の前を通つては又同じ窓が帰つて来る」。現在の汽車は未来に向かって進もうとしているが、「私」の意識はたえず過去に引き戻され、その「窓」に大尉の顔が映り、殺人者が襲いかかり、二人の男の影がもつれ合う。後述する川端康成の『雪国』でもそうだが、車窓はまさに一つのスクリーンとして意識の底を写し出している。

後者『サラサーテの盤』は、サラサーテ自奏のチゴイネルワイゼンのレコードをめぐる話である。演奏の途中に吹き込みの手違いか、サラサーテの声らしき話し声が交じった珍品である。

親友の中砂の死後、彼の後妻のふさが夫の書物を返してくれと、夕刻になるとやってくる。夫からは「自分の殻に閉ぢ籠もる」と評されていた妻である。最後に返して欲しいと言うのがこのレコードだが、「私」は又貸ししたのを忘れていて、後日娘(先妻の子)と転居した彼女の許へ届けに行く。「中砂遺愛の蓄音機」でレコードをかけると、サラサーテの声が聞えたところで異変が起きた。ふさが「違ひます」と言って、子供の名を呼びながら泣き出したのである。彼女は後妻としての引け目があり、夫は先妻のところへ行った、と言いながらもすべての遺品に執着しているのだから、堅い殻の奥底で必死に亡夫を求めていたのだろう。娘が毎晩夜中に見る夢の内容は、はっきりとは分らないが、おそらく父の声がレコードから聞えるとふさに伝えていたのだろう。レコードに雑音のように入った言葉を通じて、彼女は夫の声を聞こうと思いつめていたのではないか。

しかしこのように「合理的」な解釈を下したところで、その情念が十分に理解できるわけではない。『冥途』以来、百閒が織り続けた「私の心の中の神秘」(『百鬼園日記帖』昭

10)は、正常と異常、原因と結果というような分節化がなされないまま投げ出されているため、物語の闇自体が近代的な思考と対峙する特色を持つからである。その『東京日記』(昭13)には、四谷、麹町を無人で走るオープン・カーや、日比谷の公衆電話ボックスで、なぜか隣りのボックスの女性の声が受話器に入ってきて、適当に話を合わせて電話を切ると、ボックスの扉が開かず、隣りの女の大きな顔と赤い唇や舌がガラス窓に迫ってくる怪異な現象が描かれている。それらは文明の利器そのものが生む幻想性を示しているようだ。

精神の病い

「心の中の神秘」と言えば、志賀直哉の『濁った頭』(明44)も、「性欲の圧迫」から、女を殺した悪夢に悩まされ、「二年間も瘋狂院」(精神病院)に入院していた男の告白である。津田は「澄んだ頭脳と澄んだ心」とを持った青年だったが、牧師から「姦淫の罪悪」を説かれて以来、性の衝動と罪の意識に苦しんだあげく、たまたま手近にいた親戚の女性と関係してしまう。性欲はますます昂進し、二人はそれに促されるまま旅行に出るが、一方では「頭」は濁り、憎悪も生まれてくる。その結果、津田は女性を殺すのだが、逃げているうちに、女性との関係も、殺人も、「それ全体が夢ではなかつたか」と思われはじめる。

ここでは精神病が本人の語りで説明されているのだが、漱石門下の中村古峡《こきょう》に、精神を病む弟の胸中を医学的療法を通じて知ろうとする『殻《から》』（大2。『大正文学全集』収録）という小説がある。

没落した奈良県の素封家兄弟の葛藤を中心とする自伝的長編だが、兄の稔が大学を出て新聞社に入り、そのかたわら文学をめざしているのに対して、弟の為雄は経済的事情で進学もできず、性来の烈しい気性や会社勤め、軍隊生活で受けた屈辱も手伝って幻視・幻聴に悩まされ、粗暴なふるまいも多くなる。「東京には己《おれ》の敵《かたき》が居る。正義を蹂躪する奴は悉皆《みんな》己の仇敵《かたき》だ」と口走る彼には、会社、軍隊、家、村、大臣、元老、社会組織のすべてが自分を窮屈な「殻」に閉じこめる敵と見えている。心臓や身体が伸び縮みし、「盲人や、一つ目小僧や、天狗のやうな鼻の高い奴や、鬼のやうに額に角を生やした奴等が、大威張で行列」する。先に触れた青山半蔵（『夜明け前』）が感じたのと同じ、百鬼夜行の姿である。

兄はたまたま弟の日記や手紙を目にして、「丈夫」の志とそれを凡人が理解しない憤懣や「学者実力者にありといへども、今日にては多くは金なるかな」という嘆きを知るが、新聞の仕事が性に合わず、退職して「反古《ほご》製造人」(文筆業)となった彼には、十分に治療費を出してやる余裕がない。「公設癲狂院」がないことを嘆き、「帝国精神病院の施設部」に収容して貰えないかと嘆願するが、高名な院長にはすげなく断わられた。郷里では座敷牢のようなところに閉じこめるとか、「稲荷下しの隠者」に祈禱して貰うとか、策が講じられるけれども、前者は実行にいたらず、後者は効果がない。

ついに兄は収入の三分の二を投じて「癲狂院」に入れるが、院長からは「精神病と遺伝の関係や、文明の進歩に伴つて、精神病の増加すると言ふやうな」談話を聞かされただけで、やっと面会した弟からは、自分の異様なふるまいは、今の「不思議な世界へ住替へる準備」だった、自分は「諸々の神と交通のある世界」にいて、たくさんの「神の使者《つかい》」が「様々の悪魔や誘惑者の声」から救ってくれると聞かされ、茫然とし困惑するばかりである。

現在の精神医学がこのような弟の症状をどう扱うのかは知らないが、ここでは迷信にみちた田舎の環境が誰一人弟の病気を理解せず、大学を出た「文明人」の兄は、おそらくそれゆえに正常と異常を「科学的」に切り分け、専門家に頼る以外に方法を持たない。だがそのための経済的余裕がないことが、結果的には弟を突き放し、絶対的な「殻」に追いこむことになった。しかし途方に暮れる周囲の人々も、それぞれ自分なりの殻に籠っているわけで、その意味では、俗世間で出世や金儲けにあくせくしているよりも、狂気の弟が籠っている「神と交通のある世界」の方が幸福なのかもしれない、という逆説が生じる余地はある。なお中村古峡はこの小説の後、精神医学を学び、『変態心理』(精神病)の研究』(大8)などを著して、千葉で精神病院を開いた(小田晋他編『変態心理』と中村古峡』平13、参照)。そこで彼が実施した解放療法に、中原中也が参加していたことが近年曾根博義によって明らかにされた。

ホラホラ、これが僕の骨だ、
生きてゐた時の苦労にみちた
あのけがらはしい肉を破つて、
しらじらと雨に洗はれ、
ヌツクと出た、骨の尖《さき》。
(下略。『骨』昭9)

と唱った中也も「異界」を抱えこんだ詩人だった。この詩が収録された『在りし日の歌』(昭13)には、『ゆきてかへらぬ』『一つのメルヘン』『幻影』『言葉なき歌』など、よく知られた詩が多い。

言うまでもなく、近代詩人でこの種の「異界」に踏みこんだ先覚者は萩原朔太郎だった。

地面の底に顔があらはれ、
さみしい病人の顔があらはれ。

（下略。『地面の底の病気の顔』）

ぬすつと犬めが、
くさつた波止場の月に吠えてゐる。
たましひが耳をすますと、
陰気くさい声をして、
黄いろい娘たちが合唱してゐる、
合唱してゐる、
波止場のくらい石垣で。

（下略。『悲しい月夜』）

『月に吠える』（大6）に収録されたこれらの詩は、彼の言葉を借りれば「電流体の如きものに触れて」ふるえた「感情の神経」であり、「病《や》める魂の所有者と孤独者との寂しいなぐさめ」だった。

「自然主義者」の「異界」

文明の進歩が個人の自立を促し、生活の型を変えて行くとき、実社会での「成功」が人生の目的に画一化されれば、そのコースからドロップ・アウトする人間、あるいはそのコース自体に違和感を持つ人間が出現するのも当然である。『殻』の弟は前者の一例だが、後者の代表的例は先述した哲学青年、藤村操だろう。鏡花は彼をモデルとして、実は自殺しなかった彼が「魔物」として俗界の大偽善者を撃つ小説『風流線』(明36―37)を書いたし、独歩も異母妹と結婚して運命のいたずらを呪い、自殺を考える青年を描いた(『運命論者』明36)。

日露戦争後の青年に生じた「空想」や「煩悶」には、社会主義的思想や人生問題の根源の究明(たとえば綱島梁川の『予が見神の実験』明38)、先に触れた生への倦怠感などが含まれるが、そのかぎりでは、いわゆる自然主義の作家たちも、情痴の作家たちも、ひたすら現実生活の描写に没頭していたわけではなかった。

長田《ながた》幹彦『自殺者の手記』(大4)を見れば、彼が単に祇園・島原に沈没していた作家でなかったことは明らかだろう。姉の自殺から「生命の根柢」を脅かされ、宇宙の「無限」に恐怖を感じて自殺する寸前までを記した青年の手記である。

「生まれつきの自然主義者」と評された徳田秋声にして、その出発期には、『雲のゆくへ』(明33)ではエキセントリックな娘・お咲の異常な言動を描き、『浜の女神』(明35)では、雨後の浜辺で出会った女性に「浜の女神の生霊」を感ずる、一幅の絵のような幻想的風景を描いていたのである。

正宗白鳥『妖怪画』(明40)の新郷森一は、才能のある画家だが、展覧会へ出品する意欲もなく無為に時を過ごしている。父は広島の漢学者だったが、大酒呑みで不品行を重ねて死んだ。母はヒステリーで、スキャンダルを起こしたあげく自殺した。そのいきさつが彼に家庭や子孫に対する不信感を植えつけている。ただ一人の友人は彼を「病狐」と形容したが、彼の心の中では、世界こそ「妖魔」だらけであり、彼はそれを「漫画染《じ》みた百鬼夜行の図」として画いて見る。その中心に位置するのは、彼の食事や掃除の世話に通ってくる、少し知的障害のある醜い娘であり、もちろん両親もその中にいる。ところが女性を嫌悪しているはずの彼は、もののはずみでその娘に手をつけてしまい、自分に絶望してピストル自殺を決意したとき、そこへやってきた娘がピストルを弄んで暴発し、彼の頭に当たってしまう、という皮肉な結末を迎える。

ここに描かれたのは無為に暮らしてはいても、無感動な人物ではない。彼には両親や女性に対する嫌悪の情が強く残っていて、それが百鬼夜行の図として表現されるからである。特に娘の醜い顔が生き生きしてくると、薄気味悪さを感じると同時に表現意欲が湧き、絵を描き続けると頭痛がして、「世界の人間が総掛りで」自分をいじめ、「無形の空気も尨大《ぼうだい》なる塊をなして、四方から自分を圧迫して来る」という説明は、『殻』の場合と似て、この世こそが異界であるという感覚を示すものだろう。

同じ感覚は、白鳥が二年後に発表する『地獄』(明42)にもある。そこではミッション・スクールの生徒が、発熱するとかならず「幻の中に正体の分らぬ異形《いぎょう》の者が現はれ」、「大きな者」に圧迫されるように感じたり、教師の話も偽善的に聞え、「ソドムの町焼滅の景」だけが「一つの油絵となつて心に浮ぶ」のである。

このような傾向は白鳥ばかりでなく、花袋や藤村、岩野泡鳴らの底流にも流れていた。花袋『蒲団』の竹中古城にも、すでに「人生の最奥に秘《ひそ》んで居るある大きな悲哀《かなしみ》」の言葉があったが、情欲の底から生ずる救済への願望は、『髪』(明44)あたりから表面化する。女と二人で、「全く人気の絶えた堂宇」に立っている古い二体の仏像を見たとき、男はその「ギョロリとした怖い恐ろしい眼」と「凄い笑を湛《たた》えた顔」に「深秘な不可思議な気分」を感じて、それが自分の苦悶を救ってくれるような気がするのである。

その「気分」はやがて、放蕩者が幼時に小僧をしていた山の荒寺に帰り、陽も射さない古池や墳墓の前に立って生と滅の連続にめざめる『ある僧の奇蹟』(大6)となり、「神の贖罪、仏の贖罪と言うこと」を感じた彼が、ひたすら読経を続けて村人の信仰を受ける物語となる。また『山上の雷死』(大7。のち『山上の震死』)は、老若男女から生き仏と慕われる山上の僧が、自分の死を予言し、凡夫衆生もみな救われる、「爾等《なんじ》は先づ自己を畏れよ」、「然れどもその心も……その心も……亦《また》……」虚妄、と説法しつつ、突然鳴りひびいた雷に打たれて他界する物語である。それら宗教者の悟りへの希求は、晩年の『百夜《ももよ》』(昭2)の、「神秘なサイコロジカルな境」に到達したいと願う島田の心にまで続いているのである。

藤村の『春』(明41)は十数年前の『文学界』時代をふりかえった自伝的小説だが、中心人物は透谷をモデルとする青木と、藤村自身をモデルとする岸本である。作中には透谷の文章もたくさん引用され、先に触れた『人生に相渉るとは何の謂ぞ』の他界願望や、『我牢獄』(明25)の「我が生ける間の「明」よりも、今ま死する際《きわ》の「薄闇《うすやみ》」は我に取りてありがたし。暗黒！　暗黒！　我が行くところは関《あずか》り知らず」のような、現世の「牢獄」より「暗黒」の死後への期待が引かれている。

青木の狂的な言動は随所に描かれ、青木自身も彼の妻も、二人がよく似ていると言う。

藤村が青春時代の記憶を「スタディ」したことは確実だが、問題は「自然主義」全盛の時代、その先頭にあると評された藤村が、なぜ青木に先導される岸本という図式を確認したかという点にある。もちろんその対処の方向は違うけれども、この世を「眼に見へない牢獄《ろうや》」と考え、死を決意するところまで二人は共通しており、それは藤村の中にも現実嫌悪、そこからの脱出願望がひそんでいたことを意味している。それはまもなくボードレール、オスカー・ワイルド、モーパッサン晩年への共感となって現われ、『新生』(大7―8)の岸本がパリを離れて、中仏のリモージュで見る、あらゆる現世的苦悩が炎として燃えあがる幻影につながって行くものだろう。

ショーペンハウエルの「無意識」の哲学を受け継ぎ、無目的に存在する生の盲動、刹那主義などを唱えた岩野泡鳴は、対象を客観的に観察して、その本質を究明しようとしたいわゆる自然主義に反対し、あらゆる実在は自我の主観を通じて捉えられるのだから、刹那々々に変化する自我に映る、盲動する生の姿を描こうと考えた(『神秘的半獣主義』明39。のち『半獣主義』)。彼の理論はあらけずりでかつ難解だが、その主張を実現すべく、彼は『放浪』(明43)以下の五部作で、田村義雄(泡鳴)の独善的、分裂的とも言えるその場その場の行動を描いた。『放浪』は「詩人文豪より蟹の缶詰製造家となりたる田村義雄」が、弟を樺太(サハリン)に先発させ、自身も札幌に赴いてその成り行きを待つ一方、自説を新聞、雑誌に発表し、当地の文学者・記者と交わって、心の向くままに行動する姿を描いたものである。

渠《かれ》の考へでは、自己と刹那とを離れたものはすべて無能力の過去――空《くう》だ。して、自分の失敗は、もう過ぎ去つてゐるから、空だ。今の恋も亦、過ぎ去りかけてゐるから、もう、半ば空だ。
然し、さういふ様に空々になる経験を背景として、まの当り、刹那の牛気を全身に感じて来ると、智、情、意の区別ある取り扱ひが行はれなくなつてしまつて、無区別な冥想場裏に、手足の神経と腹の神経とあたまの神経とが、一致して、兎角《とかく》空理に安んじ易い思索を具体化し、自己といふ物を盲動現実力の幻影にする。

「田村義雄」という三人称は、「第一人称が乃《すなわ》ち第三人称、主観的が乃ち客観的、破壊が直ちに建設だ」という持論(『現代将来の小説的発想を一新すべき僕の描写論』大7にまとめられる)の実践で、「自己」という「盲動現実力の幻影」に与えられた名称である。いわば主観客観の二元論を排し、泡鳴の強い主観が生む「妄想」的な自己の姿が、一人称で写し取られるのである。このような彼の考えは当時十分に理解されたとは言いがたいが、翻訳『表象派の文学運動』(アーサー・シモンズ原作、大2)は、のちに小林秀雄や中原中也に影響を与えた。アウト・サイダーとは「幻《ヴィジョン》を見る人」だと規定した河上徹太郎は泡鳴を「日本のドンキホーテ」(『日本のアウトサイダー』昭33―34)と呼んだし、その生き方については大久保典夫《つねお》『岩野泡鳴の時代』(昭48)などの精細な研究もある。

谷崎潤一郎の「幻想」

よく知られているように、明治末期から大正期をはさんで昭和初年代にいたる期間は、近代文明がますます発展し、近代都市生活が定着した時代である。しかしその裏で、「文明」から脱出しようとする幻想を育てたのも、当の「文明」によって教育された文学者たちだった。先述した「自然主義者」たちにもその片鱗は見られたが、谷崎、芥川のようにそれに対立した作家たちはもちろん、「自己」または自意識に取りつかれた新しい作家たちは、いっせいにその奇怪な底辺に探究の目を向けはじめたのである。それらは従来どおり土俗的な伝承に根を生やしたものもあり、文明そのもの、科学的な追究が結果的に照らし出した「心の闇」もある。

谷崎の『吉野葛』(昭6)は前者に属するだろうし、『青い花』(大11)や『友田と松永の話』(大15)は後者に属する。

『青い花』は、岡田なる男がむっちりとした肉付きを失い、肋骨が見えるほど衰えたのに対して、愛人のあぐりの肉体はますます美しく充実し、その対照を自覚するにつけ、彼の脳裏に妄想が湧いてくる話である。「豹」のようなあぐりに飛びかかられ、果てはずた〳〵に喰い裂いて骨の髄までしゃぶら」れる「面白い遊び」であったり、洋装をして西洋の女のようになった彼女に、大通りを歩いている自分が病み疲れて『恐い伯母さんのやうな眼つきで睨』まれる光景の想像である。

軽慢な女性に侮蔑を受けたいというマゾヒスチックな欲望は、『刺青』(明43)以来、最晩年の『瘋癲《ふうてん》老人日記』(昭36—37)にいたるまで彼の作品を貫く命題だが、ここでは男性の肉体が貧弱化するにつれ、女性を洋風に仕立てる対照がおもしろい。貧しい少女・奈緒美を白人に似た美女・「ナオミ」に磨きあげ、それに屈伏する物語は、まもなく『痴人の愛』(大13—14)で完成するが、そこでは取り残される男性の肉体の変化の問題は、西洋と日本の対比も含めて『友田と松永の話』の変身譚として描かれるからである。

谷崎の変身願望の例としては、これ以前にも、麻薬や密教や女装に耽る『秘密』(次章参照)もあるが、その擬似的な手段は主人公を一時的にしか満足させていない。これに対してこの物語では、一人の人物がその住む場所によって、あるときは四十キロ程度の貧弱な肉体の田舎者（松永）となり、あるときはパリ、上海、横浜で享楽的生活を楽しむ七十五キロの西洋人風巨漢（友田）となる。

物語は小説家の「私」が、奈良の柳生の里に住む松永の妻から、突然夫のゆくえを知らないかという手紙を貰い、自分が横浜でよく遊んだ友田との関係を探る探偵小説的構造を取っているが、結末で友田が告白するところによれば、「僕」の中には二人の違った人格が隠れていて、松永と友田が「代る〲此の「僕」と云ふものに取り憑くのだ」という。スチーヴンソンの『ジキル博士とハイド氏』が、博士の発明した薬品によって善と悪の別人格が表われるのに対して、ここでは松永の西洋への強烈な憧憬が友田を生み、友田の西洋文明享楽の極点が、逆に「薄暗い、さうして何処か優しみのあり、柔かみのある、大和の国のあの故郷の家」を思い出させる。この交替を数度にわたって繰りかえした「僕」は、その分裂が生む将来の不安に気づきはじめているのである。なお変身譚としては、太宰治『魚服記』（昭8）の鮒への変身、中島敦『山月記』（昭17）の虎への変身が有名である。特に後者では「自我」の分裂の苦しみが明らかに示されている。

文明開化に出会った福沢諭吉は「一身にして二世を経る」喜びを感じたが、ここでは東西軋轢《あつれき》のゆくえに展望を見いだせない不安が忍びよっている。それは谷崎の場合、昭和初年代のいわゆる古典回帰時代に執筆された評論『陰翳礼讃《いんえいらいさん》』（昭8―9）や、『蓼喰《たでく》ふ虫』(昭3―4)、『吉野葛』、『芦刈』(昭7)などの諸作につながって行くものだろう。それらから浮かび上がってくるのは、耿々《こうこう》たる人工の光ではなく、やわらかな自然の光に照らされる「伝統的」な日本文化の美である。

『吉野葛』は、小説家である「私」の吉野への取材旅行と、「私」の友人・津村の母親恋慕とが一体となった作品である。「私」は南朝後裔の歴史小説を書くために旧制高校時代の友人・津村に便宜を図ってもらい、吉野山中を探索するが、昔、母に連れられてきた妹背山《いもせやま》の風景を見て亡き母を思い出し、それと同時に、津村から彼が早逝した母の縁を辿りたいと願っていることや、歌舞伎『義経千本桜』や地唄『狐噲《こんかい》』が母の思い出として残っていることを聞く。

これらの古典芸能は「葛の葉伝説」として広まった異類婚譚にもとづくもので、「恋ひしくば訪ねきてみよ和泉なる信太《しのだ》の森のうらみ葛の葉」の歌が有名である。さまざまなバリエーションがあるが、『義経千本桜』は河連館《かわつらやかた》の段に、吉野に逃れた義経の許に静を伴った佐藤忠信が、実は静が持つ「初音の鼓」に張られた親狐を慕う子狐であることが判明する場面があり、『狐噲』(狐会)は平山城児『考証『吉野葛』』(昭58)によれば、古浄瑠璃『しのだづま』の、狐である母が正体露見し、子を捨てて森へ帰る枠組みの中に、遊里における男女の別れをはめこんだため、一貫した筋立てを失った曲のようである。しかし津村が語るように、両者がともに母狐を慕う子供の心を掻き立てる物語であることは共通しており、だからこそ彼は、母が狐であったらいつかは母の姿を仮りて現われるかもしれないとか、自分も忠信狐になって静御前の跡を追って行きたいとか夢想するのである。

「私」は津村とともに旧家に伝わる「初音の鼓」なる品を見に行ったり、彼が土蔵に残った古文書からようやく母の実家を探り当てたいきさつを聞き、国栖《くず》の実家を訪問することになるが、ここには全編を通じて「狐」にまつわる物語の古層、それを伝える吉野という風土の古層が、まるで彼が旧家でもてなされた熟柿《ずくし》のように浮かび上がっている。「日に透かすと琅玕《ろうかん》の珠のやうに美しい」その果実に見入って、「私」は自分の掌の中に「此の山間の霊気と日光とが凝り固まつた気がした」のである。

『芦刈』は京都と大阪の中間にある水無瀬《みなせ》の宮趾を訪ねた「わたし」が、夕暮れから淀川べりで名月を賞《め》でているとき、突然、葦のしげみから現われた「影法師」のような男に話しかけられ、男の父が上臈《じょうろう》のように「﨟《ろう》たけた」女性、お遊さまに恋いこがれ、ついにはその妹と「結婚」して夫婦でお遊さまに仕え、雅びやかな遊びに耽った生涯を聞く物語である。浮世離れしたその世界は夢幻の中に読者を誘いこむが、今夜も「お遊さんが琴をひいて腰元に舞ひをまはせてゐるのでござります」という言葉に、「わたし」

が思わず、お遊さんはもう八十近いのでは、と問いかけると、男は「いつのまにか月のひかりに溶け入るやうにきえてしまつ」ていた。

谷崎が描いた異界には、この他にも、戦国武将が首化粧に惹き入れられる『武州公秘話』(昭6—7)、『覚海上人天狗になる事』(昭6)など聞書・伝承に示唆された作品、あるいは、貧窮した一家を顧みず妄想に耽り、不徳をつくしては「狂人」たる自分をベルクソンの説を借りて心理学的に分析する『異端者の悲しみ』(大6)、インド人ミスラ氏から「谷崎」が「科学」では説明できないインド哲学の説明を受け、ついに「ハッサン・カンの魔法」をかけてもらう『ハッサン・カンの妖術』(大6)、映画フィルムの女優の膝に、まったく撮影された覚えのない男の顔の腫物《はれもの》が映し出される『人面疽』(大7)、歯医者で出会った青年と令嬢が麻酔で意識を失っている間に、歯医者に誘惑される令嬢を青年が殺す夢を見る『白日夢』(大15)など多数の作品があるが、ここでは詳述できない。

ただし『異端者の悲しみ』のように、西洋の学説を取り入れて自己の精神を分析したり、無意識の領域、または病的な題材を中心とする傾向は、ひとり谷崎ばかりの特質ではなかった。明治末にはフロイトの『ヒステリー研究』や『夢判断』などもある程度紹介されており、糸左近『家庭医学』(明44)のような通俗的医学書もあった。女性の超能力者が出現し、「千里眼」(正確には念写)の実験が、東京帝大の福来《ふくらい》友吉らによって行われたのも(『千里眼実験録』明44、『近代庶民生活誌』⑲による)、内田魯庵が「人間を研究しやうといふなら、生物学、心理学、人類学等に著大なる交渉を有するものとして性欲を研究する必要」がある(『性欲研究の必要を論ず』)と述べたのも、明治四十四年のことである。漱石は『行人』で、妻や家族を信じられない主人公・長野一郎にテレパシーの実験をさせているし、先述の中村古峡の小説『殻』は、正面から精神病者とその療法を探った最初期の作品であろう。

探偵小説の実験

この傾向を受けとめた流れの一つは、ようやく人間心理の深層に測鉛を下ろしはじめた探偵小説だった。谷崎にも、「精神病の遺伝があると自ら称し」、最近では映画と探偵小説に耽溺しているという園村が、殺人劇を演出して友人の作家(私)をまんまと担ぐ物語がある(『白昼鬼語』大7)。そこにはエドガー・アラン・ポーの『黄金虫』を模倣した暗号や、殺人を写すための写真機等の小道具が使われ、「私」と園村が節穴から目撃した殺人、さらに「私」が見た、園村自身が殺される現場まで写真に取られる巧妙さである。「私」は送られてきた園村の死体写真を見て、その死を信じるのだが、「精神病の遺伝」と言い、写真が示す本当らしさと言い、そこには近代社会の作った境界線や近代的発明に対する皮肉な視線が感じられる。

これに対して、人間の心理が奇怪で魔的な世界を構成してしまう小説を描いたのは江戸川乱歩である。ここでは近代が生んだ異界として、『屋根裏の散歩者』(大14)、『人間椅子』(大14)、『鏡地獄』(大15)、『パノラマ島奇談』(大15)などに触れておきたい。

『屋根裏の散歩者』は、職業に就くのはもちろん、「どんな遊び」をしても面白くない「一種の精神病者」、郷田三郎が、刺激を求めてアパートの屋根裏から住人の私生活を覗き、虫の好かない男を殺してしまう話である。ここでも主人公は精神異常と規定されているが、大都会の日常生活が文明の装置、制度によって画一化されるに従って、それに順応できない人物の遊民化も増大した。彼らは都会の夜を浮遊して、きらびやかな光景にささやかな満足を求めるのが普通だが、中にはさらなる刺激を望んで、心の中に「異常」な欲望を飼う人物も現われてきた。谷崎が描いた人物たちや、この郷田もその一人である。

近代文明は正常と異常とを「科学的」に分節化したから、堅気の生活をしていない彼はその内訌した欲望によって、「一種の精神病者」と識別されてしまうのである。彼はそれまでの下宿から新築の鍵のかかるアパートの個室に移り、その押入れの蒲団の上で寝るのを快楽とするが、繭の中に閉じこもることを好みながら一方で他人の私生活を盗み視するのは、彼が他者との直接的関わりを避けると同時に、どこかで他者との接触点をキープしたいからである。現代の若者が他者との接触を嫌いつつ、ケータイに熱中するのと一脈通じるところがあるのかもしれない。

この傾向は郷田青年だけでなく、蒲団や着物を質に入れて、質屋の蔵の中の蒲団でぬくぬくと過ごす、宇野浩二『蔵の中』(大8)の「私」にも現われていた。その奇妙な暮らしを語る饒舌なこの小説自体が、「聞き手が一人もゐなくなりましたね」という結びの句によって、その孤立と他者への働きかけの双方を示しているようである。

郷田青年は屋根裏から毒薬とその瓶を落として、歯科助手の遠藤を自殺に見せかけて殺すが、松山巌『乱歩と東京』(昭59)が言うように、確たる証拠は何もない。明智小五郎の登場によって、状況証拠を示され、心理的に追いつめられた郷田は罪を自白するが、そもそもこの殺人は動機がきわめて薄弱である。その意味ではこの小説は、「犯罪というものは誰にでも解る動機を持たなくとも生まれる」「意識下に押しこめられた動機ひとつあれば、犯罪は簡単に引き起こされる」(松山)ことを示唆しているようだ。

『人間椅子』は洋館に住む外交官夫人で、多くのファンを持つ女性作家が「醜い容貌」の家具職人から来た、グロテスクな内容の手紙を読まされる話である。それによると

――彼は外国人経営のホテルから大型の革張り安楽椅子を四脚注文されたが、その中に忍んで泥棒に入ることを思い立ち、一脚に細工を施した。ところが「革張りの中の天地」は、人間というものを「丸々とした弾力に富む肉塊」に変え、視覚を失うかわりに肌ざわりや息づかいによって、「奇怪きわまる快楽」を感じるようになったというのである。

従来も指摘されてきたように、これが近代を支配した視覚重視に対する触感復権の試みであったことは間違いないが、一つつけ加えておきたいのは、椅子にもぐりこんだ姿勢が、必然的に胎児のそれに似ることである。先の郷田もそうだが、暗闇の狭い空間に閉じこもることによって、彼は視覚的差別から解放され、誰にも知られぬ安全な快楽を味わうことができたのではないか。それは彼の快楽が未熟なことを意味するわけではない。後述する『ドグラ・マグラ』に「胎児の夢」の一章があることを思えば、椅子の胎内で彼が奇怪な想像を逞しくするのも不自然ではない。なお中勘助『銀の匙』(大2)に、幼少時の「私」が、薄暗い部屋の古箪笥と壁の間の狭い空間にうずくまる場面があり、漱石『門』(明43)の宗助にも、心身が弛緩した状態で胎児の姿勢を取る場面がある。

『人間椅子』は手紙を読む女性作家が、自分が腰掛ける椅子の中にもその男がひそんでいるような不気味な感覚に襲われ、和室に逃げこんだときに男から第二の手紙が到着

『人間椅子』挿絵

し、実は彼女を崇拝する文学青年の創作であるという種明かしで終るが、それが革張りの安楽椅子という西洋家具を舞台にして行われることは、やはり近代の異界の創出と呼ぶにふさわしい。

『鏡地獄』は子供のころからレンズ狂だった男が、あらゆる鏡に執着し、ついには球体の凹面鏡を作り、その中に入って狂死する戦慄的な物語である。すでに実験室を「鏡の部屋」にして上下四方を鏡張りにしたときに、その中心に立つ人間の像は反射し合って「無限の像」を生んでいたが、それを球体にして中に入ることが、「彼」にどのような「怪奇と幻想の世界」を見せたかは想像するしかない。まさに「自己」の像が分裂的に乱反射する「悪魔の世界」である。顕微鏡や望遠鏡をはじめとして、モノの姿をあらゆる方法で究めようとした彼は、「自己」の姿を球体の鏡で見ようとして、まず映像を切り裂かれ、精神そのものをズタズタにされたのである。古来、鏡は神聖、神秘的なものとされてきたが、科学の名のもとにそれを弄んだ彼が破滅したのも当然だろう。

なお川端康成も鏡による「交通」を好んで描いた。有名な『水晶幻想』(昭6)の、三面鏡に向かう「発生学」者夫人の幻想もあるが、鏡を通じて、ベッドの上で暮らす亡夫と交流した記憶から抜け切れず、再婚後も鏡の中の「別世界」に囚われる人妻を描いた『水月』(昭28)という小品も忘れがたい。鏡花水月は虚的な世界を象徴する言葉である。

『パノラマ島奇談』(初出は『パノラマ島綺譚』)は、貧乏文士・人見広介が博覧会で見たパノラマの景観に魅せられ、人工楽園を実現するために大それた犯罪を犯す物語である。彼は自分と瓜二つの富豪の友人を殺し、土葬した上、奇蹟的に蘇生した当人に成りすまし、その財産を乗っとって、理想郷《ユートピア》を建設する。

海底のガラスのトンネルからは「彗星の尾を引いてあやしげな鱗光を放」つさまざまな魚群が遊泳するのが見え、昆布の森林が「無数の蛇の頭のやうにもつれ合」う。地上では大谿谷、大絶壁、大森林を過ぎると一挙に展望が開け、見渡すかぎりの芝生と花園が続く。だが彼は殺した友人の妻に正体を疑われ、楽園に客として滞在していた作家の北見小五郎に事件の真相を見抜かれて、打ち上げ花火とともに空中で爆死する。

佐藤春夫は『美しき町』(大8)で、父の遺産を受け継いだというアメリカ帰りの「富豪」が、幼馴染みの画家と老建築家とを語らい、東京に理想都市の一区劃を作ろうとする話(「富豪」の空想に終る)を書いたが、パノラマ島の人工楽園が自然の景勝の模倣が中心だったことは、都市文明に対する反措定だったのかもしれない。

幻想の「月」

『鏡地獄』の主人公は当初、望遠鏡で天体や遠方を見ることに熱中したが、乱歩には灰色のビルの壁面が月光で銀色に輝く「鏡」となることを利用して、事故に見せかけた殺人を描いた『目羅《めら》博士』(昭6)もあった。

洋の東西を問わず、古来月は人を狂気や幻想に誘ってきたが、その月への幻想を近代的に語った奇妙な世界も出現した。イナガキ・タルホ(稲垣足穂)『一千一秒物語』(大12)や、梶井基次郎『Kの昇天』(大15)などである。前者は佐藤春夫が序文で「童話の天文学者」と呼んだように、その「天体嗜好」と機械への知識を発揮して、都会生活の孤独を裏返しにした、ウイットに富むショート・ショート集である。ブリキ製の月が上ったり、星が地上の酒場で乱闘したりする奇想天外な着想である。同じく『天体嗜好症』(大15)も、某公園の「ルナーパーク」にあったキネオラマの「月世界旅行」に憧れる二人が、もっと奇抜な天文台へ出かける趣向である。これらの作は、星新一のショート・ショートの先駆けと言えよう。

後者『Kの昇天』は、海中で溺死したKが実は肉体を離れ、霊魂は「影」に乗り移って月に昇天したのではないかと想像する短編。満月の夜、海辺でKと出会った「私」は、ギリシア神話のイカルスから、シューベルトの曲『海辺にて』『ドッペルゲンゲル』(普通には『影法師』として知られる)までさまざまな会話を交わし、Kが月夜になると「影と「ドッペルゲンゲル」」に憑かれ、「現実の世界が全く身に合はなく思はれて来る」という述懐を聞く。「影の自分は彼自身の人格を持ち」、月に向かって昇って行くような気持がするというのである。

「不治の病」にかかっているKは、むしろ「影」を「実体」と考え、身体を「意識の支配」に委ねるより「無意識」に任せ、可能なかぎり全身が影に近づく時刻に海中へ入っていったと「私」は解釈する。その当否は問うところではないが、大切なのは、「私」がKの死にそういう解釈を下すこと自体である。無意識の問題はそれ以前から始まっているが、どこまでも自己を追いつめていった結果、自己は「実体」を失い、肉体の「影」のようなものとしてしか存在し得なくなる。吉田司雄編『探偵小説と日本近代』(平15)で一柳広孝が言うように、ドッペルゲンガーは「急速な都市化にともなう自己喪失」感が、西洋の「精神病理学」的文献の流行と相俟《あいま》って、さかんに文学作品に取りあげられた。芥川『二つの手紙』(大6)もその一例である。

この小説は某私大の教師だという佐々木なる男から、警察署長に「郵税〔切手代〕先払ひ」で送られた二通の手紙を入手した「予」が紹介する形式である。その内容は、一通目が三度もドッペルゲンガーの体験をしたことを語り、そのため夫婦とも世間から迫害されているので、警察が然るべき処置を取って欲しいという要望、二番目は警察の怠慢のため妻が失踪したことを告げ、「人間が如何に知る所の少ないか」を知った「今後の私は、全力を挙げて、超自然的現象の研究に従事する」という通告である。

ごく平凡な見方をすれば、署長は宛先払いで送られてきた妙な手紙を、頭から「狂人扱ひ」して廃棄したのだろうが、「予」がそれを発表した理由は「手紙自身が説明する」と言うのだから、「予」が多大の興味を持ったことは間違いない。佐々木が見る「第二の私」はつねに熱愛する妻に寄り添っているので、彼の強い嫉妬心が生んだ妄想とも考えられ、世間が妻の貞操を疑っているというのも被害妄想にすぎず、妻の失踪と死の予想さえ、実は彼の狂気による殺人かもしれないという想像も可能である。

だがそう極めつけるには、西洋の事例を多数列挙しながら説明する佐々木の陳述はいちおう論理的であり、特に「人間が如何に知る所の少ないか」という言葉には抗いがたいものがある。手紙形式の説明は一方的であり、また彼の主張の当否を問うのはここでの問題ではないが、すくなくとも心理学の普及が、このような「奇怪な現象」を世間に信じさせはじめたことは確かである。河童を代表とする芥川の妖怪好みや、遺稿『歯車』(昭2)に見られる晩年の深刻な精神的苦痛については言うまでもない。

これらの怪異現象を語る人々の口調は、いずれも饒舌で、ペダンチックな特徴を持つが、夢の中で昂揚した精神にも似た不思議な世界を綴ったのが、「ギリシア牧野」と異名を持つ牧野信一『吊籠と月光と』(昭9)や『ゼーロン』(昭10)である。

前者は「哲学と芸術の分岐点」で混迷した自分をもてあましている「僕」が、月夜に親友の七郎丸(人名)と夜釣りに行こうとアメリカ・インディアンの服装で出かけ、たまたま七郎丸(船名)が再建されることを知って大興奮、彼の全財産を売り払って必需品を買ってきた妻や失業者仲間と一緒に船出する夢に酔う話。

水虎晩帰之図
(芥川龍之介画)

彼のなかにはA「呑気な芸術家」、B「理性の統一」を求める哲学者、C実験観察をこととする科学者の三者が分裂的に住んでいるが、彼らを修業の旅に出して孤独な「本来の俺」を感じていた彼は、彼らばかりか、死んだ「祖父たち」までが船の建設に従事している幻影に歓喜する。

また後者は、「新しい原始生活」に入るために、すべての物品を処分した「私」が、名工の手になる自分のブロンズ製胸像の始末に困り、足の悪いゼーロンという駄馬に跨《またが》り、それを尊敬する先輩に預けに行く道中の物語である。「私」は「ストア派の吟遊作家」、先輩は「ギリシャ古典から欧州中世紀騎士道文学」の隠れた研究家である。

「私」はロシナンテに乗ったドンキホーテよろしく、意気揚々と出発するが、ゼーロンは「永遠の木馬」のように動かず、と思えば突然バッタ跳びで狂奔して悩ませ、挙句の果てに「私」を振り落としたりする。不義理をした友を避け、集落の火事に驚き、足柄のけわしい山路を行く前途は多難である。このハチャメチャな道中の背後に、生家に陣どる「父の肖像画」が浮き上がる憂鬱がないではないが、「私」は最大限の形容で言葉の饗宴を繰りひろげる。

結末で「私」が見る「夢魔」は――「背中の像〔「私」のブロンズ像〕が生を得て、そしてまた、あの肖像画の主が空に抜け出て、沼を渡り、山へ飛び、翻つては私の腕を執り、ゼーロンが後脚で立ち上り――宙に舞ひ、霞みを喰《くら》ひながら、変梃《へんてこ》な身ぶりで面白さうにロココ風の「四人組《カドリール》の踊り」を踊つてゐた」――というものである。

このように大法螺のようで、次第にその精神の流れに惹きこまれてしまう作風は、牧野自身が坂口安吾の『風博士』(昭6)について言う「重たい笑素」によるものであろう。

『風博士』の話は荒唐無稽——源義経がピレネー山中バスク地方に逃れたという学説を唱えた「偉大なる風博士」に対して、「歴史の幽玄を冒瀆」する「蛸博士」は、俗説に従って異論を唱え、しかもバスク出身の風博士の妻を誘惑した。風博士は蛸博士が醜悪な「無毛赤色の怪物」であることを暴露して復讐しようとするが失敗し、風となって「自殺」する——というたあいもない筋だが、その遺書や語り手の文体は、「打倒蛸博士を葬れ、然り、膺懲《ようちょう》せよ」とか、「余は負けたり矣《い》。刀折れ矢尽きたり矣《い》」というような漢文口調、大げさな形容の羅列で、おかしさを増幅する。安吾のいわゆる「ファルス」(笑話)である。義経をめぐるジンギスカン伝説が正当化され、「歴史」の通説が裏返されていることも、学者同士の嫉妬心が暗に嘲笑されていることも、これが単なる笑い話ではないことを示している。なお安吾には『桜の森の満開の下』(昭22)『夜長姫と耳男』(昭27)など、おどろおどろしく、かつ妖美な異界の物語もある。

『第七官界彷徨』(昭6)に代表される尾崎翠《みどり》の作品も、霧につつまれたような不思議な物語である。第七官界はいわゆる第六感にも収まらない感覚を意味する。主人公「私」(小野町子)は、小野小町とは大違いの赤茶けた縮れ髪を気にする女の子で、第七官による詩を書きたいと思っている。

彼女は上京して二人の兄と従兄の三人の炊事係を務めるのだが、長兄は「分裂心理病院」で「ドッペル何とか」を専門にする医師、次兄は人糞を煮つめて肥料とし、部屋で二十日大根や蘚苔《こけ》類を育てる植物研究者、従兄は音楽学校をめざす浪人である。それぞれに偏執的な彼らが起こすピント外れの騒動が彼女の心理に影響し、意識と無意識との抗争から生まれる「広々とした霧のかかつた心理界が第七官の世界」かと考えた彼女は、具体的には男が二人の女を愛したようなものかと理解するが、めざす恋の詩はどうしても出来ない。

医者同士の治療法の争いが美人患者の取り合いだったり、蘚苔の研究が「肥料の熱度による植物の恋情の変化」だったり、「研究」に対する軽い揶揄はあるものの、それらは彼女の心の表層をたちまち通りすぎていく感情であって、一箇所に固まることはない。一度だけ、彼女はノートの上に兄の口からこぼれた「うで栗」の粉と蘚苔の花粉とが入り交じったのを見て、「私の詩の境地」は、「このやうな、こまかい粉の世界」ではないかと感ずるが、それを固定した言葉で表現することはできない。小説が「第七官界彷徨」と題されたゆえんである。なお『こほろぎ嬢』『地下室アントンの一夜』(ともに昭7)も同系列の作品である。

以上述べてきたように、他界や異界の物語は、古代から引き続く伝承・民話・宗教の甦りと、近代文明が作り上げた世界、さらには人間の無意識に降り立った異界に大別されるが、それらの要素をすべて包みこんだ大作として、夢野久作『ドグラ・マグラ』(昭10)について述べておきたい。

九州帝国大学医学部の精神病棟で、美青年の患者が時計の音に意識を取り戻す場面から始まるこの小説は、文字どおり複雑怪奇、その粗筋を要約することは困難であり、事件の真相もよくわからない。自分が誰であるかわからないこの青年を、精神病理学の正木教授と法医学の若林教授が協力して(あるいは対抗して)治療する(あるいは実験材料として都合よく誘導する)過程が物語の骨子である。

青年は両博士によってさまざまな文書の記録、映画、旧家秘蔵の絵巻などを見せられ、過去を思い出させられる(または過去を植えこまれる)のだが、その一つに、この病院に収容されている秀才大学生の患者が書いたという「ドグラ・マグラ」というレポートがある。この題名は作中の説明によれば、「切支丹《キリシタン》伴天連《バテレン》の使ふ幻魔術」を指す長崎方言だそうで、今ではトリックを意味するという。若林によれば、それは正木の「死亡」後、正木と若林をモデルにして書いた「超常識的な科学物語」で、精神病棟に閉じこめられた苦痛を精密に描写したものである。ところがその項目は、阿呆陀羅経の「精神病院はこの世の活地獄」にはじまり、唐の画工が描いた「死美人の腐敗画像」や、その画が惹き起こした無意識の殺人などに及ぶのだから、以後の展開は、正木博士の阿呆陀羅経による精神医学界批判も、解放治療の実践も、学位論文「脳髄論」の談話による啓蒙(主旨は、脳髄は物を考えるという「迷信」を打破し、「細胞の電話交換局」にすぎない脳髄が唯物文化、近代文明を作りあげた罪悪の告発)も、すべては「胎児の夢」に発するという二十年前の卒論も、実母と許嫁の絞殺容疑者・呉一郎の解放作業の映像(精神病の青年と瓜二つである)も、その殺人が唐の画工およびその妻に由来する遺伝子のなせる業だという説明も、あらゆる事象がレポート「ドグラ・マグラ」に書かれていることになる。

その意味では若林が言うように、冒頭の時計音を聞いてハッと目覚めた精神病者が、一瞬の間に見た夢とも思われるが、実際には正木は生きていて、青年に「怨敵」若林との長い闘争を語るのだから、事情はますますこんがらがる。物語は、青年が今日の出来事は正木が言う離魂病の幻影で、自分は正木の死の前日(一か月前)にも同じことを体験し、若林の暗示によって今日もその記憶を再現したのではないか、そうすると自分は殺人者だったのか、と考え始めるところで錯乱が起こり、冒頭の病室のベッドで、「これは胎児の夢なのだ」と思いながら時計音を聞くところで終る。

その限りでは、この物語全体が「ドグラ・マグラ」とは「堂廻目眩《どうめぐりめぐらみ》」と漢字を当ててもいいという若林の説明どおり、目くらましの堂々めぐりかもしれず、レポート「ドグラ・マグラ」も、正木、若林の共同制作と考えることも可能だろう。謎の解決はともかくとしても、この「脳髄の地獄」を描いた小説が、当時の「心理学」や「無意識」、「夢」などを主題にした諸作の最先端に位置する、怪奇と恐怖に満ちた作品であることは疑えない。「父母未生以前の本来の面目」を求めた漱石が、先述『夢十夜』の「第三夜」で、自分が人殺しだったことを思い出す夢を描いてから、「自分探し」の旅はこういう地獄へ到達したと言えよう。この小説は精神科学が「自己」を求めて、最終的には解明できぬままに振り出しに戻る一種の「地獄めぐり」の様相を呈しているが、自然科学の「発達」も、無数の人間を巻きこんだ「活地獄」を生み出した。それを描いたのは言うまでもなく、原爆による悲惨きわまりない滅亡の姿を描いた井伏鱒二『黒い雨』(昭40—41)である。「文明」が持つ負《ふ》の面の極点であろう。

なお夢野久作には、無人島に漂着した幼い兄妹が、生長するにつれて愛し合い、近親相姦の脅えと異性への甘美な思いを綴って、ビール瓶の中に封入した『瓶詰の地獄』(昭3)や、『身毒丸』を思わせる乞食芸人の子「チイ」、のちの犬神博士が「神通力」を発揮して大人を手玉に取る『犬神博士』(昭6—7)などもある。

「イーハトーヴ」の「青い照明」

最後になったが、宮沢賢治の『注文の多い料理店』(大13)所収の「イーハトーヴ童話」や、詩集『春と修羅』(大13)にも触れておかなければならない。『ドグラ・マグラ』が文明によって傷つき「地獄」に墜《お》ちる姿を描いたのに対して、賢治の作品は近代科学の知識にもとづきつつ、苛酷な自然条件、経済条件の下で、それらといかに調和すべきかという救済の方向を持つからである。

賢治のいわゆる「イーハトーヴ」その他の童話には、柳田国男らが明らかにした土俗、民間伝承を受け継ぐ異類・異人と人間の交渉がいくつも含まれている。たとえば『どんぐりと山猫』の山猫から一郎への招待、『狼森《おいの》と笊森《ざる》、盗森《ぬすと》』の人と森との対話、『注文の多い料理店』のハンターが山猫に食べられそうになる話、雪を降らせる役目の「雪婆《ゆきば》んご」や「雪童子《わらす》」に埋められそうになった男の子を、一人の雪童子が救ってやる『水仙月《すいせんづき》の四日』、林の「客人」である画書きに誘われて、柏の木が次々に木こりの清作をからかう『かしはばやしの夜』、森の中で鹿が歌い踊っているのを見た嘉十《かじゅう》が、その面白さに思わず調子を合わせて飛び出してしまう『鹿踊《ししおど》りのはじまり』等々、現在では皆よく知られた童話である。

もちろんそのような牧歌的童話ばかりでなく、『銀河鉄道の夜』(遺稿・未定稿)や『グスコーブドリの伝記』(昭7、没後刊)のように心理学、天文学、自然科学の知識に裏づけられた童話もある。前者については次章でも触れるが、さまざまな星座のステーションから乗り降りする人々が、灯の明滅にも似て生起消滅していく姿は、まさにジョバンニの「心象スケッチ」であり、親友のカムパネルラを失った彼は「ほんたうのさいはひ」を求めて旅立って行くのだろう。

後者は貧しい木こりの子・ブドリが苦学してイーハトーブ火山局の技師となり、発電所建設や肥料散布に貢献しながら、農民からは誤解を受け、最後にこの地方を襲った大寒波を防ぐために、カルボナード火山島を爆破する自己犠牲の物語である。そこには農業技術者として、また法華経信者として苦闘した賢治の見果てぬ夢が託されているようだ。

「心象スケッチ」と肩書きのある『春と修羅』(第一集)の「序」は、

わたくしといふ現象は
仮定された有機交流電燈の

ひとつの青い照明です
（あらゆる透明な幽霊の複合体）
風景やみんなといつしよに
せはしくせはしく明滅しながら
いかにもたしかにともりつづける
因果交流電燈の
ひとつの青い照明です
（ひかりはたもち　その電燈は失はれ）

という詩で始まる。彼が考える「わたくしといふ現象」、またはそれによって照らし出されるすべての現象のありかたが明らかである。その時その時の「風景やみんな」との「有機交流電燈」は消えても、その心象の記憶、またはその「因果」の記録は保たれる。その意味では、『屈折率』から『冬と銀河ステーション』まで、この詩集に収められた数々の詩篇も、また多数の童話も、さらにはそれらによって築いた「イーハトーヴ」というユートピアも、彼の心象を通した幻影かもしれない。しかしそれが今なお私たちを惹きつけてやまないのは、「すべてがわたくしの中のみんなであるやうに／みんなのおののおののなかのすべてですから」(「序」)という、彼の「交流」への強い期待に支えられているからである。

＊

なおこの章では、文明の陰に隠れた下層社会のルポルタージュ、松原岩五郎『最暗黒の東京』(明26)、「魔女」に翻弄されたパリの狂人画家を描く佐藤春夫『F《フ》・O《ウ》・U』(大15)、小川未明の童話集『赤い蠟燭と人魚』(大10)、ダダイズムに関する辻潤のエッセイ『ですぺら』(大13)、小栗虫太郎《むしたろう》の心理分析を中心とする探偵小説『黒死館《こくしかん》殺人事件』(昭9)、ギリシア神話の「河神」に触発されて、奇妙な川の夢を見る岡本かの子『川』(昭12)、「文字が普及して、人々の頭は、最早、働かなくなった」という中島敦の古代の物語『文字禍』(昭17)、それにジュール・ベルヌ『八十日間世界一周』(川島忠之助訳、明11―13)の翻訳を筆頭とする、明治初期の空想的科学小説等にも触れたかったが、残念ながら紙数の都合で割愛せざるを得ない。

Ⅲ 移動の時代

——「交通」のはなし——

近代は「交通」の時代である。すでに述べてきたように、身分制廃止、四民平等の理念に促されて、無数の人間が立身出世の欲望を充たすべく大都会にやってきた。逆に、二十世紀に入ると、名所旧蹟の観光に、都会から田舎へ旅行する人々も増えてきた。それらを可能にしたのは、汽車に代表されるいわゆる交通機関の発達だが、ここでは「交通」を文字どおり交わり通じ合う媒体として、ひろい意味で捉えていきたい。たとえば乗物だけでなく、電信・電話や郵便制度による手紙なども含まれることになろう。その意味では新聞・出版などメディア機関も、知識の伝達手段として「交通」の一種だが、紙数の関係もあって、その間接的関係にはここでは触れない。

言うまでもなく、交通機関の根源には、伸びて行こうとする人間の生命力、または欲望がある。藤村『夜明け前』の言葉を借りれば、「距離と時間を短縮する」交通の変革は、スピードや便利さによって人間を結びつけてきた。よきにつけ悪《あ》しきにつけ、そこでは人間関係が発生する。出会い、別れ、近代文学が交通機関を数多く登場させてきたのも当然だろう。しかしそれは、同時に人と人とを切り離し、差別を明らかにするものでもある。交通不便の地は文明から取り残されたし、乗物も階級差を生んだ。

先に引いた井出孫六の『峠をあるく』が指摘するように、かつての「国」や藩は、山河や湖などの自然の地勢によって分けられていた。これに対して汽車は、トンネルや鉄橋を作り、その路線に従って土地を再編成し、便利さとともに格差をもたらした。それは新幹線や電車が日常の足として習慣化した現代においても同様である。

芥川賞を受けた青山七恵の『ひとり日和』(平成19)は、電車小説と言ってもよいほど、下宿も仕事(ホームの売店)も、ある私鉄の沿線が舞台だが、恋人と別れた主人公の女性は、親しみを覚えはじめた下宿の老女との関係を絶ち、新しい生活をするために、まったく別の私鉄沿線に移転するのである。老女が何度も電車を乗り換えて、訪ねてくることはない。

汽車や電車は、同じ車内に他人と同乗する新しい感覚を与え、車窓の風景をも一変させた。最近ネット上で発展する小説『電車男』が話題になったが、混雑した車内で起きるセクハラやスリなどの犯罪行為は、その出発時から問題になっている。「今は山中《やまなか》、今は浜、今は鉄橋渡るぞと、思ふ間もなくトンネルの、闇を通つて広野原」と文部省唱歌『汽車』(明44)に唱われたスピード感は、それまでの日本人が知らなかった風景を展開させた。しかしそれと同時に、交通事故、鉄道自殺、鉄道病と呼ばれた恐怖症等々、さまざまな暗面が、交通の発達につれて浮かび上がってきたことは言うまでもない。

「文明の利器は文明の兇器也」と記したのは、明治きっての皮肉屋・斎藤緑雨だが、交通機関はまさに文明を代表する発明として人間の生活を変えたのである。その時代相を文学者たちはどのように描いてきたのだろうか。

人力車――挽《ひ》く人と乗る人

時代順に従って、まず人力車に触れておきたい。人力車の発明は明治三(一八七〇)年、和泉要助なる人物が営業願書を出した時点が最初であることが通説となっている。現在でも各観光地には人力車が復活し、観光客を喜ばせているが、その最盛期はやはり文明開化から明治の末ごろまで、電車や自動車の普及にともなって次第に衰微した。しかし当初はその手軽で、小まわりのきく性質が喜ばれ、大都市はもちろん、全国的にどこの町にも流行した。坪内逍遥『当世書生気質』(明18―19)が、「実《げ》にすさまじき書生の流行。またおそろしき車の繁昌」と驚き、七年前の推定でその数各六万と述べたのは多少オーバーとしても、東京市中のいたるところに、その姿が見られたことは間違いない。

横山源之助『日本之下層社会』(明32)によれば、そこにも「おかかえ」(自家用)、「やど」(俥《くるま》宿の挽子《ひきこ》)、「ばん」(盛り場の辻々で客引きをする)、「もうろう」(所属を定めず、流しで

『東京開化繁昌誌』挿絵

客を取る。一説に、深夜から明け方に稼ぎ、朝には消えるので朦朧車夫と呼ぶ）の別があり、その順で態度も服装も下がっていく。仮名垣魯文『牛店雑談（ぎゅうみせぞうだん）安《あ》愚《ぐ》楽《ら》鍋《なべ》』（明4）、服部撫松『東京新繁昌記』（明7―11）などにその風俗生態が面白おかしく活写されているが、乱暴に客を争い、喧嘩、揉めごとを起こしたり、酒手を要求したりするのは「ばん」と「もうろう」である。人力車は腕車《わんしゃ》とか人車《じんしゃ》とも称され、国字で「俥」と表記された。

高見沢茂『東京開化繁昌誌』（明7）は、車夫の行為を「万物ノ霊ヲ以テ牛馬ト其用ヲ同フ」するものと嘆いているが、定職がない貧乏な男にとって、俥も衣装も親方が借してくれるこの職業は、安賃金でもその日を暮らすには手っとり早い手段だったのである。彼らは饅頭笠《まんじゅうがさ》をかぶるのが定めだったので、面体を隠すにも都合がよかった。維新で没落した人物が車夫に身を落とした例もあったらしく、樋口一葉の日記には元旗本の身内が車夫に身を落とした記述があり、『当世書生気質』には「才あるものは用ひられ。名を挙げ身さへたちまちに。黒塗馬車にのり売の。息子も鬚を貯ふれば。何の小路といかめしき。名前ながらに大通路《おおどおり》を。走る公卿衆《くげしゅ》の車夫《くるまや》あり」とある。悪徳車夫の話は、河竹黙阿弥の戯曲『三題噺魚屋茶碗《とどやの》』(明15)をはじめ、高畠藍泉『巷説児手柏《こうせつこのてがしわ》』(明12)などに、苦学生の車夫は富田常雄『姿三四郎』(昭17―19)などに描かれている。

しかし人力車および人力車夫をめぐる物語として印象に残るのは、明治二十年代の紅葉、鏡花、一葉らの作品、遅れて、谷崎潤一郎、芥川龍之介、岩下俊作らの作品である。

紅葉の『拈華微笑《ねんげみしょう》』(明23)は、下級官吏と上司の一族の令嬢とのすれ違いを、やや滑稽に描いた短編。徒歩で通勤する下級官吏と、定紋入り黒塗りの抱え俥で通学する令嬢とが、毎朝堀端ですれ違う。男は令嬢に好意を持ち、先方も会釈を返してくれるようになるのだが、身許がわからない。偶然帰り道で出会った日に追いかけるが、車夫は健脚で見失ってしまう。そして墓参でまたまた出会った二人は、お互いの連れを妻(夫)と誤解して無言のまま別れてしまい、やっと身許が判明した日は、令嬢の結婚式の当日だった。「拈華微笑」は仏語で、言葉に頼らず心と心が通じること。ここでは心は通じ合ったのに、言葉をかける機会を持てなかったために、恋が実らなかったという逆説的な題である。令嬢はつねに車上の高い位置にあり、ボディーガードのような車夫が付いているので、男はただ憧れのまなざしで見上げるだけである。

鏡花『夜行巡査』(明28)には、これと対照的に貧しい老車夫が登場する。規則に異様に忠実な八田巡査が、巡回中、規則違反を絶対許さず、その結果、職務に従い、堀に落ちた酔漢を助けようとして死ぬ。冬の一夜の物語である。酔漢は彼との結婚を認めない、恋人の叔父であり、八田の無慈悲でもあり「仁」でもある行為を通じて、規則万能の社会が批判されている。

老車夫は小説の冒頭で彼に見とがめられたのだが、息子が日清戦争に駆り出されて、生活のため老軀に鞭うって俥を挽いていたのである。車夫には往々にして見苦しい服装の者もいたので、警視庁はたびたび規則を改定して、服務違反をきびしく取り締まった。稼ぎの少ない老人にはみなりまでは手が届かず、股引が破れていた。鏡花の作品には、一貫して弱者に対する同情、権力に対する敵愾心が強いが、ここでも通りがかりの職人の口を借りて、八田巡査を罵倒させている。職務に取りつかれた彼の行為は、造型が観念的にすぎる感じもあるが、当時はこのような社会批判が「観念小説」と呼ばれ、賞讃された。

この老車夫の住まいは四谷署管内だったらしいが、警視庁は明治二十年から「宿屋営業取締規則」で、「もうろう車夫」らが宿泊する木賃宿を数か所に限定する方針を取った。その一つ、浅草近辺の安宿で暮らし、働く気力も失せた人力車夫と、見染められて結婚はしたものの、高級官僚である夫の横暴に堪えかねて、離婚を決意した人妻との「道行き」を描いたのが、先述した一葉の名作『十三夜』(明28)後半である。新派の当り狂言として、現在もよく上演されている。

父親の説得を受け入れ、「原田の妻」ではなく、一子「太郎の母」として生きて行こうと決心したお関は、涙を収めて通りすがりの俥に乗り、帰宅を急ぐ。実家は上野新坂下(現、台東区根岸)、婚家のある駿河台へは上野の山を抜けるのが早道である。

さやけき月に風のおと添ひて、虫の音たえぐに物がなしき上野へ入《い》りてよりまだ一町もやうくと思ふに、いかにしたるか車夫はぴつたりと轅《かじ》を止めて、誠に申かねましたが私《わたし》はこれで御免を願ひます、代は入りませぬからお下りなすつてと突然《だしぬけ》にいはれて、思ひもかけぬ事なれば阿関《おせき》は胸をどつきりとさせて、あれお前そんな事を言つては困るではないか、少し急ぎの事でもあり増しは上げやうほどに骨を折つてお呉れ、こんな淋しい処では代りの車も有るまいではないか、それはお前人困らせといふ物、愚図《ぐず》らずに行つてお呉れと少しふるへて頼むやうに言へば（下略）

新坂を上った徳川家の御廟所あたりは、昼なお暗い森蔭で、痴漢が出没する場所として有名だった。悲しみにくれるお関が、車夫を噂に聞く「もうろう」の「悪漢《わる》」と思ったのも無理はない。ところが車夫の風体は、やつれてはいてもおとなしそうで、月光を避けた横顔に、お関は幼馴染みの煙草屋の息子・録之助の面影を見いだす。俥を挽く者と乗る者と、一方はお関の結婚以来身を持ち崩して「牛馬の真似」をし、一方は空虚な心を抱いた奥様姿、お互いにそれとは気づかなかったのである。

『十三夜』挿絵

それから上野広小路までの間、俥を下りたお関は録之助が放蕩に狂った顛末を聞き、過去を思い出して物思いに耽る。黒い森の上から射しこむ月影が、二人の姿を浮かび上がらせる絵のようなシーンである。だが

「昼も同然」と形容される上野広小路の白茶けた人工光線の下で、二人の「夢」は覚め、それぞれの「憂世」を抱きながら左右に別れなくてはならない。偶然とは言え、人力車をめぐるドラマ性が、車夫と乗客の関係によって最大限に引き出された作品と言えよう。

つけ加えておけば、作中の世界から、場所的に当然聞えるはずの鉄道の轟音や、二人の俥が越えたはずの線路(当時は日本鉄道。現、JR山手線鶯谷近辺)は消し去られている。同時代の随筆『熊手と提灯』(明32)の正岡子規や、内田魯庵の小説『くれの廿八日』(明31)の主人公が、上野新坂で意識させられた「異物」を排除することによって、二人の「夢のやう」な道行きは守られたのである。

一方、谷崎潤一郎『秘密』(明44)が描く人力車は、かけひきに長《た》けた男女の情事の趣向として用いられる。主人公の「私」は刺激の強い生活を求め、麻薬(当時は禁止されていない)や催眠術を試みたり、怪奇な探偵小説を読み耽ったりするが、ついには変装・女装まで実行するにいたる。そんなある晩、映画館内で、かつての愛人に正体を見破られた「私」は、翌晩、女に誘われるままその家に行くことになる。当日は土砂降りの大雨で、幌をかけた俥に目隠しまでされた「私」は、女の隠れ家に連れこまれる。俥は二人乗り、天候のせいもあって耳も眼もふさがれた「私」は、この密室の趣向を最初は楽しんでいた。しかし一か月以上もその歓楽を続けた末に、どうしても女の部屋の所在を知りたくなり、女にせがんで目隠しをはずしてもらった一瞬に、「印形師」の看板をみつける。それを手がかりに、「私」は車夫のスピードや、所要時間を身体的に再現して秘密の部屋を探索しようとするのである。

この目隠しの招待や探索方法自体は、おそらくは、作中にも名前が出てくる「コナン・ドイルの「The Sign of Four」(『四つの署名』)を応用したもので、シャーロック・ホームズが悪名高い人物から呼び出され、目隠しをされてロンドン市中を馬車で走りながら、通過する場所を推定した場面に由来するが、ホームズの場合とは違って、ここでは事件らしい事件の謎解きではなく、秘密めいたことに憧れる「私」を、女が「夢の中の女」を演ずることで誘惑するのであり、人力車で目隠しによる誘導は、そのために彼女が考え得る最良の方法だったであろう。しかし刺激による快楽は、馴れるに従ってその度合が低下するから、「私」が彼女の「秘密」を究明することに興味を抱いたのも当然である。「私」が探偵のように、彼女自体よりも彼女の演出方法を謎として探り出したときに、二人の関係は終らざるを得ない。

探偵小説が描いた「異界」については先述したが、それが流行しはじめたのは、饗庭《あえば》篁村《こうそん》がエドガー・アラン・ポーの原作から『黒猫』『ルーモルグの人殺し』(ともに明20)の翻訳を、黒岩涙香が『法庭の美人』(ヒュー・コンウェイ原作)、『裁判小説人耶《ひとか》鬼耶《おにか》』(エミール・ガボリオ原作)を、いずれも明治二十年に新聞掲載したころからである。外国の翻案が多く、内容も怪奇残酷な事件の解明が中心だったため、島村抱月『探偵小説』(明27)のように、事件のみを重視して「人間」を描かない傾向を批判する論もあった。しかし日露戦争後になると、人間の複雑な性向や日常生活の裏面を探偵小説的趣向と連動させる作品が増大した。『秘密』はその先駆けとも言うべき小説であり、探偵趣味の青年が友人一族の葛藤に関係して、「人間の異常なる機関《からくり》」の一端に触れる漱石『彼岸過迄』(明45)や、舞台で妻を殺したナイフ投げの心理を追求する志賀直哉『范《はん》の犯罪』(大2)などがその代表だろう。谷崎が『金と銀』(大7)、『卍《まんじ》』(昭3)、晩年の『鍵』(昭31)にいたるまで、探偵小説的趣向を愛用したことは言うまでもない。

記憶に残る人力車の場面をさらにつけ加えておく。芥川龍之介『秋』(大9)の末尾、従兄の俊吉との仲を噂されていた信子は、冷えびえした心を抱いて幌俥《ほろぐるま》に乗っている。文学少女だった彼女は、妹に「恋」を譲り(そう思いこみ)、会社員と結婚して大阪で暮らした。上京して俊吉と妹との新婚家庭を訪ねた彼女は、翌日、思いがけぬ妹の嫉妬の言葉を浴びて、外出した俊吉の帰りを待たずに駅へ急ぐのである。

彼女の眼にはひる《ママ》外の世界は、前部の幌を切りぬいた、四角なセルロイドの窓だけであつた。其処には場末らしい家々と色づいた雑木の梢とが、徐《おもむろ》にしかも絶え間なく、後《あと》へ後《あと》へと流れて行つた。もしその中に一つでも動かないものがあれば、それは薄雲を漂はせた、冷やかな秋の空だけであつた。

ふと眼をあげたとき、俊吉が向こうから歩いてくるのが見え、彼女の心は動揺するが、ためらっている内に俊吉は何も知らずにすれ違う。妹との気まずい関係と、どこか満たされない大阪の家庭、うすら寒い彼女の気持に、殺風景な東京郊外の景色があざやかにマッチした結末である。

今一つ挙げておきたい作品は、岩下俊作の『富島松五郎伝』(昭14。のち『無法松の一生』)である。乱暴だがきっぷのいい車夫の松五郎は、九州小倉(北九州市)の名物男である。その無鉄砲なあらくれ男が、陸軍大尉の未亡人とその息子に純粋な愛情を注ぎ、未亡人への思慕を秘めたまま世を去る一生は感動的である。人力車夫と言えば、ただ粗暴か自堕落かが通り相場の中で、その心の奥底に住む純な気持を表現したこの作は、何度も映画化されて評判になった。「ぼんぼん」(未亡人の子)を乗せて、小倉の街を疾走する無法松の姿が目に浮かぶ。

人力車は明治四十年ごろから、従来の木製・鉄製の車輪にゴムを巻きつけたものや、タイヤの車輪の「ゴム輪」が登場し、人気を博した。一葉の『たけくらべ』(明28)で、吉原通いの人力車の台数を数えることができるのは、まだその響きが大きいからであり、漱石の『明暗』で、ヒロインのお延が、観劇に向かうはずんだ心身を、俥の快い震動と同調させるのも、それがスプリングの利いたゴム輪だからである。なお地方上京者の多い上野駅では、「人力車切符」なるものを販売していたらしい(水野葉舟『おみよ』明41—42)。

疾走する馬車

馬車は明治維新直後から、西洋人を真似て上流社会の乗物として登場した。芥川の『開化の殺人』(大7)は、有名な北畠ドクトル(仮名)の遺書で、少年時代から慕っていた従妹を金力で奪い取り、しかも品行の修まらない金満家、満村《みつむら》を車中で脳溢血に見せかけて毒殺、後に自分も同じ薬で自殺する内容である。外にいる御者に気づかれぬ個室は、目的を果たすには恰好の舞台だったと思われるが、ここで特に取り上げたいのは乗合馬車である。乗合馬車も明治二(一八六九)年に開業(東京日本橋—横浜間)した。乗合船の経験はあっても、市街地を数人、後に二十数人の他人(もちろん知人・家族の場合もあるが)と乗り合わせて走る体験は、格別の物珍しさだっただろう。車輛は最初はズックの屋根を張った略式のものだったが、まもなく箱型の客室となった。「汽車」・「電車」の項でくわしく触れるが、日本人は一定時間、何人もの見知らぬ他人と一緒に、密室に入れられる体験をはじめて味わうのである。車体も道路も悪く、御者も乱暴なのでガタクリ馬車とも呼ばれ、落語家・橘家《たちばなや》円太郎がその様子を真似て評判になったので、円太郎馬車ともあだ名された。

　馬車鉄道は明治十五(一八八二)年に開業(新橋―日本橋間、のち拡張)、やがて上野行は赤、浅草行は緑の色つきランプで表示したが、斎藤緑雨からは、色は逆ではないかとからかわれた(『両口一舌』明33)。上野公園は森だから緑、浅草公園は盛り場だから赤がふさわしいというのであろう。内田魯庵『銀座繁昌記』(昭4)によれば、レール間に馬糞が溜り、放尿もあってはなはだ不潔だったという。

　さて肝腎の馬車に関する文学作品だが、発足当時のありさまは萩原乙彦『東京開化繁昌誌』(明7)、および前掲高見沢茂の同名の書に面白おかしく活写されている。両者を総合して紹介すると、その傍若無人の勢いは「迅速奔雷弾丸羽《じんそくほんらいだんがんう》箭《せん》の走るが如」しと形容され、しばしば老人や子供と接触事故を起こしたので、通行人、路傍で遊ぶ子供は、戦々兢々、これを避けたという。上等の馬車は御者も乗客も得意然として泥を跳ね飛ばして走り去ったので、馬車に乗れない貧乏人はその横暴を憎んだ。千里軒という馬車屋は、

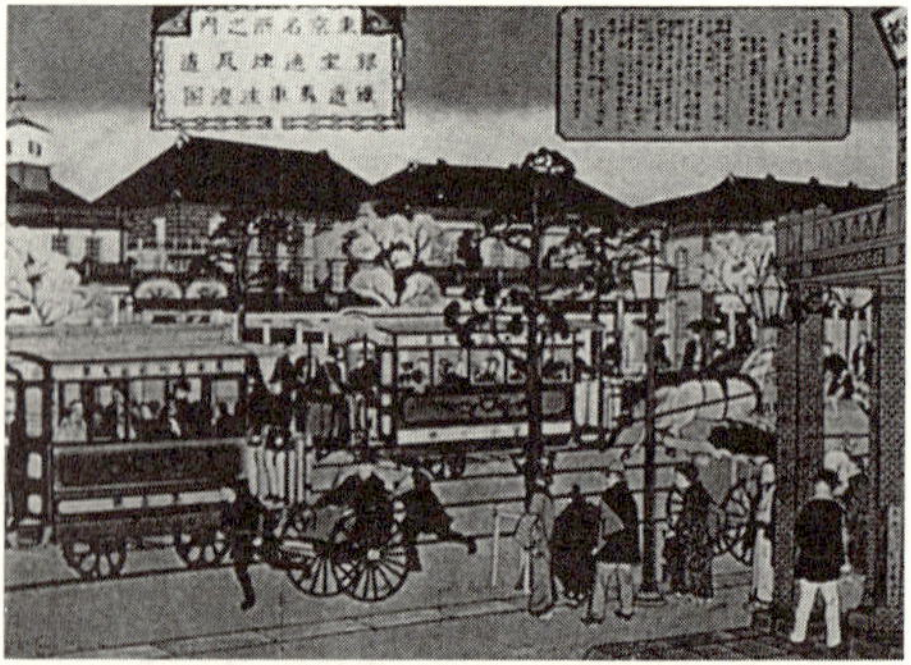

銀座通煉瓦造鉄道馬車往復図（四代広重画）

その疾走ぶりが特に有名だった。「さいおう〔塞翁〕が馬にひかれてあるかんよりも　みそこし〔味噌漉し〕手なべでぬし〔主〕のそば」という開化都々逸《どどいつ》（『明治文化全集』「風俗篇」による）は、そのような庶民の反発の声であろう。

しかし中には汚らしい馬車もあり、関槎盆《さぼん》『東京銀街小誌』（明15）は次のような笑話を記している。銀座で客引きをしていた馬車が、馬丁の「汚穢《おわいの》容色」のために次々に断られ、やっと九人のお上《のぼ》りさんを摑まえる。東京に来たら第一の名勝浅草寺に行かなければ意味がないが、浅草は遠い。人力車なら一人二十銭かかるが、全員乗るなら一人七銭にして置こう、とうまく説きつけ、七人定員のところへ九人乗せたので、客は相密着すること「粘合《ねばりあわ》スル飴《あめ》菓子」のようであった。ところが京橋で巡査に一喝され、定員オーバーで御者は罰金七十五銭、田舎者は放り出されて呆然としたというのである。まさに開化の混沌たる風俗を象徴するような物語である。

嵯峨の屋おむろの小説『くされたまご』(明22)が描く鉄道馬車も混み合っている。ヒロインはミッション系女学校の女教師。京橋から乗車した彼女は「車上の人の夥多《あまた》の目」を集中させるが、それらには目もくれず、好みの純情そうな美少年を発見して、その横に無理矢理腰かける。車内はますます混み合い、「此女の懐《ふところ》にせる香水は馥郁《ふいく》たる其香《そのかおり》を少年の鼻に送るなるべく、又少年のつく息ハ女の息と混ずるなるべし」と記されるほど、接近した距離で彼女は愁波を送るが、少年はまったく気がつかない。じれた彼女は少年が下車すると自分も飛び下り、知人の住所を聞くふりをして声をかける。そこへ一人の「紳士」がやってきて、彼と少年とは親戚だということがわかり、三人の醜い関係が始まるのである。

この小説は当時の西洋風新主義を唱える女性や、道徳家ぶるキリスト教徒の裏面を暴いて物議をかもしたが、「交通」のモチーフから言えば、ここではむしろ、後述するような満員電車内で発生する身体的な接触や、官能を刺激する匂いが登場したことに注目しておきたい。もっとも、少年はそれらに無反応で、女性の挑発的な態度が浮き上がってしまったことが、小説をかなり強引な方向に導いている。

泉鏡花の『義血侠血《ぎけっきょうけつ》』(明27)の発端は、馬車と人力車との競走である。富山県高岡の乗合馬車の御者・村越欣弥は向学心に燃えた青年だが、学資がないため、今はこの職業に従事している。ある日、金沢方面に出発したとき、日ごろから商売敵の人力車が多数の仲間を加えて馬車を追い抜いた。馬車馬は年寄が多く、人力車は無法松の例を思い出すまでもなく、相当に速いのである（明治二十二年に来日した英国公使夫人、メアリー・フレイザーは、初めて乗った人力車の速さに仰天している。『英国公使夫人の見た明治日本』横山俊夫訳、昭63）。乗客は騒ぎ出し、抜きつ抜かれつのレースが展開されるが、途中でやせ馬の一頭が倒れると、御者は他の乗客の抗議を無視して残りの一頭を切り離し、大金の「酒手」を出した謎の美女一人を馬に乗せて、金沢めがけてひた走る。

何とも乱暴な話だが、「道は宛然《さながら》河の如く、濁流脚下に奔注（勢いよく流れそそぐ）して、身は是《これ》虚空を転《まろ》ぶに似たり」といった調子の文章のスピードは、二人の後を追って読者を誘いこむ。数日後、月下の浅野川河畔で、失職した欣弥は謎の美女・水芸人滝の白糸と再会、白糸が欣弥の学資を提供し、学成った暁には、二人は二世を共にする誓いが交わされる。今なお上演される新派劇の名場面であり、結末の大悲劇の始まりである。

以後の乗物でも同様だが、「乗合」は必然的に知人や見知らぬ他人と出合わせ、しばらくの共同体を構成する。多くの場合は前二作のように中心人物に焦点が当てられ、他の人物は下車と同時に忘れ去られるのが普通だが、さまざまな乗客が集合して、本来無縁の人々が、運命をともにするケースもある。

横光利一『蠅』(大12)はその典型的な例である。「真夏の宿場は空虚であった」。ただ、蜘蛛の巣から逃れた、「眼の大きな一疋の蠅」だけが馬の背に止まっている静寂の中に、乗客が次第に集まり、出発を促すが、御者は蒸したての饅頭が手に入るまで馬車を出さない。息子が死にかけている農婦、駈け落ちする男女、田舎紳士、知的障害の子を連れた母、さまざまな人々が待ち侘びるうちに、やっと饅頭が蒸し上がり、出発のラッパが鳴る。

町まで二時間の炎天下、畑や森を過ぎ、客が旧知のように打ちとけたころ、御者は饅頭を食べ尽くして居眠りを始めた。ちょうど崖にさしかかった馬車は車輪を踏みはずして転落、その様子を馬車の屋根から飛び上がった蠅が、青空を悠々と舞いながら眺めている。この惨事が偶然の出来事なのか必然の結果なのかはともかく、偶然に集合した人々の談笑が一瞬にして悲鳴に変わり、その様を一番弱い蠅が見届けていることに、世界の不可思議さが表われているようだ。

東京の馬車鉄道は電車に追われて、明治三十六(一九〇三)年に廃止されたが、その直前の模様は徳田秋声の『朧夜《おぼろよ》物語』(明34)に表われている。かつて関係のあった男女がたまたま乗り合わせ、周囲も憚らずしゃべり通している。地方では乗合馬車が長く続き、井上靖の自伝的小説『しろばんば』(昭37―38)には、大正期の伊豆の村で、町へ行く乗合馬車へ投げかける、子供らしい憧れが描かれている。

汽　車――物語発生の磁場

「汽笛一声新橋を　はやわが汽車は離れたり」と歌い出される、大和田建樹作詞『鉄道唱歌』が作られたのは、明治三十三(一九〇〇)年である。この時点ですでに東海道線は神戸まで延長され、急行列車も走っていた。東海道各駅の名所を織りこんだこの唱歌(堀内敬三他編『日本唱歌集』昭33)は、江戸時代の名所記の伝統を受け継ぎつつ、新しい世紀(二十世紀)に伸びて行く文明の力を謳歌しているようである。事実、日清戦争の勝利は国民に自信を与え、その償金は産業の基礎を築いた。その前後から雑誌のグラビアには各地の風景写真が載りはじめ、名所絵葉書も流行するようになった。それらは観光旅行への欲望を煽り、それまで以上に汽車へと人々を誘った。『鉄道唱歌』の軽快なメロディは、まさにその心を載せるように全国に広まったのである。

言うまでもなく、新橋(最初は品川)―横浜間に汽車が走ったのは明治五(一八七二)年、三十年の歳月は陸蒸気《おかじょうき》と呼ばれ、珍しがられた汽車に対する感覚を大きく変えていた。

初期の汽車に関しては前述の開化風俗誌類にくわしいが、当初一時間三十五分を要した時間は、明治七年には早くも五十三分に短縮されている。高見沢茂前掲書によれば、「衆声連発斉《ひとし》ク道《い》フ、速哉《はやいかな》、速哉《はやいかな》」「開化知ル可シ、繁昌想フ可シ」ということになる。貴賤老若こぞってその新奇さに憧れ、スピードと便利さに驚嘆したようだ。

芸人は昼は横浜、夜は東京で稼ぎ、横浜の商人の娘が親に内緒で、日帰りで東京の恋人に会いに来ることもできたとされているから、鷗外の『雁』(明44―大4)の高利貸・末造が、明治十三年ごろ、朝、商用で横浜へ行き、妾のお玉と女房のお常に同じ西洋風コウモリ傘を土産に買ってきた話も、彼の出まかせではないだろう。

明治の文学者の中で、「交通」の手段にもっとも敏感で、またもっとも多くその機能を作中に活かしたのは、おそらく漱石だが、その最初の新聞連載小説『虞美人草』(明40)は、二組の主要人物を急行列車内で出会わせている。京都見物をして東京に帰る甲野さんと宗近君、小野さんを頼って上京する孤堂先生と娘の小夜子である。「二個の別世界は八時発の夜汽車で端なくも喰ひ違つた」。以後、小説は彼らと、東京にいる甲野さんの異母妹・藤尾、および小夜子の許嫁・小野さんを加えた整然たる構図の下に展開して行くが、小説の構成上、汽車・電車・汽船等の乗物は、まず既知または未知の人々をはからずも出会わせる装置として機能する。

京の活動を七条の一点〔京都駅〕にあつめて、あつめたる活動の千と二千の世界を、十把一束《ひとからげ》に夜明迄にあかるい東京へ推し出さう為めに、汽車はしきりに烟を吐きつゝある。

明治四十(一九〇七)年三月から「東京府勧業博覧会」が上野で開かれ、全国から上京する人間で東京は満員となった。「文明の民程自己の活動を誇るものなく、文明の民程自己の沈滞に苦しむものはない。文明は人の神経を髪剃《かみそり》に削つて、人の精神を擂木《すりこぎ》と鈍くする。刺激に麻痺して、しかも刺激に渇くものは数《すう》を尽くして新らしき博覧会に集まる」と作中に記されているように、甲野さんと宗近君は、京都中の人間がこの汽車で博覧会へ行くのではないかと、冗談を言い合う。もっとも、甲野さんや孤堂先生は博覧会には関心を持たず、宗近君や小夜子も漱石の警句が言う意味での「文明の民」ではない。しかし関心を持とうが持つまいが、文明はいやおうなしに人々をそこに巻きこまずにいない。現に「文明の民」をもっとも否定しそうな甲野さんも、当時最高の設備を誇る急行列車で東京に帰り、博覧会にも行くのである。

夜汽車のせいもあるが、窓から外の闇をのぞきこむ甲野さんの目には何も見えない。

「汽車は遠慮もなく暗いなかを突切つて行く。轟と云ふ音のみする。人間は無能力である」。宗近君は早い、早いと一人ではしゃぐが、甲野さんは「比較するものが見えないから分らないよ」とそっけない。たしかに私たちが「速い」と感じるのは、「後へ後へと過ぎて行く」(唱歌『汽車』)ものが見えたり、風圧を体感するときであって、飛行機の中や、夜の新幹線では、その速度を感じるのは離着陸や駅を通過するときだけである。それにもかかわらず、私たちがそれらを早いと思うのは、昼間のスピードの記憶や数字の上の知識が働くからであろう。「早い」と言い張る宗近君を、甲野さんは二人が乗ってきた京都の市電と「比較」して話をまぎれさせるが、彼が「人間は無能力である」と考えるのは、そのスピードのもたらす有用性とともに、弊害を知りながら、それをどうすることもできない自分を知っているからでもある。

『虞美人草』を批判したという朝日新聞の同僚・長谷川如是閑《にょぜかん》は、小説『額の男』(明42)で、「文明といふ急行列車」に乗って「徳義」を忘れた人々を描いたが、その主人公も、自分の妹が「欲望の充実」を目的として、現代社会で成功する実業家と結婚することの非を説得できない。濁った世界の池から妹を掬い上げ、地べたに置くことけ、彼女を干乾しにしてしまうのではないか。彼はその解決に苦しみつつ、新しい「メッカ」を求めて西洋へ旅立とうとする。

これに対して『虞美人草』は、「我《が》の女」藤尾と当世風ハイカラ紳士・小野さんの欲望を、行動の人・宗近君の「真面目《まじめ》」が粉砕して終る。「上皮《うわかわ》の文明は破れた」のである。まもなく『現代日本の開化』(明44)で、「労力を節減する器械」に近代文明の趨勢を指摘する漱石は、それがどこまでも欲望を高めると同時に、生存競争の苦痛を生み出すものであると見抜くことになる。だがここではまだ、それを道徳的な善悪の対立として描き、表裏一体に捉えるには至らなかったのである。

文明の象徴としての鉄道が、かならずしも快適な面ばかりを見せたのではないことは、多数の作品が鉄道自殺、犯罪、事故、あるいは車中の不快感を描いた点に明らかである。

まず鉄道自殺は、新しい自殺の方法として、一種の流行となった。『東京府統計書』によると、明治三十二年に四十二件だった鉄道死は、四十一年には二倍以上の百七件(電車も含めて)に増加している。その詳報を新聞『万朝報《よろずちょうほう》』は連日のように掲載しているが、原因の多くは失恋、生活苦、親子喧嘩などによる前途悲観、それに酩酊である。早くに「鉄道往生」を作中に取り入れた山田美妙『白玉蘭《はくぎょくらん》』(明24)では、博徒上がりの「壮士」が恩人の不正を暴いて制裁を加えたことを後悔し、「一《ひと》おもひに小気味のいい」自殺を選んだ。彼のように壮絶な死に方に対する願望はともかく、鉄道自殺には圧倒的な力による確実な死への思いがあるのではなかろうか。

すぐに思い出すのは漱石の『三四郎』(明41)である。上京する彼の車中体験は後に触れるが、帝大(東大)入学後、彼は先輩の学者・野々宮さんに留守番を頼まれ、大久保の家で女性の轢死体を目撃する。当時大久保は新開地で、甲武線(現在の中央線の一部)は国有化されたばかりだった。夕食後、遠くで「あゝあゝ、もう少しの間だ」という声を聞いた彼は、レール上に人が集まっているところへ行き、汽車が若い女性をみごとに切断して去ったことを知る。

三四郎の眼の前には、ありくと先刻《さっき》の女の顔が見える。其顔と「あゝあゝ……」と云つた力のない声と、其二つの奥に潜んで居るべき筈の無残な運命とを、継ぎ合はして考へて見ると、人生と云ふ丈夫さうな命の根が、知らぬ間《ま》に、ゆるんで、何時《いつ》でも暗闇へ浮き出して行きさうに思はれる。三四郎は慾も得も入《い》らない程怖かつた。たゞ轟と云ふ一瞬間である。

自殺した女性は、現世での苦痛から解放されることを願っていたようだが、三四郎の思考は、彼女を死に追いつめた苦痛には進まず、どこまでも続くかに見える「命の根」が、知らない間にゆるんでしまい、一瞬に切断されることに恐怖を感じた。このような考えは漱石の晩年、『硝子戸の中《うち》』(大3)にも見いだされるのだが、まだ若く、苦労も知らぬ彼は、その感情にただ驚くばかりである。

九州から上京する道中で、彼はまず汽車に同乗しただけの自分に相宿を頼む女の「度胸」に驚いた。名古屋からの汽車では、富士山は「自然」のものだから自慢にはならないとか、日本は「亡びる」と言い放った髭の男(広田先生)に驚いた。東京では「池の女」(美禰子)の態度やちんちん電車に驚き、「何処迄行つても東京が無くならないと云ふ事」に驚いた。「予告文」で作者が言うように、この小説は、上京する三四郎がさまざまな出会いを通じて、変化して行く姿を描こうとしているが、「女性」という存在と、「批評家」(広田先生)の文明批判は、小説を推進する二つの動力だった。轢死を実際に見たことによって、彼は文明の利器が人を死なせる兇器でもあることを知った。彼がふと汽車の男を思い出したのは偶然ではない。しかし「危ない〳〵」と言いながら落ちついて桃を食べていた男(広田)の傍観的態度に共鳴したとき、彼は文明の表層の下にある「命の根」の危なさを掘り下げる方向から、それを眺める「批評家」に転じたのである。

『三四郎』の前年、国木田独歩は『窮死』(明40)という短編を書いた。江見水蔭『蛇窪の踏切』(明40)も同年、しかも題材も同じく鉄道自殺である。前者は肺を病み、働くこともままならぬ土工が、仲間のはげましを受けながら「如何《ど》にも斯《こ》うにもやりきれなくなつて」死を選び、後者もまた、肺病にかかった女学生が、下宿からも断られ、継母のいる実家や、肺病を恐れる姉からも拒絶されて追いつめられる話である。『三四郎』を含めたこの「三つの轢死」に関しては、すでに平岡敏夫『日露戦後文学の研究』(昭60)にくわしい論がある。そこにいたる原因は多様でも、ここでは汽車が持つ暗い一面、生と死を突如として分断する機能を認識しておけば十分である。

鉄道死は現代でも連日のように報道されるが、大正・昭和時代に入っても花袋「ある轢死」(大5。夫と嫁の仲を嫉妬した妻が、夫婦喧嘩の末に自殺)や、芥川『寒さ』(大13。踏切番が女の子を助けようとして轢死)、佐藤春夫『更生記』(昭4。「ヒステリー」症状の令嬢が踏切で自殺未遂)などいくつも見かけられる。

奔走するが故に、迅速を貴《たっと》ぶが故に、種々の事物を齎《もたら》すが故に、おそろしき声を立つるが故に、記者と汽車とはその音《おん》をひとしくす。共に轢殺を目的とせざるも、しかもしば〳〵轢殺のことあるは、更に重大の一理由なるべし。（『半文銭』明35）

新聞・雑誌でたびたび「誤報」された緑雨は、右のように記して一矢を酬いた。江見水蔭に『鉄道小説 瀛車之友』(明31)という小品集がある。鉄道にまつわる小品や名地の観光案内を収録したもので、車中のつれづれを慰めることを意図しているが、そのこと自体が、もはや車窓の風景にみとれるのではなく、本を読んだり、会話を交わして時間を過ごす習慣が始まったことを表わしている。内容は、見栄を張って三等切符で二等車に乗る人々、スリの被害、離縁された貴婦人の車中自殺などだが、当時の車内風景がよくわかる。『三四郎』の例でも明らかなように、乗客たちは無遠慮に近くの人物を観察し、初めて会った人ともよく喋る。

W・シベルブシュ『鉄道旅行の歴史』（加藤二郎訳、昭57）によれば、ヨーロッパでは、鉄道は異なる階層の人々を一種の運命共同体として運ぶとともに、長時間の「視覚により不安に曝される」ことを覚悟しなければならなかった。車中の読書は、その不快感を避けるために始まったともいう。事情はおそらく現在の日本でも同様だろう。

「視線」の問題は電車の項でもくわしく触れるが、車中での観察自体が作品となっているのが、志賀直哉の『網走まで』（明43）である。上野から宇都宮まで、向かいに乗り合わせた母子の様子を、「自分」は克明に観察し、癇の強そうな男の子や赤ん坊に乳を含ませる母の姿を描写する。母からは網走まで夫を訪ねて行くという旅の目的を聞き出し、品は上等だがかなり古びた着物の状態から、あまり幸福ではなさそうな一家の現状や、男の子は大酒呑みの父親と性格が似ているのではないかと、想像をめぐらせたりするのである。

だが母親の方も、彼の視線を嫌がっているようではない。宇都宮では男の子を駅のトイレに連れていく際に(この汽車にはトイレがない)、赤ん坊を「自分」に預けようとしたり、「自分」が下車するのだと言うと、車中で書いた二通の葉書の投函を頼んだりするからである。ここには行きずりの関係ながら、やはり一種の親密な関係が成立していると言わざるを得ない。『三四郎』冒頭の、爺さんと職工の妻の場合でも同じだが、なぜ汽車では、身の上を語るような、気を許した時間が流れるのだろうか。

夜汽車(赤松麟作画, 明34)

志賀は数年後、『暗夜行路』前篇(大10)でも似たような情景を主人公・時任《ときとう》謙作に眺めさせた。ただし今度は電車の中である。

眉毛を落とした美しい母親(作中の時代には、まだ人妻が眉を剃る習慣が残っていた)が、元気にもがく赤ん坊を抱きしめてキスをする。それを見た謙作は、「若い父と、母との甘つたるい関係が、無意識に赤児対手《あいて》に再現されて居るのだ」と思い、恥ずかしく、いい気持がしない。だが独身の彼は、こういう人が自分の妻だったら、と想像して、たちまち幸福な気分にもなるのである。この二つの車中の描写は、男が女を観察して想像に耽る点で一致している。しかし電車で見知らぬ女性に話しかけることは、当時もまったくと言ってよいほどない。同乗する距離が短く、乗降も激しい上に、横並びで、吊り革もある車輛の構造がそういう雰囲気を作り出さないのである。その分、想像は一方的にふくらむことになる。

これに対して汽車の客室は、対面する四人または六人掛けで空間が区切られている車輛が多い(外国の列車のようにコンパートメント形式だとなおさらそうである)。長時間差し向かいに座っている関係が、おのずから会話を交わす空気をかもし出すのではないだろうか。まして共同体意識の強かった時代には、その場かぎりの擬似的な共同体の心安さが、身の上話にまで発展することも、間々あったようだ。

さまざまな出会いは時代が下がるにつれて、次第に手のこんだ夢幻の世界へ人を誘うようになる。その中で特に印象的な作品を挙げておこう。

江戸川乱歩『押絵と旅する男』(昭4)は、富山県魚津へ蜃気楼を見に行った男が、その興奮さめやらぬまま、帰途の二等車中で、たった一人の先客から白髪の老人と緋鹿子《ひがのこ》の振袖を着た美少女の、生きているとしか見えないほど精巧な押絵を見せられ、押絵の中に入ってしまった兄の話を聞かされる。兄は浅草の十二階(関東大震災で倒壊)から望遠鏡で見た覗《のぞ》きからくりの八百屋お七の姿に魅せられ、幻のような彼女を追い求めて、ついに二人で押絵の中に収まってしまったのだという。話し終ると、男は「山間の小駅」で下車し、夕闇の中に消えて行くが、その後ろ姿は押絵の老人そのままだった。だが語り手の「私」は、魚津へ行った証拠を持っているわけではなく、この話そのものが「夢」か「一時的狂気」が垣間見《かいまみ》させた、「この世の視野のそとにある別の世界の一隅」だったかもしれないのである。

現実と非現実の境界が取り払われ、または交錯する文学作品は、すでに大正中期ごろから顕著になるが、旅行から次第に「空想《ロマン》」が消え、「旅が単なる「同一空間における同一事物の移動」にすぎない」と思いはじめた萩原朔太郎は、「小説《ロマン》」の『猫町』(昭10)で次のように書いている。

例へば諸君は、夜おそく家に帰る汽車に乗つてる。始め停車場を出発した時、汽車はレールを真直に、東から西へ向つて走つてゐる。だがしばらくする中《うち》に、諸君はうたた寝の夢から醒める。そして汽車の進行する方角が、いつのまにか反対になり、西から東へと、逆に走つてることに気が付いてくる。諸君の理性は、決してそんなはづがないと思ふ。しかも知覚上の事実として、汽車はたしかに反対に、諸君の目的地から遠ざかつて行く。さうした時、試みに窓から外を眺めて見給へ。いつも見慣れた途中の駅や風景やが、すつかり珍しく変つてしまつて、記憶の一片さへも浮ばないほど、全く別のちがつた世界に見えるだらう。

先述した『大尉殺し』(百閒)にも、後ろへ進む汽車の感覚が示されていたが、ここで彼が勧めるのは、同じ事象を表だけでなく裏からも見ることである。「視線の方角を換える」ことによって、日常の平凡な現象にも「メタフィジックの神秘」が内包されていることに気づくはずである。すぐれた芸術の多くが、そのような視線によって構成されていることは言うまでもない。——『猫町』は軽便鉄道(後述)の田舎駅を下りて、憑き物の伝説に満ちた部落の方へ歩いた「私」が、突然文明の粋を尽くした美しい街並に出会うが、そこが一瞬の間に鼠を追う猫の大集団が出現する、グロテスクな情景に変わるのを目撃してしまう物語である。清岡卓行が言うように(岩波文庫解説)、そこには朔太郎が抱いてきた「〈幻想の近代〉の崩壊」が意識されている。

「国境の長いトンネルを抜けると雪国であつた。夜の底が白くなつた」という有名な書き出しで始まる川端康成の『雪国』(昭10。最初の一章の初出題名は「夕景色の鏡」)も、夜汽車が作り出した、この世ならぬ「神秘」を浮かび上がらせた。西洋舞踊の評論などという、時流に合わない仕事をしている島村は、頽廃的な精神を扱いかねるまま、雪国にやってくる。田山花袋『廃駅』(大11)は、鉄道誘致競争に負けて、雪に閉ざされた寒村が舞台だが、彼が乗る汽車は国境いだった山を穿ち、かつては不自由きわまりなかった雪国に通じている。刺激を求めて駒子に会いに行く車窓は、スチームの暖気で曇っていた。退屈しのぎに、彼が窓ガラスを指でこすると、そこに思いがけず娘の片眼が映った。彼女が乗ってきたときから、彼は「なにか涼しく刺すやうな娘の美しさ」に驚いたが、病人らしい男が一緒なので、見るのを遠慮していたのである。

鏡の底には夕景色が流れてゐて、つまり写るものと写す鏡とが、映画の二重写しのやうに動くのだつた。登場人物と背景とはなんのかかはりもないのだつた。しかも人物は透明のはかなさで、風景は夕闇のおぼろな流れで、その二つが融《と》け合ひながらこの世ならぬ象徴の世界を描いてゐた。殊に娘の顔のただなかに野山のともし火がともつた時には、島村はなんともいへぬ美しさに胸が顫《ふる》へたほどだつた。

まもなく駒子の妹分であることがわかる葉子の位置は、通路をへだてて島村の斜め前にある。暮れなずむ野山の風景は、どこまでも平凡に流れているが、そこに葉子の顔がオーヴァーラップすることで神話的な映像を浮き上がらせる。殊に野山のともしびが顔の真中に灯った映像は、まさに自然が演出した妖しい美しさと言うほかはあるまい。車窓を眺める目は、映画的な手法を取り入れて、作品の前途に幻想的色彩を与えることに成功した。それは『虞美人草』や『三四郎』に描かれた富士山の崇高さとは違う趣きである。

幻想的と言えば、宮沢賢治の『銀河鉄道の夜』を忘れることができない。生前未発表で、原稿が錯綜しているが、文圃堂《ぶんぽどう》版『宮沢賢治全集』(昭9―10)に収録された。

父が遠方に出かけて行方不明になったので、ジョバンニは子供ながら印刷工場で働き、病気がちの母を助けている。カムパネルラ以外に親しい友のいない彼は、祭りの日も一人だけ町はずれの野原で眠ってしまい、夢の中でカムパネルラと一緒に銀河鉄道の旅に出る。彼がいくつもの星座の駅を通り、何人もの乗客と出会って、人間の心に住むさまざまな感情を知り、カムパネルラとともに「ほんたうのさいはい」を探しに行こうと決心したときに、突然カムパネルラは消え、夢は覚める。現実の世界に戻った彼は、カムパネルラの自己犠牲的な死や、父が帰ってくることを知るのだが、乗客のほとんどが死者である銀河鉄道が、生と死の壮大な比喩であり、ジョバンニの今後が、「みんな」の幸福な生を求める旅であることは明らかだろう。このテクストの執筆開始は大正期の末とされているが、このころから、汽車には次第に象徴的な意味が与えられるようになった。なお賢治には「イーハトーヴ」の軽便を唱った詩、『「ジャズ」夏のはなしです』『ワルツ第CZ号列車』(ともに大15)もある。

＊

銀河鉄道の乗客が次々に見えなくなるように、出会いがあれば当然別れもある。汽車は人を結ぶとともに分断する性格をも持っている。『雪国』の島村は東京へ帰る際に、ふたたび車窓から、駅の待合室のガラスに「ぽつと燃え浮ぶ」駒子の顔を見いだすが、その真赤な顔は、彼にとって「現実といふものとの別れ際の色」であり、彼は「なにか非現実的なものに乗つて、時間や距離の思ひも消え、虚しく体を運ばれて行くやうな放心状態」で帰京するのである。

漱石『草枕』(明39)末尾の「汽車程個性を軽蔑したものはない。文明はあらゆる限りの手段をつくして、個性を発達せしめたる後、あらゆる限りの方法によつて此個性を踏み付け様とする」云々の「汽車論」や、汽車に乗せられて出征する元の夫を見送る那美さんの「憐れ」も心に残るが、おそらくもっとも有名な汽車の別れは、徳冨蘆花『不如帰』の浪子と武男の別れのシーンだろう。

病気を恐れる姑から一方的に離縁された浪子は、逗子で療養するが、病いは回復せず、死期の近いのを知った父に伴われて奈良の観光に出かける。その帰途、東へ行く彼女の汽車と、戦地へ赴くべく西下する武男の汽車は京都山科の駅ですれ違う。狂気のごとく呼び合う二人をよそに、汽車が無情にも離れようとしたとき、浪子は手に持った菫《すみれ》色のハンカチを投げつけ、受けとめた武男はいつまでもそれを振り続けた。

紅葉の『金色夜叉』(明30―36、未完)で描かれたのは、親友同士の「停車場《ステエション》」での別れである(中篇)。熱海の海岸から失踪した間貫一は四年後、冷酷非情な「高利貸《アイス》」の手代として現われる。新橋発の汽車の中等室に数人の青年が談笑している。彼らはみな同窓で、法学士の荒尾譲介が愛知県参事官として赴任するのを横浜まで送って行くのである。悪名高い美人高利貸の話から、荒尾が貫一の噂をする。荒尾と貫一とは兄弟同様に親しんだ仲だった。彼は待合室でちらと貫一を見かけたような気がし、また「歩　場《プラットフォーム》」で黒い帽子を振っていた男が貫一に違いないと言う。彼の推測どおり、たしかに男は貫一だった。貫一は失踪後も荒尾の動静だけはたえず気にかけ、今回彼が名古屋へ出発することを知り、「余所《よそ》ながら暇乞《いとまごい》もし、一つには栄誉の錦を飾れる姿をも見んと思ひて、群集《くんじゅ》に紛れて」駅にやってきたのである。荒尾たち友人は、貫一は「高利を貸すべく余り多くの涙を有《も》つて居る」と、彼にまつわる噂を否定する。しかしこのとき、貫一はすでに友人の前へ名乗り出ることもできない「有能」な高利貸だった。やがて荒尾が友人のために高利の金を借りたとき、その借用証を手に入れた貫一は、冷然として荒尾の前に借金を取り立てに現われることになる。その彼の氷塊が、お宮の懺悔や荒尾の友情によってどのように融けて行くかが、この小説の最大の眼目である。

なお紅葉には、新婚の花嫁が新婚旅行中に大磯駅で失踪する『男ごころ』(明26、中絶)もある。理由は示されていないが、当時は停車時間が長かったので、身を隠すには都合のよい機会だっただろう。現代でも西村京太郎の十津川警部シリーズでよく使われる手法である。長時間、高速で移動する汽車が、事故や犯罪の発生の舞台となることは、昔も今も変わらない。

別れの中でもっとも痛切なのは、この世を去る人との別れである。斎藤茂吉『赤光《しゃっこう》』(大2)に収められた短歌連作『死にたまふ母』は、母を看取《みと》るべく急ぎに急ぐ心を詠《よ》んだ絶唱である。

たまゆらに眠りしかなや走りたる汽車ぬちにして眠りしかなや
朝さむみ桑の木の葉に霜ふりて母にちかづく汽車走るなり

のど赤き玄鳥《つばくらめ》ふたつ屋梁《はり》にゐて足乳根《たらちね》の母は死にたまふなり

比喩としての汽車

真昼である。特別急行列車は満員のまま全速力で馳けてゐた。沿線の小駅は石のやうに黙殺された。

新感覚派を代表する文章とされる、横光利一『頭ならびに腹』（大13）の冒頭である。しかし傲慢にさえ見える特急は、前方の土砂崩れのため「名も知れぬ寒駅」で余儀なく停車した。車内の騒ぎは言うまでもないが、ここで強調しておきたいのは、乗客が一人を除いて迂廻線に戻ることを選択した後、車内には最初から俗歌を唱い続けていた、ませた小僧だけが残り、やがて、特急が開通した「目的地へ向かつて空虚のまま全速力で馳け出」すことである。この皮肉な結末は、近代文明を代表する特急列車が生む喜劇を嘲笑しているように思われる。「沿線の小駅」や各停の汽車は無視され、都市を結ぶ特急ばかりが特権化する。乗客も「時間と金銭」を秤にかけ、金満家を戯画化したような紳士に引きずられる人々である。立身出世の欲望を載せて走る列車は、空虚な中身を載せて発車しなければならない。

この作品が発表されたのは、関東大震災の一年後である。震災時の交通機関の状況は、たとえば志賀直哉『震災見舞』(大13)などにくわしいが、同年刊行の一氏義良《いちうじよしなが》『立体派・未来派・表現派』には、未来派は「芸術を戦場」として、「あらゆる一切の過去と伝統とを破壊し、ふみにじり、そしてかれら自身の急行列車を、装甲自動車を、疾走せしめようとする」という記述もある。その比喩にも表われているように、以後の汽車は、次第に汽車そのものよりも、作者の情念の象徴、あるいは擬人化の様相を呈するものが目につく。

その一例として、林芙美子の『放浪記』(単行本、昭5)の夜汽車は、ひたすら侘しい。「夜汽車、夜汽車、誰も見送りのない私は、お葬《とむらい》のやうな悲しさに、何度も不幸な目に逢つて乗る東海道線に乗つた」。彼女は文学で身を立てるべく上京し、作家の家庭に住みこみの女中となったり、カフェの女給となったり、さまざまな職を転々とするが、いずれも長続きせず、都会の底辺を放浪した。堪えきれなくなると、あてもなく汽車に乗るのである。

すでに石川啄木『一握《いちあく》の砂』(明43)に「何となく汽車に乗りたく思ひしのみ／汽車を下《お》りしに／ゆくところなし」の歌があるが、芙美子の場合も漂泊の感傷によって失意の心を覆うことが簡便な方法だった。しかしこのときも神戸で下りてはみたものの何の当てもなく、結局は四国の母の許へ帰らざるをえない。またあるときは「真実のない東京」を去ろうと思い、時刻表でみつけた直江津へ行くが、「便所臭い三等車の隅ツこ」に揺られて、夜に着いた港町は、彼女の「ガラスのやうな感傷」を吹きとばし、自分の居場所はやはり東京しかないと思い直す。その吹き出すような寂しさは、萩原朔太郎が『氷島』（昭9）で唱った帰郷の情と共通する点があるだろう。

わが故郷に帰れる日
汽車は烈風の中を突き行けり。
ひとり車窓に目醒むれば
汽笛は闇に吠え叫び
火焔《ほのほ》は平野を明るくせり。
まだ上州の山は見えずや。
夜汽車の仄暗《ほのぐら》き車燈の影に
母なき子供等は眠り泣き
ひそかに皆わが憂愁を探れるなり。

嗚呼また都を逃れ来て
何所《いづこ》の家郷に行かむとするぞ。（下略）

「昭和四年の冬、妻と離別し、二児を抱へて故郷〔前橋〕に帰る」と前書のある、『帰郷』の一部である。闇の「曠野」をつんざく夜汽車の咆哮は、名づけようのない詩人の悶えの叫びのように聞える。都会とも妻とも調和できず、めざす故郷も安住の地ではないことを予知する彼は、さらにまた彷徨の旅に出なければならないだろう。

汽車は出発せんと欲し
汽鑵《かま》に石炭は積まれたり。
いま遠き信号燈《しぐなる》と鉄路の向ふへ
汽車は国境を越え行かんとす。
人のいかなる愛着もて
かくも機関車の火力されたる
烈しき熱情をなだめ得んや。

（下略。『告別』、『氷島』所収）

どのような愛着も、点火した機関車の力には逆らえないとする認識は、逆に、それに仮託して旅立つ詩人の「烈しき熱情」を示すものである。

印象的な夜汽車には、他に北海道を放浪する啄木の短歌や日記、大雪で汽車が遅れたことが、凄惨な復讐の引き金になる鏡花『紅雪録』(明37)、漱石『行人』(後述)において、帰京する一郎夫婦と二郎、それに母の寝台車の状況、谷崎『細雪』(昭18—23)の末尾で、結婚すべく上京する雪子の身体の不調などもあるが、ここでは省略する。

芥川晩年の随筆に、『機関車を見ながら』(昭2)という短文がある。彼は、子供たちが機関車のアームのように手を廻して遊ぶのを見て、そこに人生の象徴を見いだしている。前へ進もうとする欲望と、一定の軌道からは外れることができない制約の双方において。現在でも多くの鉄道マニアは、力感あふれる機関車《S・L》の驀進《ばくしん》に自己を投影するのであろう。芥川によれば、マクベスやムッソリーニは突進して軌道を越え、大多数の凡人は制限どおりレールを走り続けて、「さびはてる」。「我々はいづれも機関車である」という断言には、明らかに機械の人間化、あるいは人間の機械化、両面への洞察がこめられている。

彼がアフォリズム風に括り出した汽車・機関車のイメージを、さまざまに唱ったのは中野重治である。

『中野重治詩集』(昭6、発売禁止。ここでは昭22版による)には、連作『汽車』のほか、

『最後の箱』『機関車』など、いくつもの詩が収録されている。「どっしりした重量」を響かせる先頭車に、ただ「ごろごろ」と引っぱられていく貨車の「愚かな」姿は、おそらく無気力な民衆の比喩であり(『最後の箱』)、歯がゆさとともにそれに対する悲しみの感情がこめられているし、「巨大な図体」で「ピストンの腕」を動かし、「輝く軌道の上を全き統制のうちに驀進する」「律儀者の大男」は、彼の信ずる労働者の団結への讃美であろうか(『機関車』)。

しかし連作の『汽車』には、「千人の生活を搬ぶもの」の実態に、怒りがぶつけられている。たがいの足を「ぎりぎりと」踏み合う劣悪な車内状況(一)、「通りも便所も人がつまって」悪臭のする三等室で、紙きれを見せて別室に案内される男女の傲慢さ(二)、「小さな停車場」で、工場ですべての力を搾り取られた「百人の女工」が降り、また「千人の女工」が「新しい人買いどもの伏兵の中へ帰って行く」絶望的な風景(三)。先に触れた漱石『草枕』の出征も思い合わせれば、大量輸送を可能にした汽車は、人間を兵力や労働力に還元する機械でもあった。

同じく中野『歌のわかれ』(昭14)の主人公・片口安吉は、金沢を去って上京する直前に、奇妙な光景に出会う。彼が鉄橋近くの土手で、今後の大学生活を「圧倒的な不安」として思い浮かべているとき、突然、汽笛が鳴り、汽車が大きな箱のように「左右と上とへ立体的にぐっぐっとひろがってきた」。ここまでは明らかに巨大な鉄の物体の運動で、彼はそれに圧倒されるばかりである。ところが、それが浅野川の鉄橋を渡り終えるころ、機関車から手が一本出て、「ショベルをつき出したかのような調子で機械的につき出され」、機関手の上半身も「縦三分の一」ほど現われた。

列車の後部のほうからもう一つの手が出たのを見たとき安吉はぶるっとした。後部は安吉の前を通過しつつあった。二つの手は、指をそろえた掌《たなごころ》のほうを向き合わせにしたまま、列車のほとんど全長をへだてて瞬く間停止し、こくりとうなずき合い、ふたたび元へ戻ってそのままなかへすっと消えた。（中略）安吉は、背骨のなかの孔がつめたくなるような気持でそれをその非常に短い時間のうちに見た。

彼はなぜこの二つの手に慄然としたのだろうか。機関士と車掌が交わしたシグナルは、定められた安全確認にすぎまい。しかし未来の東京での生活に圧迫感を感じていた彼の前を、汽車は圧倒的な重量で通過し、次いで、そこに働く人間の身体の一部のみが機械的に動作する人間の疎外現象を見せた。その意味で、彼が感じた骨の髄にしみとおるような恐怖は、文明の産物が人間を圧倒し、いつのまにか人間を部品化するという認識から生まれたのではなかろうか。これに対して三島由紀夫『祈りの日記』(『花ざかりの森』所収、昭19)は、語り手の女学生の感想として、「凹みのやうなもののさなかへ、ひた走つてゆくのにも似た」汽車の姿勢に危うさがあると記している。

そのような意識を持たず、汽車に乗ること自体を恐れる「鉄道病」と呼ばれたものがあった(現代ではまったく聞かなくなったが)。それを描いた代表的作品は谷崎潤一郎『恐怖』(大2)である。

汽車のみとは限らず、電車、自動車もそうだというが、長時間乗らざるを得ない汽車の場合は、ことに激しく動悸して、体中の血がすべて脳天に上がったように苦しく、悪寒にも襲われるというのである。作中の「私」が、青年時代に取りつかれた病から、節制を重ねてやっと回復したにもかかわらず、京都で放蕩したためにぶり返し、悪戦苦闘する話である。前記シベルブシュによれば、この病気はレールの継ぎ目の音が鼓動と同調して、それを増幅させる結果起こるようで、いわば汽車に対する身体的な拒否反応の一つである。「文明病」の一例として挙げておきたい。

汽車に関する物語には、他にも北海道の原野を行く「汽車の文明を呪ふ」男が、進行を妨害しようとする長田《ながた》幹彦『網走港』(大4)や、車中で「西郷隆盛」に紹介され、歴史学では「史実」が万能でないことを教えられる芥川『西郷隆盛』(大6)、奉公に出される娘が、車窓から見送りの弟妹に色鮮やかな蜜柑を投げる芥川『蜜柑』(大8)、その芥川をモデルとして、軽井沢での狂態と偶然車中で出会った彼の姿を描いた岡本かの子『鶴は病みき』(昭11)、北国のミッション・スクールを「スキャンダル」で辞職して、男女の教師が夜汽車で上京する石坂洋次郎の青春文学『若い人』(昭8)、吾一少年が鉄橋の枕木にぶら下がり、汽車の接近に堪える山本有三『路傍の石』(前掲)、主人公が吹雪の中、療養所を抜け出し、三等車内の「人いきれや煙草のにほひ」を「生の懐しい匂の前触れ」のように感じる堀辰雄『菜穂子』(昭16)、終戦後投獄されていた夫の解放を知り、山口から汽車や荷馬車を乗りついで上京するヒロインの目に、平和な風景が展開する宮本百合子『播州平野』(昭21)、「ヒマラヤ山系」と名づけた人物と気ままに全国を旅して、土地の風俗と第二次大戦後の復興を見てまわる内田百閒『阿房《あほう》列車』(昭27)、東京駅十三番線ホームから十五番線ホームを見て、犯人のアリバイを崩す、松本清張の社会派推理小説『点と線』(昭32―33)など多数あるが、くわしく触れる余裕がない。ただし著名な作品の舞台となる「軽便《けいべん》鉄道」については、ここで触れておかなければならない。

軽便は明治四十三年に正式に認定された簡易鉄道の名称だが、特に豆相《ずそう》人車《じんしゃ》鉄道は明治二十九年に熱海―小田原間が開通、温泉行きの客に利用された。「人車」とは登りの坂道では人夫が綱で曳き、乗客も下車して後押しをしたのでこの名がある。大正九年に買収されて国有化したが、関東大震災で壊滅的打撃を受け、廃止された。

当時の『鉄道《てつどう》沿線遊覧地案内』（鉄道院編、大2）に「東道海浜に添ひ座《い》ながら山海の勝《しょう》を恣《ほしいまま》にするを得」と書かれているこの沿線は、湯河原、熱海、伊豆山の温泉を含み、車中からは房総の海山まで見通すことができる絶好のロケーションを持っていたが、同時に断崖添いの細い道路で危険が多く、しかも機関車、客室とも粗悪なことでも有名だった。

その様子は志賀直哉の小品『軽便鉄道』（明42）にも、「へつつひのやうな小さい機関車」として登場するが、もっともくわしいのは漱石『明暗』（大5）であろう。漱石自身も湯河原温泉で保養したことがあるが、その体験を生かして、ここでは主人公の津田が手術後の湯治を兼ね、昔の恋人に再会すべく温泉に行く道中に、軽便を登場させている。

彼は東海道線で、隣りの老人が、以前に軽便に乗って「汽缶《かま》へ穴が開《あ》いて」立往生したと話すのを耳にし、さらに軽便で同じ人物から、橋は去年の洪水で落ちて仮橋だとか、屋根がないから雨が降ったら大変だとか、驚くべき実態を知らされる。果たせるかな彼らの乗った軽便は脱線し、津田もやむをえず、車輛を元に戻す手伝いをしなければならなかった。そのお蔭で目的地に着いたとき、秋の日は暮れかけていたのである。しかしその結果として、彼は迎えの馬車で暗い山道を辿りながら、高くそびえる古松の影や突

熱海行の軽便鉄道

然に響く滝の音から、利己的な都会生活で忘れていた何ものかを思い出し、現在の自分を反省させられることとなった。

軽便が出てくる作品でもっとも劇的なシーンは、発表当時大衆的な人気を博し、最近のテレビ・ドラマでふたたび流行した菊池寛『真珠夫人』(大9)の事故である。第一次大戦後の社会状況を受けて、船成金や貧乏華族や、葉山の別荘、箱根のホテルなど、大衆にとっては夢のような道具立てを揃え、はなやかな社交界に女王として君臨するヒロイン瑠璃子の短い生涯を描いた長編小説である。

その悲劇の発端が軽便と自動車との衝突寸前の事故だった。作中舞台廻しの役を演ずる信一郎は、新妻の待つ湯河原へ急いでいた。国府津で東海道線を下りた彼は、小田原までののろのろした電車

（小田急の前身）や、さらにそこからの「右は山左は海の、狭い崖端《がけばな》を蜈蚣《むかで》か何かのやうにのたくつて行く軽便鉄道」を考えるとウンザリし、自動車の運転手に誘われるままに、熱海へ行くという青年と合乗りすることにした。自動車はフル・スピードで山路を疾走するが、運転手は向こうから来合わせた軽便を見ても、「いかにも相手を馬鹿にしきつた態度」で速度を落とさず、岩山と軽便との間をすり抜けようとしてハンドルを切りそこね、岩壁に衝突した。運転手と信一郎はかろうじて助かったが、同乗の青年は「瑠璃子」の名をつぶやき、宝石入りの「白金《プラチナ》の時計」と「青木淳」と署名されたノートを残して死亡する。

以後、信一郎は時計の所有者を探して、ほとんど無縁だった上流社会へ接近することになるが、音楽会やサロンあり、ピストル発射、殺人事件あり、妖婦か純愛か？　多少賑やかすぎる感じもあるこの物語は、その展開の妙によって読者を作中に誘いこむ。汽車と自動車の衝突事故は現在ではますます増えているが、ここでは衝突そのものではないにしても、事故の凄惨なありさまを描き、新しい乗物、自動車の古くさい軽便に対する軽蔑が、惨事を起こした原因とされている点に注目するべきだろう。「文明」は新しい機器を次々に開発し、その新しさによって旧を否定する。それは今なお、いや以前よりもっと強く、私たちの心性に住みついた価値観である。

なお汽車と自動車の衝突としては、夢野久作『少女地獄』(昭11)に収録された『殺人リレー』(昭9)に、バスの女車掌が友人を弄んだ運転手に無意識に復讐し、踏切で「汽車アオーラアアイ」と叫び、汽車と自動車を衝突させた話がある。

電　車――乗客をみつめる男

電車が市街を最初に走ったのは、第四回内国博覧会が京都で開催されたとき(明28)である。東京では明治三十五年、当初は東京電気鉄道、東京電車鉄道、やや遅れて東京市街鉄道の三社が競合したが、明治四十四年八月には統合されて市電となり、その網の目のような路線はもっとも便利で親しまれる市民の足となった。それを可能にしたのはもちろん発電量の増大で、通勤・通学電車をはじめ、電灯、イルミネーションに彩られた夜の街が出現し、明治三十六年には日本鉄道の池袋―田端間が開通し、今のJR山手線の原型ができた。市区改正のかけ声とともに東京市は膨張するが、それを支えたのも甲武線(現、中央線)を筆頭とする私鉄の発展だった。

以下、電車の登場によって都市生活が変化する様を、文学作品がどのように捉えたか、要点を列挙して見よう。

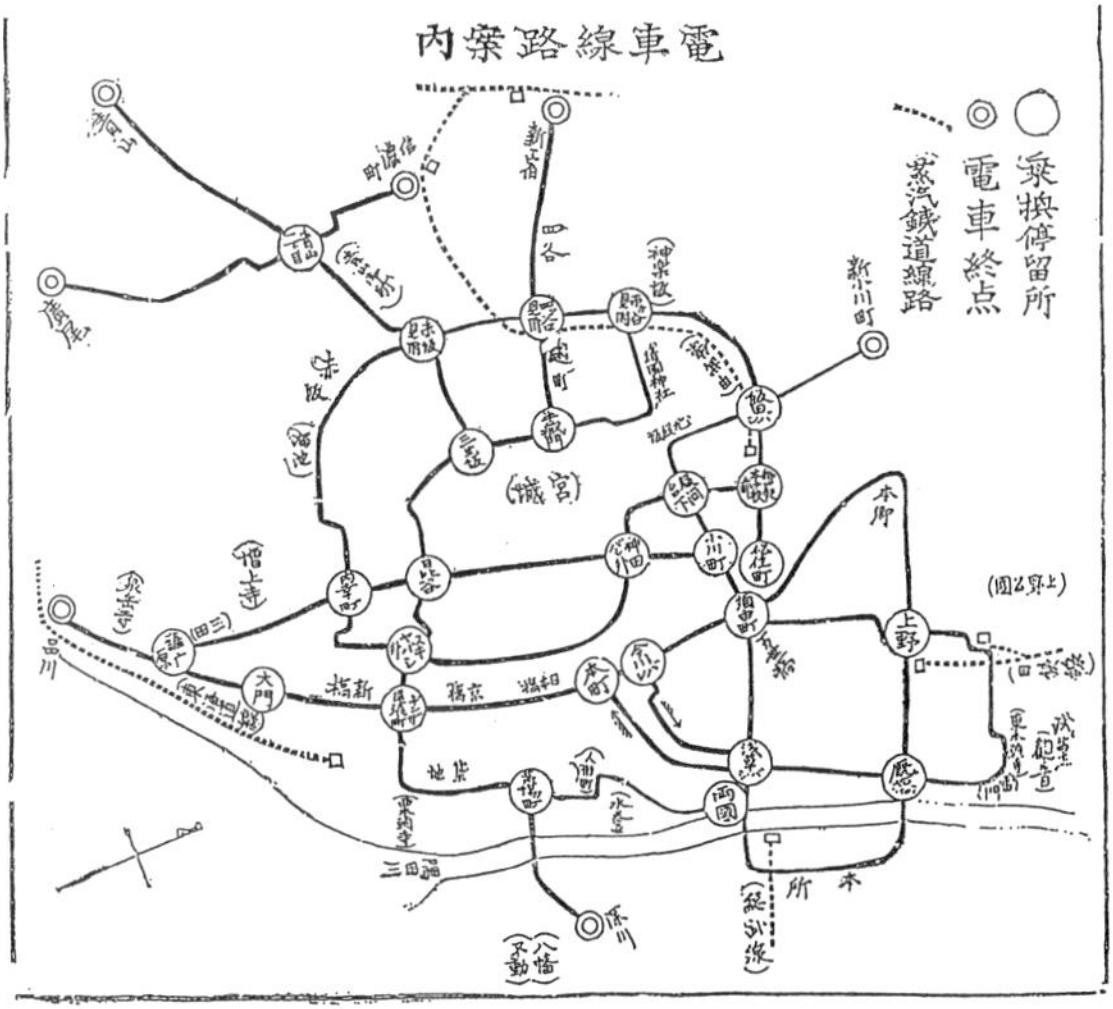

日露戦争直後の東京市電路線図(『万朝報』)

1 遠距離からの通勤・通学、また夜間のショッピングが以前より容易になった。

2 従来未経験の満員状態が、さまざまな混乱を招いた。

3 電車事故の多発。

先述した独歩の『竹の木戸』は、当時は郊外の大久保から京橋に通勤するサラリーマン家庭に発生したトラブルを描いたが、田山花袋『少女病』(明40)の主人公も、代々木の奥の方から出版社に通勤している中年の男である。風采の上がらないこの大男は売れない作家で、家庭はすでに倦怠期に入り、子供はただうるさい。会社ではそのセンチメンタルな文章や性情を馬鹿にされ、おもしろくない。だから彼の唯一の楽しみは通勤時間中に、美少女を見つめて、憧れをどこまでもふくらませることにあった。サラリーマンの常として、彼は定時に家を出、テクテク歩いて駅（代々木）に着き、甲武線でお茶の水に行き、市電に乗り換えて神田錦町の会社に着く。近在の人は駅へ急ぐ彼の姿でおおよその時刻を知るのだが、このころには本数が少なかったため、汽車や郊外電車は時計がわりに使われていたし、また彼自身の心身にも時間が刷りこまれるようになっていたのである。

この沿線は学習院女学部をはじめ多くの女学校があり、彼の頭には各駅ごとの美少女地図が出来上がっている。近年、電車内の痴漢はますます増えているそうだが、当時からこの線は痴漢が横行し、学習院長乃木希典《まれすけ》の要請で、登下校時に女性専用車を設けたほどだった（新聞ではそれを「花電車」と囃し立てた）。といっても、当時の痴漢は言葉をかけたり、ラブレターを和服の袂に落としこむ程度で（鷗外『灰燼』明44―大1にその例がある）、ただみつめるだけのこの男を「痴漢」と決めつけるのは可哀想かもしれない。

E・T・ホール『かくれた次元』（日高敏隆・佐藤信行訳、昭45）によれば、動物には種属や民族によってほぼ一定の「個体距離」があり、それを超えると変調を来すそうだ。たとえばネズミはそれが大きく、一定数以上狭い空間に閉じこめると、ストレスで攻撃的になったりノイローゼを起こすというし、逆にセイウチは接触性行動を特徴とする動物である。人間の個体距離は民族や文化、あるいは個人によっても違うが、概してアメリカ人はアラブ系の人よりも距離が大きく、ニューヨークの「地下鉄の乗客は公共輸送機関内での親密な空間から、真の親密さを取除くような防御手段を講じる」のだそうだ。車内が混雑すればするほど、見知らぬ他人と接触する機会は増え、そこには体臭も漂う。先述の『くされたまご』の例もあったが、日本人はそういう人間関係を文明の乗物によってはじめて経験したのではなかろうか。寺田寅彦のエッセイ『電車の混雑について』(大11)によれば、東京の満員電車に乗るのは「ほとんど堪へ難い苛責《かしゃく》」だったという。

地下鉄も含めて、電車はその横並びで向き合う構造から、車内を眺めわたすのに好都合であり、吊革を持って立てば、視野はさらに広がるだろう。通勤・通学時は当然混雑はするが、乗車する車輛はだいたい決まっているから、『少女病』の男のように視線を注ぐ好位置を占めることは難しくない。彼は駅ごとに乗ってくるお目当ての女性に至福の時を送り、会社では退屈な時間を過ごして、四時(当時の終業時刻)には退社し、いそいそと電車に乗る毎日である。

だが彼の楽しみは、思いがけない結末を迎える。ある日の帰途、上野の博覧会(『虞美人草』にも出てきた)で電車が異様に混み、男はやむを得ず車掌の後ろのデッキに立ち、

明治40年代の銀座

バーを握りしめていた。ふとガラス越しに車内を見ると、一度だけ見たことのある最高の美少女がいた。彼が成熟した女性よりも聖なる少女を理想化するのは、いわゆるロリコン趣味というより、若々しかった妻の記憶や、現在の妻への反動に近いが、そのランクづけに、華族令嬢とか有名校の女学生という世俗的価値観が作用しているところが俗っぽい。そういう彼に対する懲罰でもあるかのように、胸を轟かせて少女に集中しすぎた彼は、四谷トンネルに近づく電車の動揺でバーから手を放し、対向車線に転落してあっけない最期を遂げるのである。

　電車はまさに「妄想」の発生装置として、主として男たちの放恣《ほうし》な夢をかきたてた。先述のとおり、「女学生」はその「堕落」面で捉えられることが多かったが、『少女病』はその関心の奥にひそむ、もう一つの面を取り出す結果となった。なお「女学生」については、本田和子《ますこ》『女学生の系譜』(平2)にくわしい。

武者小路実篤『お目出たき人』(明44)にも、純情きわまりない青年が、甲武線で好きな女学生・鶴に会い、彼女が自分を愛していると「妄想」を確信する場面がある。鶴は「自分」の家の近所に住んでいた可憐な少女である。しかし話を交したこともなく、彼女の一家が大久保へ移転してからは会う機会もない。大久保近辺をうろつき、ひょっとすると彼女に会えるのではないかと期待するが無駄であった。思いつめた彼は人を介して結婚を申し入れるが、相手の父の返事は冷淡だった。

ところが中野の友人の家へ行った帰り、彼は大久保から鶴が乗って来て、彼と目を合わせると、同列の離れた空席に腰かけた。彼は二人が結ばれることを「運命」と確信し、彼女が自分の前の空席を避け、わざわざ同列の離れた席に座ったことも、二人がつながっている証拠だと考える。四谷で二人は下車し、彼が振りかえると鶴は顔をそむけるが、それすらも彼には鶴の恥じらいと思われる。彼は再度結婚を申し入れるが、またもや断られ、鶴は工学士と結婚した。だが「自分」は、やはり鶴が自分を愛していることを信じているのである。その鈍感さを作者はもちろん知っているが、それを通じて示されたのは、露伴の「恋」と同じ究極の愛のかたちなのであろう。

『少女病』の中年男のように、当時の男は無遠慮に女を眺め続けた。鷗外『電車の窓』(明43)の「僕」も例外ではない。冬の午後四時半、市電を待っていた彼は、同じ停留所にいる一人の素人らしからぬ女性に気づき、精密な観察を始める。和装のコートやショールはもちろん、「銀杏返《いちょうがえ》しのほつれ毛」まで見逃さない。偶然に同方向だったらしく、女が電車に乗ると彼も続き、女の席の前に立つ。風が吹きこんで女の髪油が匂ったとき、「鏡花の女だ」と彼は思った。どこかいきで、逆境に堪えている、勝気なような淋しいような感じは、『辰巳巷談《たつみこうだん》』『日本橋』『婦系図《おんなけいず》』など、多数の作品で鏡花が好んで描いた女性である。悪い男や養父母などにつきまとわれながら、愛人に誠を尽くすケースが多い。

その「鏡花の女」が風を嫌って電車の窓を閉めようとしたので、「僕」が手助けをしたとき、「憚様《はばかりさま》」と、女は「思の外に力のある、はっきりした声」で言った。今ではまったくの死語だろうが、「恐縮でございます」の意である。こういう古風な言葉遣いも彼を満足させただろう。実際に発せられた言葉は一語だが、彼は想像の中で、女の瞳が彼の気くばりに対する感謝と、身の不運を綿々と語りかけるのを聞き、行きずりの観察者として先に電車を下りる。話はそれだけである。女性がほんとうにそんな気持を訴えたのかどうかは、もちろんわからない。だがその短時間のうちに、観察を重ね、「鏡花の女」のイメージを作りあげた手際は、やはり鮮やかというより他はない。この時期の鷗外は、こういう短編で、人生の一齣《ひとこま》をくっきりと切り取るのを得意とした(たとえば『牛鍋』明40)。

これに対して漱石の電車への関心は多様である。『彼岸過迄』(明45)の敬太郎は「毎日電車の中で乗り合せる普通の女だの、又は散歩の道すがら行き逢ふ実際の男だのを見てさへ、悉《ことごと》く尋常以上に奇なあるもの」が隠れていると空想する青年である。彼は友人の須永の叔父の田口から奇妙な探偵行為を依頼され、神田小川町の複雑な停留所で迷った上、そこで落ちあった男女を跟《つ》けてレストランに入ったり、帰り道は男と一緒の電車に乗り、その住居を突きとめようとして失敗する。「東京方眼図」を片手に、ややこしい乗り換えを無難にこなす小泉純一(鷗外『青年』)とは大きな違いである。鷗外の人物が分析的、明晰であるとすれば、漱石の人物は彷徨し、懐疑的なのである。敬太郎はこの男女二人を執拗に観察するけれども、その関係はどうしても分らない。

『それから』(明42)の代助は、すべての関係を失って、「自分の頭が焼け尽きる迄電車に乗つて行かうと決心」するし、『門』(明43)の宗助は、休日に電車に乗っては見たものの、どこへ行こうという当てもなく、ぼんやり車内広告に見入る。

『明暗』の津田が、病院からの帰りに、自分の肉体が知らないうちに蝕まれていることを思い出し、「精神界も同じことだ」と気づくのも満員電車の中である。電車はレールの上を前へ前へと進む。しかし同じように自分の力で前へ進んできたと思いこんでいた彼は、突然「暗い不思議な力が右に行くべき彼を左に押し遣つたり、前に進むべき彼を後ろに引き戻したりするやうに思へた」のである。そこに「近代人」として得意だった、彼の足場が崩れる徴候が表わされていることは言うまでもあるまい。先に触れた朔太郎の『猫町』の錯覚を、漱石はそれより前に知っていたわけである。

見つめる者がいれば、当然見つめられる者がいる。梶井基次郎『橡《とち》の花』(大14)は、見る／見られるの関係を強いる電車内での苦痛を、手紙形式で語ったものである。「私」は学校に行くために四十分電車に乗らなければならない。すると「前に坐つてゐる人が私の顔を見てゐるやうな気が常に」ある。しかし逆に言うと、「私自身そんな視線を捜してゐると云ふ」ことにも気づくのである。

「私」にはそれが「独り相撲」だと分ってはいる。だが自分を見ている視線を探すことは、当然車内の人を見まわす結果となり、そこに自分が嫌う俗悪な学生風俗や「お化け」のような女を見ると、「私」は俄然攻撃的な気持になる。車の響きが自分の考えている音楽と同調しないのも不愉快である。しかし一旦は攻撃的に高まった精神はふたたび下降し、「醜い」女性の方が「雑草」のように健康で、それを憎む自分の方が、「精神的な弱さ」を持つ憂鬱で醜い顔をしているのではなかろうか、と思い悩むのである。電車には乗らなければならない。とすれば、その「毒も皿も」与えられた運命として受け入れざるを得ない、というのが彼の結論である。

女性の場合で言えば、やや特殊な関係だが、谷崎『蓼喰ふ虫』(昭3―4)の要《かなめ》・美佐子夫婦の場合がある。二人はすでに離婚することを決め、美佐子は要の友人の阿曾と再婚することになってはいるが、子供の件もあり、まだ実行に至らない。そんなある日、美佐子の父に呼び出され、夫婦で大阪の梅田まで阪急電車に乗る。二人で乗車しなければならないときには、彼女は通路を距てて夫の向かいに座り、すぐに読書を始めるのである。隣りに座ると夫婦らしく見られるし、遠くに座るほど疎遠というわけでもない。向かい側だから夫の視線を受けることは許すが、顔はうつむいているので表情は分らない。二人の微妙な関係を身体の位置で示したみごとな配置である。

もっとも、時代が下ると女性も見られてばかりはいない。太宰治『女生徒』(昭14)は、感受性の鋭い女学生が一人称体で自分の一日を綴ったものだが、この年頃の女性が世の中の大人や「愛」や学校や社会矛盾や、さまざまな問題に対する感想を羅列した中に、通学の電車風景もある。ロマンチックな憧れと、辛辣な眼とが貼りついた心のひだひだが浮かび上がる作品である。明治末期の新聞には、「高等淫売《じごく》」が電車内で好色な男を物色しているという噂もあったが、若い娘が男を見まわす設定は珍しい。

駅へ急ぐ神社の小道で労働者たちにからかわれた彼女は、不愉快な気持を引きずって電車に乗り、座ろうと荷物を置いたら眼鏡の男に先を越された。抗議しても男は苦笑しただけで新聞を読んでいる。仕方なく立って雑誌を読むが、そこに書いてある「本当の」という言葉にひっかかる。「本当の」私って何だろう？　席が空いたので急いで割りこむが、隣りの席のおばさんの厚化粧がいやらしい。向かいには三十代のサラリーマンが四、五人座っているが、みんなぼんやりで「眼が、どろんと濁つて」嫌いだ。――こんな調子で感想は続くのだが、考えてみると、汽車も含めた車内は、逆に一人になって読書や観察や想像に集中できる機会でもあるはずだ。これまで述べてきた作品群が、それぞれに特色ある世界を築いてきたのも理由のないことではない。

＊

電車は汽車よりも速度は劣るけれども、街中《まちなか》を走るので人身事故も多発した。無理な飛び乗りやぶらさがりによる転落、通行人の横断による接触など実例は枚挙に遑《いとま》がない。志賀直哉は酔った勢いで山手線のレール上を歩き、電車にはねられる経験をしたが、その保養のために行った温泉地での心境を綴ったのが名作『城の崎にて』(大6)である。

皮肉にも、彼はそれ以前に、『正義派』(大1)という交通事故小説を書いていた。市電が飛び出した女の児を轢き殺し、それを目撃した線路工夫が、電車当局側に不利な証言をしたため、圧力をかけられ、酒の力で空元気をつけるが、次第に滅入って行く物語である。

東京の市電には、当時救助ネットが二つ付いていて、最初から電車の前にヤットされた網の他に、運転手が電気ブレーキをかけると落下する網があった。運転手は曖昧な記憶のまま規則どおり実行したと主張するが、三人の工夫は、第二の網は落ちなかったと証言する。監督のおどしにも屈せず「正義」を貫いた彼らの気分はヒロイックに昂揚し、酒を呑んで自分たちの正しさを吹聴するが、解雇されるかもしれない明日を考えると、どんどん気持が沈んでいく。その気持の推移が鮮やかに描かれ、社会の「正義」のゆくえが問いかけられている。

志賀には昭和二十年十月十六日、つまり第二次大戦直後の、山手線の無気力な乗客たちを写した『灰色の月』(昭20)もある。空腹と疲労で眠りこけた少年工が、山手線を一周し、注意されても「どうでも、かまはねえや」と呟く、暗い世相を捉えている。

なお芥川は芥川らしく、雨で放電する電車の架線に対して、「彼は人生を見渡しても、何も特に欲しいものはなかつた。が、この紫色の火花だけは、――凄まじい空中の火花だけは命と取り換へてもつかまへたかつた」(『或阿呆の一生』昭2、遺稿)という言葉を遺している。

軍艦と海戦

幕末、鎖国中の日本を揺るがしたのは、ペリー率いる四隻の蒸気船だった。明治政府は当然のように軍艦、商船の近代化を急ぎ、岩崎弥太郎の三菱汽船会社を援助する一方、海軍の創設を急いだ。しかし二十年代前半まで海軍の甲鉄艦(鉄板で装甲)は一艦のみだったため、官吏の俸給を一割削減し、民間の献金も求めて、外国から甲鉄艦を購入することとした(明26)。日清戦争の勝利はその甲鉄艦の働きによるところが大きいが、これに先立ってその重要性を啓蒙したのは、矢野龍渓の新聞小説『報知異聞 浮城物語』(明23)である。

後に彼が述べたように、この小説は「壮大な娯楽」や「邦人の海事海軍思想」や「海外冒険の気力」に「多少の刺激を与へ」ようとする意図に発した海洋冒険小説で、二人の豪傑に率いられた同志百三十名が、木造商船で横浜を出帆、中国の海賊と戦って甲鉄巡洋艦(「浮城」と命名)を捕獲したのち、さまざまな敵(イギリス、オランダ艦、オランダ植民地時代のジャワ、現インドネシア反王家勢力)を撃ち、さらにマダガスカルへ向かおうとする。

当時としては珍しく女性との色模様もほとんどなく、科学技術の説明や戦闘場面が多いため、石橋忍月や内田不知庵(魯庵)ら新文学をめざす批評家からは、スケールは雄大だが内容は空疎だと非難され、「『浮城物語』論争」となった。その背景には坪内逍遥以来の新文学が「小」世界に閉じこもって国家・社会への視点を欠いているとする、政治小説家ら硬文学者と、「人情小説」を専らとする新進文学者との対立があるが、この点については、越智治雄『近代文学成立期の研究』(昭59)にくわしい。なおこの小説は龍渓が唱える「両文体」(漢文訓読体を基本とし、難語、新語に俗語でルビをつける)で書かれている。古くから行われ、熟語に限って言えば、現代でもよく見かける表記法である。

『浮城物語』が発表された明治二十三(一八九〇)年は、最初の帝国議会が開かれた年である。この年、いくつもの新聞紙が創刊されたが、その一つ、徳富蘇峰の『国民新聞』は、日清開戦に際して国木田哲夫(独歩)を特派員として派遣した。彼はほぼ半年、軍艦千代田に乗りこみ、弟の収二に宛てたスタイルで戦争を伝えて、一躍花形記者となった。それは彼の死後、『愛弟通信』(明41)の名で刊行された。

「愛弟」の呼びかけで始まるこの通信の特徴は、「冷静なる観察者」や「報告者」としてではなく、「全く自由に、愉快に、友愛の自然の情」を中心にして語ったことにある。砲弾の激しさはもちろん、戦中らしからぬ中国の自然を「詩人の天地」として描写したり、乗組員との快闊な会話を口語文で活写したり、まさに彼の「自然の情」が溢れた通信文である。特に中国北洋艦隊の滅亡と、その提督、丁汝昌《ていじょしょう》（部下の解放を願って自殺）に対するまなざしには、単に勝利に酔うだけではない、彼の「情」がこめられている。

暗き雲は零落を彩り、濁りたる水は敗北に映ず。俯仰四顧、悲惨ならざるなく、北洋艦隊の末路は丁汝昌の末路よりも哀れ也。されど悲惨は光景なり、歓喜は心情なり。如何なる敗北の泣声も決して勝利の歓呼を止むる能はず、敵の光景が悲惨なる丈け、吾が心情は歓喜を以て充さる。

それから半世紀後、巨大戦艦大和の轟沈によって帝国海軍は消滅するのだが、その最期を綴った、乗員の吉田満『戦艦大和の最後』（昭27）は、抑制の利いた漢文訓読体で、独歩とは対照的に、冷静に戦争を叙述する。

「大和」轟沈シテ巨体四裂ス、水深四百三十米《メートル》　今ナオ埋没スル三千ノ骸《むくろ》　彼ラ終焉ノ胸中果シテ如何。

その優劣を言うことはできないが、両者の違いは勝者と敗者、あるいは現場からの報告と後日の記述という立場の相違にもとづくのかもしれない。

なお日清戦争を素材として、川上音二郎らの『威海衛《いかいえい》陥落』(明28初演)をはじめ、多数の演劇が流行し、観客を熱狂させた。

日清戦争の従軍記者には、新聞『日本』で俳句の革新を唱えつつあった正岡子規もいた。彼は結核の身を押して戦争末期の中国に渡り、陸軍軍医監として陣中にあった森鷗外を訪ね、『陣中日記』(明28)を『日本』に連載したが、講和とともに帰国中、船上で喀血した。ようやく神戸に帰港はしたものの、上陸は兵士より後まわしにされ、一時は入院、重態に陥った。彼が『俳諧大要』(明28)、『歌よみに与ふる書』(明31)、『墨汁一滴』(明34)などで、俳句、短歌、随筆、各方面に勢力的活動を示すのは、その病いが小康を得てからのことである。

この他、日露戦争では戦地に赴く鷗外『うた日記』(明40)の短歌、日本海海戦を詳述した水野広徳『此一戦《このいっせん》』(明44)、その作戦参謀・秋山真之《さねゆき》と兄の好古《よしふる》(陸軍)兄弟と子規の交友を中心とした、司馬遼太郎『坂の上の雲』(昭43―47)、第二次大戦では、ソロモン群

佐々城信子

島沖の海戦の体験にもとづく、丹羽文雄『海戦』(昭17)、軍隊組織に反抗的態度を取り、輸送船の船底で前線に送られる木谷の姿を描いた野間宏『真空地帯』(昭27)、レイテ島の壮絶な戦闘を構造的に描いた大岡昇平『レイテ戦記』(昭42—44)などの名を挙げておきたい。

　病床に臥した子規とは対照的に、帰国後の独歩ははなやかな彩りに包まれた。基督教婦人矯風会の実力者・佐々城《ささき》豊寿《とよじゅ》の従軍記者歓迎晩餐会に招かれ、そこで出会った娘の信子と恋に落ちたのである。佐々城家の猛反対を押しきって結婚した二人は、しばらく逗子に住んだが、激情的な独歩と、母譲りの勝気で、社交的な信子とは衝突することが多く、帰京してまもなく信子は失踪、そのまま離婚となった。

　その間の事情は独歩の日記『欺かざるの記』(明41—42)や、信子の従妹・相馬黒光(新宿・中村屋創設)の回想『黙移』(昭9)に詳しいが、その後の信子はひそかに独歩の子を出産、やがてアメリカに住む新たな婚約者と結婚すべく横浜を出発したものの、船中で、事務長の強引な求愛にこれまでにない「男」の魅力を感じて、シアトルに上陸せずに帰国した。その経緯を新聞はスキャンダラスに書きたてた。有島武郎『或る女』（前編初出『或る女のグリンプス』明44―大2。単行本、大8）は、この事件を外枠として、男性に従属せず、新しい生き方を求めてもがいた明治の女性の心身の苦しみを描いた大作である。ちなみに有島は信子の婚約者の友人だった。

「洋行」する人々

日本郵船が欧州航路、北米航路を開いたのは明治二十九年のことである。それまでの洋行は幕末の咸臨丸を除いて外国船だったので、仲間と一緒だったとしても、すぐに「外国」の気分になっただろう。早いところでは、岩倉使節団の米欧視察を記した久米邦武編『米欧回覧実記』（明11）は、冒頭に「アメリカ号」の船内規則を記しているし、成島柳北（『航西日乗』明14―17）と鷗外（『航西日記』明17）はフランス船、漱石（明33）はドイツ船でヨーロッパへ旅立っている。これらに対して、『或る女』（作中年代、明34―35）で、女の一人旅をするヒロイン早月葉子が、日本船を選んだのは当然であろう。

この作品については、従来膨大な研究が積み重ねられ、最近ではそこに描かれたジェンダー意識に注目する論が盛んだが（たとえば『ジェンダーで読む『或る女』』中山和子・江種《えぐさ》

明治30年代の横浜港

満子編、平9)、ここでは外国航路という共同体の中で生まれる人間関係に触れるにとどめておきたい。

葉子と同じく、日本郵船のシアトル航路でアメリカに渡った永井荷風は、『あめりか物語』(明41)でその「殆ど堪へ難い程無聊に苦しめられる」様子を次のように記している。

> 出帆した日、故国の山影《さんえい》に別れたなら、船客は彼岸の大陸に達する其の日まで、半月あまりの間、一ツの島、一ツの山をも見る事は出来ない。昨日も海、今日も海——何時見ても変らぬ太平洋の眺望《ながめ》と云ふのは唯だ茫漠として、大きな波浪《なみ》の起伏《おきふし》する辺《あたり》に翼の長い嘴《くちばし》の曲つた灰色の信天翁《あほうどり》の飛び廻《めぐ》つてゐるばかりである。

おまけに船が進むにつれ、天候は連日「暗澹たる鼠色の雲に蔽ひ尽さるゝのみか動《やや》もすれば雨か又は霧に」なるというのである。これは葉子が経験した外の風景とほとんど同じである。ヨーロッパ航路は上海、香港はじめいくつもの港に寄港しながら進むが、北米航路はそうはいかない。乗客は必然的にできるだけ甲板で運動と社交に励み、食堂での会話や娯楽を楽しむことになる。汽車旅行と違って、途中で下船することもできない。だが葉子は三日間キャビンに閉じこもり、食堂へも出なかった。彼女は当然一等船客、近松秋江『人影』(明41)に描かれたような、三等で出稼ぎにアメリカへ行く客ではない。

船に乗るまでに、彼女は新橋からの汽車で前夫の木部と出会っている。失踪以来の対面である。彼の執拗な目はいつまでも彼女を追い続けていた。乗船時には倉地という、これまで会ったことのない、横柄な態度の事務長に声をかけられた。乗客には彼女の「保護者」として、一番嫌いなタイプの田川法学博士夫人がいた。その美貌と才気によって女王然とふるまってきた彼女にとって、どのようにそのプライドを保つかが問題だった。

乗客をじらせた上で晩餐に登場した彼女は、たちまち男たちの憧れのまなざしを受け、田川夫人の悪意にみちたやさしさには、表面上柔順を装いながら、相手にだけは分る仕返しで応えた。船には田川夫人派と葉子派と二つのグループが形成され、暗闘が始まった。

そんなとき、彼女は寒気の増した夜の甲板に出て、霧につつまれながら海の声を聞く。それは、水と水とが激しくぶつかり合う底の方から聞える「奇怪な響」であり、冷気と田川夫人から受けた「屈辱」の記憶がそれに入り交じって、彼女は「不思議な世界」へ誘いこまれた。

何を見るともなく凝然と見定めた眼の前に、無数の星が船の動揺につれて光のまたゝきをしながら、ゆるいテンポを調《ととの》へてゆらり〳〵と静かにをどると、帆綱の呻《うな》りが張り切つたバスの声となり、その闇を「おーい、おい、おい、おーい……」と心の声とも波のうめきとも分らぬトレモロが流れ、盛り上り、くづれこむ波又波がテノルの役目を勤めた。声が形となり、それから一緒にもつれ合ふ姿を葉子は眼で聞いたり耳で見たりしてゐた。

聴覚と視覚が入り乱れ、声は姿となり、映像は音楽となる。彼女は海の底から自分を呼ぶ根源的な「心の声」を聞いた。それは自分の生き方を受け入れぬ日本の社会や、過去のしがらみから脱出しようとする彼女が、実は一人ぼっちで洋上を漂っている不安の表われだったはずだ。しかしそれに耳を澄まして自分を見つめ直す前に、彼女は他のもろもろの響きが交響する錯綜的な陶酔を感じてしまった。この「夢幻の中の境界」を契機として、彼女はあらためて戦うべく、田川夫人に近づき、わざと自分を無視する倉地をわが物にしようと決心するにいたる。だがその手段は、彼女がこれまで発揮してきた「タクト」以外になかった。

彼女は船客の岡という純情な美青年をひざまずかせ、それを見せつけて倉地の心を捉えようとするが、彼の「野獣のやうな assult〔強襲〕」を受け入れることは、「勝利」であるとともに「甘い屈辱」でもあった。自分が仕掛けた罠に自分からはまったかたちの彼女には、妻子ある男性との関係が「社会的」にどう裁かれるかは意識されておらず、その性的陶酔にしか自我の解放や「勝利」を信じられなかった悲劇が生まれたと言えよう。婚約者の懇願を退けて、シアトルに上陸しないまま帰途に就いた葉子を、田川博士が関係する新聞が報ずる大スキャンダルの記事が待っている。

国内旅行熱は前述の鉄道整備、雑誌グラビア・絵葉書流行による名勝の紹介もともなって、明治三十年代から高まった。日露戦争の勝利によって、四十年代から大正期に入ると、特定の目的を持った官吏や留学生、学者・芸術家ばかりでなく、一般の観光客が外国へ旅行するようになった。

明治三十九（一九〇六）年に日露戦争の跡を訪ねる「満韓巡遊船」を企画して成功した

朝日新聞社は、四十一年にはロンドンのトマス・クック社と特約して、百日間の世界一周旅行を実施した。参加者は五十四人(うち女性三人)、引率者は土屋大夢《たいむ》と杉村楚人冠《そじんかん》、アメリカまでの船は日系の「モンゴリア号」である。楚人冠は前年にも特派員としてシベリア経由でロンドンまで往復している(『大英遊記』明41)。先に『東京見物』(明40)を刊行した朝日新聞の渋川玄耳(筆名、藪野《やぶの》椋十《むくじゅう》)が、おもしろおかしく『世界見物』(明42)を著したのもその直後のことだった。彼らは存分に好奇心を満足させ、弥次・喜多の子孫の旅を描いた『西洋道中膝栗毛』(明5—9、仮名垣魯文ら)と同様な赤毛布《あかゲット》ぶりも発揮した。

しかし大正二(一九一三)年に、フランスの貨物船で単身フランスへ向かった藤村の場合は、事情を異にする。文壇の送別会を受けたにもかかわらず、見送りを断って神戸から出帆した彼には、姪とのインセスト、妊娠という暗い秘密が隠されていた。それはやがて小説『新生』(大7—8)で明かされるが、その船旅の往還記『海へ』(大8)では、惰性的となった創作への危機感や、「一切のものを捨て去る」という暗示的な言葉はあっても、「島流し」による自己処罰の意図は隠されている。

その代わりに表面化するのが、第二章の、亡き父に宛てた手紙に記された「黒船」の問題である。幕末・文明開化期に「外来のものと言へば極力排斥」し、ついには座敷牢で憤死した父の生涯が追憶され、父を迷わせた「黒い幻の船」は、自分にとっても依然

藤村の絵葉書(長男楠雄宛て)

として「幻」、「幽霊」であり、自分はその「黒船」(西洋)の正体を突きとめるために行くのだ、という動機が浮かび上がる構図である。

『或る女』の葉子は、アメリカへ行くとは言え、日本船で同胞も多く、しかも上陸せずに帰国するのだから異文化の問題はほとんど生じなかった。そこに描かれたのは日本人社会を狭い船中に凝縮した人間関係である。これに対して『海へ』の「私」は、「全く経験のない、全く言葉の通じない」旅に上ったのである。幸いに片言の英語で老技師らしいフランス人や、医者、隠居したフランス人とも多少の会話を交わすことはできたが、その隠居は、日本人の「私」と同室だと聞いて、いきなり部屋を換えた人物だった。しかもこの人物とは食卓がいつも一緒で、マルセイユへ着くまで不愉快な思いをさせられた。

もっとも老技師は紳士的であり、コロンボからは一人の日本人商人も乗ってきたが、「私」が往路で感じたのは、アジア人とアメリカ人を蔑むように見る大多数のヨーロッパ人のまなざしである。日本の殖民を非難し、アジアにおけるヨーロッパ人の殖民にはそしらぬ顔をするユダヤ人もいた。約四十日の航海、その孤独の中で、唯一「私」を楽しませたのは、太陽を浴びてその熱や光と舞踏する、アラビア海の波の千変万化だけだった。

藤村のフランス滞在は、パリを中心に三年に及ぶが、その間の見聞、感想は『平和の巴里』(大4)、『戦争と巴里』(大4)にまとめられている。そこで彼が感じたことの要点は、東京のめまぐるしい変化や破壊とは逆に、古い伝統文化を守りつつ、他国の文化をも取り入れて調和共存する、「大きな蔵」のような性格であり、元号や「文明開化」によって世の中を一変する考え方に代わって、日本の歴史を「十九世紀」という連続したスパンで捉えかえすことの必要性だった。もちろん彼は街路樹の生気のなさや、フランスの階級格差や個人主義のひどさ(この点については河上肇と議論になった。河上『祖国を顧みて』大4)を見逃してはいない。だが彼は、とりあえずはこの国の街並や、生活する人々の長所を学ぼうと考えたのである。第一次大戦が始まりパリにも危険が迫ったため、彼はリモージュに難を避け、帰国の途に就くが、『海へ』の後半は、そういう気持を持って日本の将来を思う、「私」の動揺が描かれている。

船は日本郵船で、道連れのM（画家・正宗得三郎、白鳥の弟）もいたし、ロンドンから帰国する日本人も多数いた。だがその中で一番よく会話を交わしたのは、何者とも知れぬ「エトランゼエ」（後の藤村の解説によれば「海の象徴」の人物化）である。コスモポリタンらしき彼は、「まあ君がこれから国の方へ帰つて見たまへ。自分の国が自分の国のやうでは無くなるでせうよ」とか、「君の国の人」は「海へ出て来て皆な眼を開けて帰る」、その結果、「絶望して自分の国を呪ふか、あきらめて黙つてしまふか、さもなければもう何事《なんに》も為《す》る気がなくなつて隠遁するかだ」とか、郷愁と「愛国心」に駆られる「私」に水をさすようなことを平気で言う。

これに対して「私」は、横行するコロニストの無礼な態度に立腹する一方、日本人にも同胞を軽蔑したり、ヨーロッパ人から馬鹿にされる風俗や態度を持つ者がいることを悲しみ、彼の意見を肯定せざるを得ない。そして現在の日本は、「要するに吾国の封建制度が遺して置いて行つて呉れたものの近代化」にとどまっているのではないかと疑う。そのあげく、彼はただ「国粋」を保存するだけでなく、「自分の内部《なか》」にあるものを育て、「国粋の建設」に進まなければならない、と結論づけるのである。

このような藤村の文明観は、先輩の北村透谷が、銀座近辺の雑然たる風景・風俗を見て、「その革命（明治維新）は内部に於て相容れざる分子の撞突より来りしにあらず。外部の刺激に動かされて来りしものなり。革命にあらず、移動なり」(『漫罵』明26)と嘆じたような鋭さや、それを引き継ぐように、「外発的」文明の「皮相上滑べり」に堪えて行く道を探り続けた漱石(『現代日本の開化』)にくらべると、やや楽観的とも言えよう。しかし文化の連続性を信じ、「国粋の建設」を願う発想の有効性は、今なお失われていない。

ヨーロッパへの船旅を扱った作品としては、漱石『夢十夜』(明41)の第七夜、横光利一『旅愁』(昭12—21。断続的に発表)を逸することができない。前者は、西へ行く船に乗った「自分」が、「焼火箸の様な太陽」が波の底から出ては「ぢゆつといつて又波の底に沈んで行く」ことの連続に心細くなり、ついには「何所へ行くのだか知れない」不安に襲われて、海へ飛びこんでしまう夢。後者は第二次大戦をはさんで延々と書き継がれた長編で、日本と西洋との相違を身にしみて体験しつつ、それをいかに乗りこえるかという課題と格闘した大作である。

先にも触れた『旅愁』の主人公、歴史学者の矢代は、マルセイユに上陸した途端に足が硬直して動けなくなり(運動不足のため、以前は船の長旅でよく起こった)、一旦船へ戻るとすぐ直る、妙な体験をする。彼に附き添って船まで帰った千鶴子に、自分は「結局のところ、自分を見に来たのと同じだ」と彼は語るが、その意味では彼の身体の不調も、単に運動不足だけではなく、ヨーロッパと直面する強迫観念が作用しているようだ。これがきっかけで、二人はやがてチロルで愛を語り、結婚を約束するが、帰国後の彼は、カトリック信者の彼女と、遠い先祖がキリシタン大名に滅ぼされた自分とが、結ばれてよいのかという血統の因縁や、ヨーロッパでの愛は、日本でも現実でありうるのかという疑念に囚われ、なかなか結婚に踏みきれない。事情は各作品それぞれに異なるが、近代化の恩恵、あるいは押しつけによって育った知識人の、ヨーロッパに対する不安という点では通底する点がある。

芹沢光治良《こうじろう》『巴里に死す』(昭17)は、医学者の夫に従ってパリに長期滞在する新妻の手記で、その航海は無邪気だった彼女に、「主人のない家畜のような虚《うつ》ろな目」をしたアジアの人々の姿を見せ、インド洋上の倦怠や、昔の恋人の手紙を海へ捨てようとした夫への疑惑を、到着後は、イギリス文化とフランス文化の違いなど、さまざまな感情を経験させる。

極限の船中

一等または二等船客だったこれら知識人の渡航に対して、出稼ぎ労働者の船旅は悲惨である。前田《まえだ》河広一郎《こうひろいちろう》『三等船客』(大11)は、彼らが夢破れて、サンフランシスコから帰郷するありさまを描いた。最下層の船室の「舷窓」の外を、「ぐいと船体を押し」て大波が打ち寄せる三等船室は、まるで「豚小屋」のような乱雑さと「饐《す》えたような動物性の臭」に支配されている。毎日何をすることもない満員の船室で、彼らは「たゞ一つ彼らの間に黙許された自由な交際機関」である言葉を使って、「全く無意味な、狂燥的な、淫逸その物の叫喚」を繰りかえす。酌婦だった乗客に対するぎらぎらした視線と野卑なからかい、トランプ博打の大騒ぎ、まずい食事に対する不満。しかし十六日間の船底生活を経て故国が見えてきたとき、彼らは「急に理想家に」なり、今までの醜態を一変して服装を整え、故郷に錦をかざるかのように甲板へ出ていくのである。粗《あら》けずりではあるが、その変化の姿をあざやかに捉えた作品である。

　旧友芥川龍之介を記念して、文芸春秋社(菊池寛)が芥川賞(および直木三十五を記念する直木賞)を創設したのは昭和十年だった。その第一回受賞作となった石川達三『蒼《そう》氓《ぼう》』(昭10。続編、昭14)は、『三等船客』とは逆に、「ら・ぷらた丸」に乗って遠くブラジルへ行く移民の物語である。「一九三〇年三月八日。神戸港は雨である。雨は灰色に霞み、街も朝から夕暮れどきのやうに暗い」。冒頭部に記されたように、彼らの前途は天候同様に暗い。「海外雄飛の先覚者」という美化された国策の下に、各地から集合した移民たちは、それがなかば「棄民」であることに気づきながら、国内での窮亡よりは未知の世界での僥倖を選んだ人々である。

だが乗船後、彼らはたちまち一等船客である同胞の軽蔑的な視線や、高級船員の差別的態度に、国内よりもっとひどい格差を悟らなければならなかった。『三等船客』が一等船客との接触の場面を描かず、ともかくも故国へ帰る安堵感を与えられていたのに対して、彼らは次第にブラジル経済の実態や、「カナンの地」の劣悪な条件を知ることになる。それでもなお開拓に生き抜こうと苦闘する移民たちの姿が感動的である。

＊

同様の差別や過酷な生活は、もちろん外国航路だけで行われたわけではない。目を国内船に転じると、早くに荒畑寒村『艦底』(大1)が、地獄のように暑く、空気も悪い船底の通称「穴蔵」で、一日中艤装工事に従事する少年工の悲惨な姿を描いたが、プロレタリア文学の代表作としては、葉山嘉樹『海に生くる人々』(大15)や、小林多喜二『蟹工船』(昭4)がある。

前者は石炭を満載した貨物船・万寿丸が、暴風雪の中を室蘭から横浜へ向かう途中で発生した、下級船員と経営者側(高級船員)との抗争を描く。負傷した水夫見習の少年を放置し、難破船の救助もしない船長らの態度に怒った水夫たちは、船が横浜へ往復し、ふたたび横浜へ出航する直前に、結束してストに入った。室蘭では代わりの水夫を集め

蟹工船
小林多喜二

『蟹工船』(『戦旗』昭 4.6)

ることができない船長側は、仕方なく要求を呑み、待遇改善を約束したが、横浜に入港すると、彼らは水上警察に拘引されてしまう。

利益至上主義で、下級船員なぞは使い捨ての道具としか思わない船長側の悪辣さと、彼らに圧迫され翻弄されながら戦う水夫たちの姿は、まさに「北海道の全土を蔽うて地面から、雲までの厚さで横に降りまくつた」吹雪や、「山と山との間に船を挟んでしまふ」大波に立ち向かう万寿丸そのものでもあるようだ。

後者の『蟹工船』は、オホーツク海で蟹漁と、その加工を行う下層労働者たちの地獄の生活を再現したものである。何事も「帝国」のためと口癖に言う監督の非道ぶりや、あまりに粗末なおんぼろ船に堪えかねて、彼らは起ち上がるが、監督らをつるし上げて要求を承知させたのもつかの間、無線でやってきた「帝国」の駆逐艦を味方だと思いこんでいた彼らは裏切られ、主謀者たちは逮捕される。

基本的な構図は『海に生くる人々』と似ているが、前者には労働運動の経験者や『資本論』(マルクス)を読む人物が水夫の中にいて、ストを指導して行くに対して、こちらはもともと金が目的で、無法を承知で雇われた食い詰め者が、栄養失調死も無視する監督の、あまりの暴虐に怒って仲間意識を持ち、監督を使用している資本家も、それを保護する「国家」や軍隊も、みな一体なのだと自覚を高める点で、前者より認識が深く、かつ包括的である。つけ加えれば、彼らが「兎が走る」と形容する暴風の前兆の白波が、恐ろしくも美しい。この小説は雑誌『戦旗』に発表された当初から削除や伏字が多く、単行本は発売禁止となった。プロレタリア文学の記念碑的作品である。

海上での極限的状況を描いた小説として、もう一つ、野上弥生子の『海神丸』(大11)に触れておきたい。大分の港を出た貨物運搬船・海神丸が、暴風雨にあい日向方面で漂流する物語である。餓死寸前となった乗組員五人、船長を除く四人は、食糧のために二手に分れて争う。その一方が相手の一人を斧で斬殺し食べようとするが、さすがに食べるには至らない。孤立した船長はひたすら金比羅様に祈って発見され、救助されるが、殺人を犯した男は精神異状となって死ぬという凄惨な結末である。極限まで追いこまれた人間の貪欲な生存の欲求と、信仰による救済とが対比的に描かれ、人肉食の願望という点では、後の大岡昇平『野火』(昭26)や武田泰淳『ひかりごけ』(昭29)につながる作品と言えよう。

その他、船をめぐる作品には幸田露伴『いさなとり』(明24—25)、押川春浪『海底軍艦』(明33)、川端康成『伊豆の踊子』(大15)、北杜夫『どくとるマンボウ航海記』(昭35)、井上靖『おろしや国酔夢譚』(昭41)など多数の物語が心に残るが、ここではその名を記すにとどめておく。

自動車の明と暗

自動車が実用化したのは十九世紀末、欧米ではドイツ人ベンツやダイムラーの製品が流行したのが最初だが、日本でも明治三十三(一九〇〇)年に輸入され、四十五年には東京有楽町にタクシー会社が設立されるほどに増加した。と言っても、初期の利用者はまだ上流階級、金満家、会社、歌舞伎役者などに限られており、一般庶民にとっては高嶺の花であるばかりか、人身事故を多発し、大きなエンジン音でわがもの顔に走り去る自動車(当時は自働車とも書いた)は、憎悪の対象でもあった。警視庁はたびたび「自働車取締規則」を強化したが、その効果は上がらず、大衆は「野獣の吠るやうな声を立《た》て突進して来る」様子を、「地動車」「野獣車」などと名づけて憂さばらしをした。

それが庶民の足として手軽に利用されるようになったのは、関東大震災以後、大都市に市内一円均一のいわゆる円タクが出現したころからであり、現在のような車の洪水は、第二次大戦後、高度成長期のマイカーブームに始まった。大岡昇平の小説『愛について』(昭44)は、何組もの男女関係が鎖の輪となって繋がって行く形式を取っているが、その発端は東名高速道路の自動車事故に始まり、結末も同じ高速の自動車事故で終る。現代人が、好悪にかかわらず、車なしには生きられなくなり、それによって運命や生活を一変させられる姿が明らかである。

先に挙げた『真珠夫人』でも、運転手の傲慢が結果的には大惨事を招き、登場人物の運命を変えてしまうわけだが、ここでは信一郎が熱海へ行く青年と相乗りして、事件に深入りする心理に注意しておきたい。彼は運転手に誘われても、知らない青年と同乗するのは気が進まなかった。だが運転手の重ねての勧めと、値段が半額になること、軽便の不愉快さから逃れられることを勘案して、承知したのだった。現在でも、深夜やむを得ず同方向の客と相乗りすることはあろうが、自動車の中は密室だから、見知らぬ他人と乗るのはあまり気持のよいものではない。だから信一郎も陰気そうな青年も、しばらくは話をしなかった。

その二人が急に打ち解けたのは、専門は違うものの、二人が同じ学校の同窓（おそらく、旧制一高）だということが分ったからである。だが彼らが学校の思い出を語り出したときに、車は山中で軽便と遭遇し、ハンドルを切りそこねてしまった。信一郎が、まだ名も聞かない前に死んでしまった青年の遺志を感じて、「瑠璃子」に接近していくのは、たまたまその死に立ち合ったばかりでなく、この後輩に親近感を持ちはじめたからでもあろう。そうでなければ、この小説の終幕で、「復讐」の代行者として現われる彼の執念は強すぎるのである。

ホモ・ソーシャルという言葉もあるが、青春の一時期を同じ学び舎で過ごした共通点は、特に旧制高校の場合に、堅い連帯感を生み出したようである。菊池寛自身が同寮の友人の罪を被って旧制一高を退学、京大に進んでからも芥川、久米正雄らと友情を持ち続けたことはよく知られているが、出版人として成功してからは、後輩の川端康成らに厚い援助の手を差しのべた。『金色夜叉』の貫一と荒尾の友情にも、漱石の作中人物の多くにも、同様の関係を見いだすことができよう。

自動車の運転手には、当初は電車・汽車の運転から転向した者が多数いたそうだが、レールの上を走りつけたせいか、歩行者に恐怖を感じさせる乱暴な運転も平気だったらしい。石井研堂編『明治事物起原』（明41）によれば、三井呉服店（現、三越）の車に五分間試乗させてもらった某記者は、繁華街を縫うように走りぬける操縦に気もそぞろだったという。

そのエンジン音に対しては、長谷川如是閑『反抗と否定』(大9)のサラリーマン夫婦が、隣家の金持の車に悩まされ、「人殺しのやうな音」と呼んでいる。乗合自動車(バス)は日露戦争ごろから各地で試運転をしてはいたが、乗合馬車に圧倒されて振わなかった。東京に市営バスが出来たのは大震災後(大13)のことだから、この時点では、自動車は公共機関として機能していない。若いときから苦労をして、金持を憎んでいたこの夫婦にとって、自家用車は、やっと得た郊外の家の幸福を破壊する「悪魔」の象徴だった。多くの文明の利器と同じく、自動車もまた有用性・機能性の裏に負の部分を持ち、文学作品がそれを批判的に描いてきたことは疑えない。

その暗部をみごとに浮かび上がらせた部分が、漱石の『明暗』にある。津田が学生時代から知り合いの(叔父の家の書生だった)小林が、朝鮮へ新聞記者として「都落ち」するに際して、銀座らしき繁華街で送別会をしてやる場面である。小林はかねてから津田のブルジョア的生活を批判し、津田は小林の横柄な態度や、貧しい者に味方する発言が嫌いだった。電車を降りた津田は、わざと遅れていくつもりで、賑やかな通りを眺めていたが、ふと向こう側に小林ともう一人の青年が立ち話をしているのに気づいた。

二人の後《うしろ》には壁があつた。生憎《あいにく》横側に窓が付いてゐないので、強い光は何処からも射《さ》さなかつた。所へ南から来た自働車が、大きな音を立てゝ四つ角を曲らうとした。其時二人は自働車の前側に装置してある巨大な燈光を満身に浴《あ》びて立つた。津田は始めて青年の容貌を明かに認める事が出来た。蒼白い血色は、鳥打《とりうち》の下から左右に垂れてゐる、幾ケ月となく刈り込まない毿々《さんさん》たる〔髪の毛が長いさま〕髪の毛と共に、彼の視覚を冒《おか》した。

現代風俗では長髪青年は珍しくもないし、貧乏人というわけでもないが、この当時、ことに津田のような人種にとっては、はじめて目にする極貧の青年である。いわば自動車のヘッドライトは、東京で一番の繁華街で、それにふさわしくない人物を浮かび上がらせたのである。自動車が放つ光は文明の象徴であり、都会の美しい夜景を照らして見せる。だがそれは同時に、文明の恩恵から見放された「闇」の一隅をも映し出す結果となった。

やがて津田はしゃれたレストランで小林と食事し、その「階級なり、思想なり、職業なり、服装なり」に「随分な距離」があるこの青年が、入ってくるのに驚かされることになる。青年はまったく売れない画家で、小林に窮状を訴えていたのである。津田は青年が小林に宛てた手紙を読まされ、世間という「土の牢」の中で苦しむ彼に「日光」がまるで射さないことを知り呆然とする。そしてこの「別世界」の「幽霊」のような青年を見て「あゝあゝ是も人間だという心持」が起こった。

津田はこの夜の出会いをすぐに「切つて棄て」、湯治に出発するが、「今迄前の方ばかり眺めて、此所《ここ》に世の中があるのだと極めて掛つた彼」は、このとき「急に後を振り返らせられた」。先に軽便の箇所で触れた、魂を震えさせる「自然」の姿は、この場面と照応しているわけである。かつての恋人を追って温泉へ向かう彼が、その直前に「後を振り返ら」されるのは偶然ではない。

先述したように、自動車が一般庶民の足となったのは円タクの出現以来だが、その名が定着する前に、「実用タキシイ」(永井荷風『かし間の女』昭2)の名もあったらしい。昭和初期の裏風俗にくわしかった荷風は、作中にしばしば円タクを登場させた。

『夜の車』(昭4)では、朦朧車夫ならぬ朦朧自動車が横行して、酔客から不当な運賃を取り、大震災以後は「市内一台一円の札さげたる自動車の流行に、人力車は色町を芸者の乗りあるく外、今は全く市中に跡を断」ったと嘆く老車夫が登場して、自動車の中では売春まで行われていると暴露する。『つゆのあとさき』(昭6)では、東京近郊から家出同然で上京した君江が、銀座のカフェの女給となり、「つい毎晩」のようにタクシーに乗って、「男」を掛け持ちする。彼女は、店が終ると朋輩とともに円タクを三十銭に値切って乗るのが普通だが、その生活に馴れた彼女も、ある雨の夜、それとは知らずに昔関係した男の車に乗り、途中で降ろされた上に、急発車でしたたかに身体を打つ失敗もあった。

荷風自身は、その当世嫌い（江戸文化讃美）の建前とは裏腹に、この流行の乗物をよく利用したが、その円タク観は名作『濹東綺譚』（昭12）の「作後贅言《さくごぜいげん》」に示されている。

円タクの運転手も亦現代人の中《うち》の一人《いちにん》である。それ故わたくしは赤電車（終電車）がなくなつて、家に帰るため円タクに乗らうとするに臨んでは、漠然たる恐怖を感じないわけには行かない。成るべく現代的優越の感を抱いてゐないやうに見える運転手を捜さなければならない。必要もないのに、先へ行く車を追越さうとする意気込みの無さゝうに見える運転手を捜さなければならない。若しこれを怠るならばわたくしの名は忽《たちまち》翌日の新聞紙上に交通禍の犠牲者として書立てられるであらう。

日記『断腸亭日乗』（大6―昭34。一括公刊は昭38―39）に克明に記されたように、この時期の彼は連夜、銀座のカフェに陣取って世相を観察していたので、帰宅が深夜に及ぶこともあった。新聞記者に私行を書きたてられることを極端に嫌った彼としては、円タクは安全な乗物である反面、その乱暴な運転を恐れなければならない現代的な乗物だったのだろう。徳田秋声『目の暈《かさ》』（『町の踊り場』収録、昭9）は、おんぼろのフォードで稼ぐ、タクシー運転手の話である。戦前、自家用車を自分で運転する人物は、作中にあまり見かけないが、荷風『浮沈』（昭17）では、西洋人向けバーの主人が、「新型の自動車」（外車）を自分で運転する。

なお日中戦争の泥沼化に従ってガソリンの欠乏が深刻となり、タクシーは一旦急激に減少した。木炭を燃料とする木炭バスが走ったのもそのころからのことであろ。

芥川『少年』（大13）の『クリスマス』は、銀座を走るバスの中で、保吉が軽い敵意を感じた外人宣教師と、こましゃくれた少女の会話を聞き、十二月二十五日が誕生日だと言う少女と、それを祝福する宣教師とのやりとりに、少年の日の幸せを、つかの間思い出す小話。第二次大戦後の話だが、大江健三郎『人間の羊』（昭33）は、「僕」が深夜のバスの中で、占領軍から堪えられぬ屈辱を受け、その記憶から逃れようとしても、同乗の「教員」から告訴を強要されて、さらに苦しむ心境を描いている。

飛行機——夢の飛翔・墜落の不安

上田敏に『飛行機と文芸』(大2)という評論がある。空高く飛びすぎたために、翼を太陽の熱に焼かれて墜落したイカロス伝説や、レオナルド・ダ・ヴィンチの空中飛行研究などを辿りつつ、未来記のかたちを取ってきた人間の「欲望或は理想」が、現代にいたってついに実現したことを述べ、想像の翼がいかに文明を発達させる推進力であるかを指摘したものである。

人力が或る点まで自然を征服し駆使するやうになつて、器械の発明がそろ〳〵出来上ると、之《これ》に平行し、或は之を駆け抜けて、文芸の上に新しい機械観とでも言ふべき思想が現はれ初めた。

その意味では、これまで述べてきた文明の乗物もすべて「進む」ものであり、「人生の一般も亦一種の飛行である」ことになる。「生命の発動機は絶えず運転して、吾等を推進しなければならぬ」。彼はそこにベルクソンの「生の躍進」の姿を見てとり、「飛行機の風を切つて進む如き壮快の活動」にこそ現代人の「真の生《いのち》」があり、「今の文芸が飛行機の発明より受けたる大切の訓《おしえ》」がある、と説く。

ここでは文明が持つ正の側面が強調され、その飛躍がもたらす危険性は記されていない。もっとも、人生も飛行の一種だとするのだから、そこに数々の失敗例が認識されていないはずはないが、先述した漱石の悲観的な文明観とは違い、人間の想像力がやや楽観的に捉えられているようだ。「新しい機械観」が文芸に浸透したというのは、マリネッティらの未来派のダイナミズムを、博学な彼が早くも察知していたことを意味するのだろう。飛行機は当初から天空を飛ぶ理想の実現と、そこに含まれる危険と、両面のイメージで文学に表われるのである。

飛行機らしい飛行機が日本の空を飛んだのは明治四十二年の陸軍の試験飛行。ライト兄弟の成功の一年後のことである。翌年には陸軍の徳川大尉が代々木練兵場で、大正に入ると、アメリカ人チャールス・ナイルスが青山練兵場で五万の観衆に宙返り、逆落としなどのアクロバット飛行を、アート・スミスが大阪で夜間飛行を見せて、新風俗の代表となった。

俗謡「磯節」の替え歌、「飛行機節」に、「主《ぬし》の疳癪《かんしやく》気嫌の取よ／空飛ぶ飛行機は風楫《かぜかぢ》まかせ／妾《わたし》やおまへの／楫の取よで／あの宙返り」（西沢爽『日本近代歌謡史』平２による）

があり、漱石『明暗』もすばやくこの風俗を取り入れ、「あの緩《のろ》い人は何故《なぜ》飛行機へ乗つた。彼は何故宙返りを打つた」と、清子の変心を疑わせている。

初期の飛行機はまだ旅客機ではなく、軍用または貨物輸送用だったので、文学作品に出てくる場合も、搭乗の感想よりも、そのイメージに心境を託すことが多い。啄木の詩集『呼子と口笛』の「飛行機」(大2、遺稿)は、その典型的な例である。

見よ、今日も、かの蒼空に
飛行機の高く飛べるを。

給仕づとめの少年が
たまに非番の日曜日、
肺病やみの母親とたつた二人の家にゐて、
ひとりせつせとリイダアの独学をする眼の疲れ……
見よ、今日も、かの蒼空に
飛行機の高く飛べるを。

日々の仕事に疲れ、苦しい生活の中でも、希望は失わずに英語の独習に励む少年の目に、大空高く飛ぶ飛行機の姿が映ずる。その心に浮かぶのは、地上の束縛を離れて自由に飛翔することへの憧れである。それは同時に、作者自身の見果てぬ夢でもあっただろう。

モラン・ソルニエ機

志賀の『暗夜行路』後篇(大11―昭12)にも飛行機は二度登場する。ただしこちらは墜落の危険とセットになったイメージである。

最初は直子との結婚を決めた謙作が、京都のデパートに、「華やかな女の着物」と深草練兵場に落ちた飛行士の遺品展示を見に行く箇所。奇妙な取り合わせである。前者はそこから「起って来るイリュージョン」を得て、結婚の夢をふくらませるために必要だったのだが、後者はその期待とはそぐわない。

京都に来たころ、彼は「よく此隼《この》のやうな早い飛行機が高い所を小さく飛んで居るのを見た」。人気のあったその飛行士が、「今は死に、其遺物がかうして大勢の人を集めてゐる

──」という感慨には、結婚への昂揚感とは逆方向に働くベクトルが伏在している。その予感は、やがて直子が過ちを犯したときに、ふたたび飛行機事故の姿を取って現われるのである。

つまり此《この》記憶が何事もなかつたやうに二人の間で消えて行けば申分ない。──自分だけが忘れられず、直子が忘れて了《しま》つて、──忘れて了つたやうな顔をして、──ゐられたら──それでも自分は平気で居られるかしら?

謙作が自分の過去は、いつも「自分の内にあるさういふもの」との闘争だったのではないかと考え、ぼんやりと東山の方を見上げると、「異様な黒いものが風に逆らひ、雲の中に動いてゐるのに気がつ」き、「恐怖に近い気持に捕へられ」てしまう。その物体、飛行機が知恩院の屋根を越えていったとき、彼はそれが墜《お》ちたことを確信するのである。風に逆らって飛び、そして墜ちるもの、それはまさに彼の精神の特色の外化にほかならない。祖父と母との過失から生まれた過去を引きずる彼は、「過去」との「闘争」を繰りかえすこの精神のありかたから脱却すべく、直子の事件を捉え直そうと願うことになる。

現在でも事情は変わらないが、飛行機は陸にも海にも接していない点において、きわめて爽快であり、またきわめて不安定でもある。志賀との対立のもととなった自伝的小説、『君と私と』(大2)で、里見弴《とん》が飛行機を見て「胸のせまるほどの興奮」「人間としての喜悦」を感じているのに対して、近松秋江『仇情《あだなさけ》』(大3)は、飛行機は軍用であって、自分は乗る気もないし、みんなも乗るのをやめようと呼びかける。人間の「本能」は、その双方に働いている。若山牧水の「白鳥はかなしからずや空の青海の青にも染まずただよふ」(歌集『海の声』明41)も思い出される。

昭和になると飛行機は飛躍的に発達した。すでに大正十四(一九二五)年には朝日新聞社が東京(立川)―大阪、大阪―福岡の郵便定期飛行を開始し、航空写真の撮影や広告飛行にも活躍した。同じ年に初の訪欧飛行(「初風号」「東風号」、ハルビン―チタ―モスコー―リヨン―ローマ、約九十日)が成功した(ただし帰国は海路)。北原白秋は大阪から福岡に飛び(昭3)、のちにその感慨を『帰去来』に唱ったし、昭和十二年には、同社の「神風号」が東京―ロンドン間の世界新記録(九十四時間強)を作って日本中を沸かせた。しかし軍用機、民間機ともに事故は相変わらず多く、しかも旅客機の運賃はきわめて高額なので(東京―大阪間、当初九十円)、一般人の利用は少なかった。

時代にも家庭にも行き場のない閉塞感を抱いていた萩原朔太郎は、『游園地《るなばあく》にて』(『氷島』昭9）で「模擬飛行機」に乗り、はるかな連山を見て叫ぶ。「今日の果敢《はか》なき憂愁を捨て／飛べよかし！　飛べよかし！」。だが最終連に明らかなように、その昂揚感はたちまちしぼみ、彼はその希望を実行できない「思惟」の寂しさを嘆くのみである。その直後、堀口大学訳・サン＝テグジュペリ『夜間飛行』（昭9）が刊行され、嵐の夜、進路を見失った郵便飛行士の勇敢な「行動」は、その悲劇を通じて「自由」や「他人の幸福」「生命の価値」などの問題を提起した。舟橋聖一『ダイヴィング』（昭10）はそれに触発されて、「個人主義」を捨て、社会に対して積極的にダイヴィングする青年を描いた。村野四郎ら、若い詩人たちは、自分たちの飛躍の夢を載せ、モダニズムを代表する「美」として、この機影を唱った。

日中戦争、第二次世界大戦と、時代はますます暗さを増したが、その中で、旅客の搭乗を描いたのが、野上弥生子の小説『迷路』（昭11―12、昭24―31）である。二・二六事件から敗戦まで、政治家・財閥・華族ら上流階級と、良心的なインテリ青年たちが、嵐の時代をいかに生きたかを描いた長篇小説である。

ヒロイン多津枝の父は、やがて東条内閣の閣僚ともなる政治家で、幼い時から才気煥発だった彼女は、ブルジョア的な生活を手放すのを嫌って、好意を抱いていた親戚の青年よりも、好きでもない財閥の息子と結婚した。本宅は田園調布、夏は軽井沢の別荘で暮らし、赤いアルファ・ロメオを乗りまわす贅沢な身分である。その彼女が、アメリカから引き揚げてきた未亡人に洋裁を頼んだことから、軽井沢警察の取調べを受け(スパイ容疑関連)、面倒な事件への関わりを危ぶんだ父は、夫の上海出張を好機として、彼女を飛行機に同乗させ国外へやろうと考えた。

ヨーロッパ滞在中もたえず飛行機を利用していた彼女は、機そのものに恐怖心はない。ただ普段から仲のよくない夫がうっとうしいだけである。飛行機は朝に羽田を発《た》ち、給油のため一旦福岡空港に降りた。窓から見える世界は、平面的な「一枚の地図にすぎない」。しかし着陸時には、上空からは「水際に危くおかれた一つの白い皿」のように見えた空港が一変する。

皿は円形劇場の舞台ほどに円周をひろげた。その瞬間、なにか巨大な扇をぱつとあけた感じで、地上が眼のまえに飛びあがつて来た。いままでの無性格な平面図が、それぞれの立体に鋭い線で分割された。丘陵、樹木、家、人間の新鮮な世界創造がそこにあつた。

戦後発表の部分だから、おそらく作者の体験にもとづくのだろうが、着地の実感をあざやかに捉えた描写である。この時代はまだプロペラ機で、高度も今より低いが、それだけに眼下の風景は、克明な地図のように見えたはずである。「地上が眼のまえに飛びあがつて来」る感覚も、突然三次元の世界が「創造」される感じも、これまで飛行機のように意のままに飛び、下界を見下してきた彼女が、さまざまな物体や人間の関係が世界を構成していることに一瞬気づくことの隠喩として読むことができる。

彼女は「日本と、そうして今日迄の生活への離別」を心に秘めて、飛行機に乗った。夫と妻ではない自分たちの関係を一新(断絶)したいと思う彼女を乗せて、機はふたたび舞い上がった。しかし天候は突然悪化し、機は機関《エンジン》に故障を生じて「海が、窓ごと頭上にかぶさつ」てくる。

海上に不時着した飛行機は炎上して夫は焼死、彼女は外に投げ出されて二時間後に救出されるものの、肺炎でその奔放な生涯を閉じる。ただ、冷たかった夫婦が墜落の瞬間には「別のひと」となり、お互いに求めあったことだけが救いである。「せめて生きているあいだに、愛するつてこと、どんなことか知りたかつたわ」という彼女の最後の言葉が切実である。

第二次大戦は戦中戦後を通じて多数の戦争文学を生んだが、飛行機に関してもっとも感動的なのは、阿川弘之『雲の墓標』(昭30)である。学徒動員で海軍に入隊した四人の京大生の日記、書簡の形式で、戦争末期の極限状況の中で、生と死の選択を迫られた彼らの青春の苦悩を描く。彼らは『万葉集』を研究していた学生で、そのおおらかで純粋な世界に憧れているが、彼らを予備学生として差別する、海軍兵学校卒業生たちの横暴と怯懦《きょうだ》には我慢できないものがあった。

鹿児島県出水《いずみ》の特攻隊に編入された三人は、講義ばかりで油も飛行機も乏しい訓練に末期症状を感じるが、この戦争や軍隊組織に批判的な藤倉は飛行訓練で事故死　坂井は特攻に出撃して「未帰還」。「定められた運命」に従って、「自分を鍛えることだけが」残された道だと覚悟を決めた吉野も、大分県宇佐から茨城県百里原《ひゃくりはら》に転属し、昭和二十年七月に、アメリカ機動部隊に向かって行く。彼の二通の遺書、両親宛てと、水雷艇に配属されて生き残った鹿島宛てが、美しく、やるせない。鹿島宛て遺書の冒頭、

雲こそ吾が墓標、
落暉《らっき》よ碑銘をかざれ

吉野を弔いにいった千葉県の鵜原《うばら》（臨海学校がよく行われた）から、鹿島が吉野の両親に宛てた手紙に同封した詩の一節、

海よ
海原よ
汝《なんぢ》の墓よ
ああ湧き立ち破れる青雲の下
われに向いてうねり来る蒼茫たる潮流よ

かの日
汝《なれ》を呑みし修羅の時よ
いま寂《しづ》かなる平安《たひらぎ》の裡《うち》
汝《なれ》をいだく千里の浪々
きらめく雲のいしぶみよ

『きけわだつみのこえ――日本戦没学生の手記』(昭24)とともに、「戦争を知らない世代」に読んでもらいたい本である。

戦争末期の、秩序を失った、虚無的な軍隊生活を描く梅崎春生『桜島』(昭22)や、その記憶の後遺症で鬱病となった主人公が、病院を脱出して鹿児島へ行く機中で、エンジンから潤滑油が飛んでくるのを黒い虫の大群と錯覚する『幻化《げんか》』(昭40)もある。主人公の五郎が記憶を掘り起こすために訪ねた、かつての基地・坊津《ぼうのつ》は跡かたもなくなり、「冥府」のように二千羽以上の鴉の大群がいた。彼は機中で知り合った妙な男・丹尾とともに、高校(旧制)時代を過ごした熊本へ行き、さらに阿蘇の噴火口で、自分の生還の可能性を賭ける丹尾の姿を望遠鏡で見つめながら、「しっかり歩け、元気出して歩け!」と心の中で叫ぶ。重い生を引きずって火口を歩く丹尾の姿に、彼の心が投影し、彼自身の生と死の葛藤もそこに代行されている。

なお戦争中の少年は、内外の軍用機に憧れた。そのマニアぶりは、北杜夫『楡家《にれけ》の人びと』(昭37―39)の峻一・周二兄弟に活写されている。巷では、軍歌『加藤隼戦闘隊』や『若鷲の歌』(予科練=海軍飛行予科練習生の歌、西条八十作詞)が愛唱されていた。「翼《つばさ》」という煙草もあった。

手　紙――候文から口語文へ

最後にコミュニケーションの手段としての手紙や電話などと文学の関係についても、

考えておきたい。

手紙は古来もっとも基本的な通信の方法であり、いつの世にも重要視されてきた教養である。源氏物語を代表とする王朝の物語にも多数の手紙が引用され、和歌とともに思慕の情を訴えたり、遠国からの消息、四季の見舞、遊楽の誘い、何かの依頼、挨拶、礼状等々、さまざまの心と情報を伝えた。その文章の雅致と筆蹟のみごとさは、当人の人柄そのものとして尊重された。その傾向は、あらゆるものが商品化された現代においても、依然として、あるいは「有名」という附加価値をともなって、ますます強まっていると言えよう。

江戸時代には都市を中心に識字率も上がり、寺子屋や塾を通じて庶民間にも実用的な手紙が普及した。その手本としての書簡文例も、節用集や消息文集、往来物に無数に収められている。「文明開化」を迎えると、前島密《ひそか》の献策による郵便の開始(明4)や、小学校開設(明5)とともに、手紙文は一気に全国にひろがった。『太政官日誌《だじょうかん》』(明4・1・24)によれば、郵便は「公事《くじ》ハ勿論、士民私用ニ至ル迄、世上ノ交ニ於テ切要ノ事」であり、小・中学校の教科では手紙文を教え、文部省を筆頭に、福沢諭吉ら民間の教育者も挙《こぞ》って作文や手紙の教科書を出版した。江戸時代の飛脚とは違い、郵便制度は国家の事業だったから、その確実さと速さが信用され、それは津々浦々にいたるまで通信網を張りめぐらせるようになった。

しかし考えてみれば、東浩紀《あずまひろき》『存在論的、郵便的』(平10)が言うように、手紙とはかなり不安定な存在である。それは本人と対面して、直接に発せられる言葉とは違い、文字に表わされた言葉であり、かつ集配、配達の過程を経て、間接的に届けられるからである。

その特質をいくつか記しておこう。

1　書き手と受け手が離れているために、時差が生じる。その結果、両者の状況・状態の相違によって、書き手の思っているとおりに真意が伝わるとは限らない(もっともこれは言葉そのものが持つ特質にもよるが)。

2　一人称で書かれるので、複雑な問題ほど自己主張が強くなりがちである。ただし何度も読み返すことができるので、相手も冷静にその内容を分析することが可能である。

3　以前と違って間接的に配達されるので、誤配、遅配もないとは言えず、また他者に読まれる恐れもある。

4　敬意をこめた文体、親しみのある文体、そっけのない文体など、相手との関係や用途によって文章を書き分けることができる。

他にもまだあろうが、文学作品はこれらの特色をたくみに作中に取り入れた。

早く平安末期の『堤中納言物語』には「よしなしごと」の一篇があり、ある僧が自分に帰依している娘に、雲の上や霧の中で住む旅立ちの品々を借用したいと記した諧謔味のある手紙を中心としている。江戸時代にはラブレターの手本とも言うべき仮名草子『薄雪物語』や、西鶴『万《よろず》の文反古《ふみほうぐ》』のように、さまざまな生き方を伝える書簡体の物語もあった。

近代文学から特色のある手紙の「引用」を列挙しておくと、まず翻訳ながら、若松賤《しず》子《こ》『小公子』(明23—25)に「ヂック」の手紙がある。主人公セドリックはドリンコート侯爵の後継者としてイギリスに渡ったが、あやうく偽者に地位を乗っ取られそうになった。それを心配したアメリカの「親友」、靴みがきのヂックが書いたものである。

おめへも運のまあり合せがわりくなつて気の毒だ。なんでもしつかりふんばつてゐねい。人にいゝかげんのことされちやいけねい。よッぽどふんどしい堅く〆《しめ》てゐねいと、どろぼう根性のものにいゝようにされるぞ。かふいふのもおめへがこつちに居るじぶん恩になつたことを忘れねいからだ。だから外《ほか》にしかたがなけりやこつちへ来てわしといつしよにやるがいゝ。

おそらく普段は手紙なぞ書いたこともない彼には、美しい文章も難しい言葉も書けない。しかし彼は代書を頼んだり、型どおりの候文を習ったりせず、いつもどおりの言葉で思っていることをまっすぐに書いた。当時の書簡文としては異例で乱暴だが、心を打つ手紙である。これが最初とは断定できないものの、書簡文と言えば候文、漢文訓読体、擬古文ばかりの中で、文学作品に登場したごく初期の言文一致体書簡である。念のために言えば、この小説の地の文もデス・マス調の言文一致体だが、これ以外の手紙はすべて候文である。

明治二十年代末になると、男性作家が実生活で言文一致体を用いた手紙も残っている。しかし樋口一葉編の例文集『通俗書簡文』(明29)は、「さのみことぐ〳〵敷《しく》ことゝらびせんよりたれにもわきやすくすなほなる詞もて思ふこゝろをさながらいひあらはさるゝやう」と勧めているが、文例はすべて優雅な候文であり、女性が言文一致の手紙を書き出すには、日露戦争前後まで待たなければならなかった。候文は基本的に敬体であり、当時の女性にはふさわしいと思われたのだろう。『魔風恋風』や『青春』の女性たちも候文の手紙を書いた。

先に触れた菊池幽芳『乳姉妹《ちきょうだい》』(明36)は、伯父に許されぬ結婚をした松平侯爵の甥と、その「平民」の妻との間に生まれた娘と、乳母の娘との複雑な関係を通じて、侯爵家の夫人の座をめぐるお家騒動の物語である。許されぬ結婚をした妻は、夫が任地の台湾で病気になったので、看護のため幼い娘を昔の乳母に預けて出発した。その船が嵐で沈没し、仮名《かめい》を使っていたため、父親の本名もわからぬまま、娘は乳母の子として成長するのが物語の発端である。その母親が愛娘を託するに際して、娘の写真とともに乳母へ宛てた手紙を言文一致体で走り書きした。わが子と別れる悲しさ、ひたすらその発育を願う気持が切実に表わされている。

この翌年には、『手紙雑誌』『ハガキ文学』という二つの雑誌が創刊され(明37)、書簡文の流行に拍車をかけた。これらの雑誌では創刊当時こそ文語、候文が優勢だったが、次第に口語文も増え(男女双方)、勢力伯仲となっている。女性の場合は、高等女学校令(明32)などによって、高学歴の女性が輩出したことが大きな理由の一つだろう。

森田草平『煤烟』では、ヒロインの朋子がいつもは候文だが、時には感情の激した口語文の手紙を書き、『蒲団』の芳子は普段は美文調の口語文だが、故郷に連れ帰られたときの挨拶状は、型にはまった候文である。言うまでもなく、これは候文自体が型式ばった生気のない文章だということではなく、男性作家が小説の中で(モデルの実際の手紙はともかく)、一応は文学上の師である男性に対する、女性の態度の変化を表わすために選びとった文体であることを意味している。一葉や漱石には、節度を保ちながら豊かな感情で要件を満たした候文の手紙がたくさんあるし、小説に引かれている女性の手紙は、明治時代にほとんどが候文なのである。

前記『手紙雑誌』創刊号で、ジャーナリストの竹越三叉《たけこしさんさ》は手紙による「社交の発達」、特に「婦人のアッコンプリシメント」獲得を期待したが(『書翰文学についての卑見』)、口語文を推奨したわけではなかった。その意味では、同誌で五十嵐力『手紙の興味』(明40)が、「候文は凡ての人、凡ての場合に可なり、儀礼を要する場合に用ゐて殊に可なり。言文一致は若者同士、親しき同士に用ゐ最も妙なれども全体には未だしきが如し」と述べているのが穏当な意見だったであろう。水野葉舟『ある女の手紙』(明42)は、三人の女性から「清之助」に宛てた多数の手紙による書簡体小説である。最初の方に候文のものも交じるが、ほとんどは口語文である。しかし文章はどんどん俗っぽくなり、「未だしき」感じが残る。

その状況を大きく変化させたのが、徳田(近松)秋江『別れたる妻に送る手紙』(明43)と雑誌『青鞜』の出現(明44)である。前者は「拝啓　お前――」の書き出しで、題名どおり、自分の許を去った元妻に、未練の思いを伝えたものだが、売れない文学者が別れた妻との生活を思い出し、そうかと思えば、お宮という私娼に入れあげた顚末を記したり、友人の文学者(正宗白鳥がモデルという)に彼女を弄ばれたりした経緯を綿々と綴っている。

その内容には候文より口語体一人称が適していたことは当然で、一般的にもその点が評価されてきているが、『蒲団』同様、なぜ秋江はこんな「女々《めめ》しい」告白文を書く必要があったのだろうか。彼はまもなく赤木桁平《こうへい》に、『「遊蕩文学」の撲滅』(大5)で名指しの非難を受けるが、『文壇無駄話』(正式にこの名称で始まるのは明41、最終的には昭12。断続的に発表された感想文の総称)に示されたように、単なる情痴一筋の作家ではなかった。

作中にも「愚痴」を言うためではない、「母や兄には話されない。誰れにも話すことが出来ない。唯せめてお前にだけは聞いて貰ひたい」と前置きがあるが、「私」が訴えたかったのは、はたして妻に逃げられた男の未練だけだったのだろうか。「私」の考えによれば、妻が出て行ったのは「今に良くなる」という「私」の言葉がいつまで待っても実現しないからである。妻が借金取りの言い訳をしているとき、「私」は本箱に飾ったアーサー・シモンズやサント・ブーヴの書籍を眺めて、「哲人文士の精神」が語りかけるのを聞こうとしていた。だが妻の家出後、「私」は女遊びのために書籍を売り、それらの書籍が「嘘を吐《つ》いてゐたやうにも」思われ、「良くなる」とはどういうことなのか、「よく分つてゐるやうで、考へて見れば見るほど分らなくなつて」いる。

友情どころか悪意に満ちた長田がはばを利かすような世界で、屈辱に堪えて「表面《うわべ》は陽気に面白お可笑《かし》く」ふるまって見せるのが現在の「私」なのである。その意味ではこの小説、あるいは「私」が「お前」に訴えているのは、「文学」に誤まられ、文壇で出世するためにはすべてを犠牲にする「文学者」の生態であり、それに気づきはじめながらまだそこから脱出できない「私」の愚かしさではないか。秋江が私淑した二葉亭は、「文学」や「理想」に欺かれた文学者が「実感」を取り戻すまでの懺悔話を『平凡』(明40)に綴ったが、おそらく『別れたる妻に送る手紙』は、その系譜につながる「文学者」の戯画なのである。

だが皮肉にも、この小説の成功は秋江を文壇で出世させ、書簡体小説を流行させることとなった。そこでの手紙は、情報の伝達よりも心理の告白・分析に比重を置くようになった。秋江自身、『途中』(明45)では、ふとしたことから手に入れたと称する十二通の女手紙を、「科学者の態度を持して」発表した。最初のうちは候文で書いていた女が、次第に馴れ馴れしい口語文に変わって行く様子がうかがわれて面白い。

『見ぬ女の手紙』(大2)、『後の見ぬ女の手紙』(大2)、『松山より東京へ』(大3)、『或る女の手紙』(大3)なども同様である。これらが実在の手紙にもとづくものかどうかは知らないが、ここに浮かび上がるのは女心の変化であるとともに、曖昧な男の態度でもある。手紙は一方通行的な側面を持つが、ここでは男の返信もあったようで、それが示されないために、かえって男の態度が女によって規定されていく側面がある。

『別れたる妻に送る手紙』は、続編の『執着』(大2)、『疑惑』(大2)ではむしろ男の執念や身を隠した妻の探索に焦点が当てられ、情痴に狂う小説になって行くが、そこでも男が一方的に自分の思いを言いつのることに変わりはない。遡って妻の家出の直前を描いた『疑惑』では、妻の態度の怪しさを訴えても、「私」は妻の姉から「唯あなたがさう思つたゞけでせう」とたしなめられてしまうのである。

手紙のこういう性質を逆手に取って、後に太宰治は『虚構の春』(昭11)を書く。年末から年始にかけての「太宰治」宛て書簡(電報、年賀状も含む)八十通余を、虚実長短取りまぜて構成した珍しい小説である。それらが乱反射して、多面体の「太宰治」の「本体」が、どこにあるのか分らなくなる仕掛けである。

話を『青鞜』に戻す。女性が口語の書簡体小説を書くようになったのは、やはりこの雑誌の影響が大きい。その創刊号(明44・9)に与謝野晶子は「山の動く日来《きた》る」に始まる詩『そぞろごと』を載せた。その一節、

一人称にてのみ物書かばや。
われは女《をなご》ぞ。

一人称にてのみ物書かばや。
われは。われは。

彼女はその直前に、『呂行《ろこう》の手紙』(明44)という八通の書簡の小説を発表していた。二通は候文、六通は口語文、女義太夫の竹本呂行が、親疎の別によって手紙文を書き分けて見せた好例である。

かつて自由民権運動の闘士だった福田英子(旧姓景山)が自伝『妾《わらわ》の半生涯《はんせいがい》』(明37)で使った一人称は文語の「妾《わらわ》」だった。だが『青鞜』の女性たちは、平塚らいてうを筆頭に、いっせいに口語の「私」で散文を書いた。荒木郁《いく》の小説『手紙』(明45)や、原田皐月《さつき》『獄中の女より男に』(大4)は、作品の出来はともかく、口語書簡文できびしい現状と未来への希望を綴っている。彼女らが思いのたけを述べるには、「私」の書簡体がもっとも適した文体だった。小説ではないが、伊藤野枝『私信』(大4、「野上弥生様へ」)も同様である。同性の相手、または恋人に会って喋るように書くことで、文語文の制約、それを支持する男性社会の桎梏から脱することが可能になったのである。

『青鞜』に関係する作家で、当時もっとも世評が高かった田村俊子は、『あきらめ』(明44)では、懸賞小説に当選してそれが上演されることになったため、女子大学校を退学せざるを得なかった富枝が、複雑な家庭環境と、彼女を慕う下級生の染子(文部次官令嬢)との間で揺れる姿を描いている。染子が富枝に書く手紙は、やがて吉屋信子が『花物語』(大13。第一編『鈴蘭』は大6)で書くような、センチメンタルでかつ情熱的な口語文である。『炮烙《ほうらく》の刑』(大3)の人妻、龍子が愛人に書く別れの手紙は、急いでいるせいか、要件だけがむき出しになっている感じが強い。実際の田村俊子も、文字、文章ともかなり乱暴な口語の手紙を書いた。

俊子と親密な仲だった岡田八千代(小山内薫の妹、画家・岡田三郎助の妻)も、作中にしばしば口語の手紙を記したが、その一つ『お島』(『絵の具箱』所収、大1)では、年下の友人お光が婚約することを知った女学生のお島が、これも結婚が決まったもう一人の友人に、「三人で月の世界へでも行つていつまでも〳〵若くて綺麗で、どんな人にもいつまでも〳〵美しいと感じさせられるやうな事が出来たらどんなに好いかと思つてよ」といった調子の手紙を書く。ただし「お島の心はもう手紙を書く中《うち》に例へば芝居を作る人、小説を書く人のやうな心持になつて行く」と注記する作者は、この年頃の女学生が持つ嫉妬や感傷的な死への願望を冷静に見抜いている。

多義的な手紙——漱石

作中に手紙を多用した作家としては、やはり漱石を挙げなければならない。『坊っちやん』(明39)以下の作中書簡は、鉄道や電車と並んで、彼がいかに「交通」に意を用いたかを示す証跡である。『坊っちゃん』では、「手紙をかくのが大嫌だ」という「おれ」が清《きよ》に宛てて着任の手紙を書く。「奮発して長いのを書いてやつた」と言うわりには、二百字にも足りない短文だが、事実の羅列の中に「清が笹飴を笹ごと食ふ夢を見た」の一文があり、短気でお世辞を言えない彼の、清を思う心がそれなりに表われた手紙である。清の返事は下書と清書で六日もかかった、冒頭だけでも四尺(約一メートル二十センチ)ある長い手紙だという。

『三四郎』(明41)では母からの手紙がたびたび来るが、清の手紙と同じく直接の引用ではない。くどくどと心配を繰りかえすのも同様である。三四郎の返書にも特色はない。『三四郎』の中で特殊なものは美禰子の絵葉書だろう。菊人形見物の体験を踏まえて、小川のほとりに羊を二匹寝かせ、向こう側に獰猛な顔をした男、「デギル」が立つ図柄である。絵葉書は万国郵便聯合加盟二十五周年を記念して官製で発行され、私製絵葉書も流行した。漱石もさかんに絵葉書を書いた。

　ここで三四郎と美禰子の関係に深入りするつもりはないが、三四郎が「迷へる子」のサインを、自分と彼女を同類項に括る言葉であると満足したのは、彼女の心の深層を理解しているとは思われない。たしかに表面上では、この図柄は菊人形見物の一行から離れてしまった二人を表わし、休んでいた二人を睨んで去った男をデビルに見立てたものに違いない。だが美禰子が「迷へる子《ストレイ・シープ》」と繰りかえしたとき、彼女は最後の一匹まで見捨てずに探しにくる大きな「愛」の心に期待し、かつそれが現われないことも確信していたはずだ。その「神」が野々宮さんであるかどうかはともかく、以後の三四郎はこの「誤読」を引きずって、美禰子への思いをつのらせていくのである。美禰子はやがて佐々木与次郎が使いこんだ三四郎の金を用立ててくれるが、それに対して三四郎が書いた「湯気の立つた」ような礼状には、予期に反して返事もよこさない。ここでの手紙は、三四郎を迷わせたり思いこませたり、むしろ期待を裏切る機能によって小説を動かして行く。

　『それから』(明42)の代助は、冒頭から二つの手紙に接する。一つは旧友・平岡の着京の通知、もう一つは父からの、帰京通知かたがた、一度顔を出せという指令である。大学を出てからも職に就くわけでもなく、実業家の父の仕送りで一軒の家を構え、優雅な趣味に生きてきた彼の世界は、それらによって波立ちはじめ、やがてひび割れて行く。平岡との再会は必然的にその妻の三千代との再会でもあり、父の用事が例によって「有為の人たれ」というお説教であることにはウンザリする。

周知のように、以後の展開は、代助が三千代への動かぬ愛に従って生きようと決め、三千代に愛を打ちあけた上で、父が勧める令嬢との縁談を断る。怒った父は、もう援助しないと申し渡すが、代助はひるまず、平岡に会って三千代を貰い受けようと考え、彼に手紙を書く。内容は、ただ内々に会って話したいことがある、という簡単なものだが、代助はそれを封書とし、宛先も平岡の会社とした。彼はその「運命の使」を書生に投函させた後、「茫然として自失した」。将来に何の目算もなく、運命の歯車は廻り出した。

しかし何日経っても返事はなく、手紙がはたして平岡の手に渡ったのかどうかも疑い出した彼は、ついに書生に命じて、平岡に自分の手紙を読んだか否か、事情を確かめさせることになる。

郵便が確実に相手に届くわけではないという不安が、平岡との会見次第で、「姦通罪」に問われるかもしれないという不安とは別に浮上したのである。すくなくとも代助の心の中では、手紙は五日間浮遊していた。

だが会見の結果、平岡は予期せぬ行動に出た。彼は三千代が重病であることを告げ、その一方で代助の父に手紙を出し、事の顚末を報告した。代助が甘い考えで信じていた「友情」は、破棄されたのである。激怒した父は代助との縁を切り、代助は職探しに飛び出さざるを得ない。

加能作次郎の『誑《たぶらか》され』(大4)は、これほど劇的ではないが、『それから』と似た人間関係の中で、男性が女性の心に翻弄される話である。岡田と沢子は田舎の村で恋仲だったが、彼が上京して大学で修業中に、彼の親友(二人の仲を知らなかった)赤木の世話で沢子は結婚してしまう。赤木は岡田に、これからは二人の「心と心との結婚の誠実な媒介者」となる旨の手紙を出し、二人の文通の媒介をするが、岡田の手紙は沢子の夫に見られて思うに任せない。卒業して故郷に帰る日にも、岡田は沢子の手紙を信じて、彼女の迎えを待っていたが、彼女は現われない。ところがやっと二人になったときには、彼は彼女の積極的な言葉にとまどい、姦通の恐怖におののくのである。

漱石の作中でもっとも有名な手紙は、多分『心』(大3)の半ばを占める、「先生」の長文の遺書である。その前作『行人』(大1—2)も一郎の精神状態に関して、友人Hさんが二郎に宛てた手紙で終るが、長編小説の最後を手紙で締めくくることの効果はどこにあるのだろうか。

『虞美人草』(明40)の終りも、甲野さんがロンドンの宗近君に送った「日記」の抄録と、宗近君の返事の一文「此所では喜劇ばかり流行る」の引用だが、ここでは甲野さんが説く「第一義」、「道義」の重要性と、それを教える「悲劇」の偉大さによって『文明の民』が裁かれる。首尾は一貫しているが、いやおうなしに「文明」の中で生きざるを得ない苦しみは切り捨てられている。しかし宗近君は、「文明」の本場であるロンドンが「喜劇」の世界であると報じて、「文明」の裏面を示唆したのである。

これに対して『行人』の場合は、「死ぬか、気が違ふか、夫《それ》でなければ宗教に入るか」とまで追いつめられている一郎の苦しみは、Hさんの観察と報告で分析はされるが、解決の方法は与えられない。「人間全体が幾世紀かの後に到着すべき運命を、僕は僕一人で僕一代のうちに経過しなければならないから恐ろしい」という彼の告白は、明らかに漱石が『現代日本の開化』(明44)で述べた、近代日本の外発性と同質のものである。文明が人間の古い生活を破壊し、エゴを拡大し、偽善的な関係を育ててきたことを、彼はこれまでもさまざまに糾弾してきた。だが『行人』では、いわゆる「識者」が高みから文明病患者を批判するのではなく、鋭い感受性と高度の知性を備えた一郎を実験台として、それを極限まで突きつめて見せた。

先の講演で漱石が対処療法は分らない、ただ「皮相上滑り」に走っていく苦痛に堪えるだけであると述べたように、一郎、あるいは私たちは、それを自覚しながら生きて行かなくてはならないのである。推理小説ならば、原因がほぼ解明されたところで物語は終る。しかし現在の自分を自分たらしめてきた、文明的生活の一半がその苦痛の原因だとしたら、彼はどうすればよいのだろうか。親しい友としてのHさんは、苦悶する一郎の姿を、正確に手紙に認める以外に方法はなかっただろう。そしてそれは、当時よりさらに、異常に発達した文明を享受している私たちに、終ることのない問いを発し続けているに違いない。

『心』の「先生」は青年の「私」に遺書を残して自殺する。最初、「先生」は故郷に帰っている青年を呼び寄せ、青年の希望どおり、「私の過去を貴方のために物語」るつもりだった。だが青年の父が重病だったため、直接に語ることを断念し、長い手紙を書くという設定になっている。直接の対話が、現在残された遺書ほど整然と語れない以上、これはあらかじめ考え抜かれた設定だった。念のため、『心』のサブタイトルは「先生の遺書」だった。だいたい、これほど複雑な心理の劇を直接に語ることはほとんど不可能に近い。これは文字を通じて繰りかえし読まれることによって、そのたびに新しい発見が生じ、同時に疑問も発生する類いの手紙なのである。これまでに、どれだけ膨大な数の『心』論が書かれてきたかと考えるだけで、その性質は明らかだろう。

この遺書も手紙の特性上、「先生」の一方的な見解であることを免れない。「先生」に

Kがなぜ自殺したのかがよくは分らないのと同様に、最初の読者たる青年にも、現在の読者である私たちにも、「先生」がなぜ自殺したのかは不透明である。「明治の精神に殉死する積《つもり》」という自殺の契機は、多数の論考の究明にもかかわらず、やはり分ったようで分らない。「先生」自身が、

私に乃木さん〔明治天皇に殉死〕の死んだ理由が能《よ》く解らないやうに、貴方《あなた》にも私の自殺する訳が明らかに呑み込めないかも知れませんが、もし左右《そう》だとすると、それは時勢の推移から来る人間の相違だから仕方がありません。或は箇人の有《も》つて生れた性格の相違と云《い》つた方が確《たしか》かも知れません。

と書くのである。「私は私の出来る限り此《この》不可思議な私といふものを、貴方《あなた》に解らせるやうに、今迄の叙述で己れを尽した積《つもり》です」と言う、「先生」の誠実さを疑うわけではない。しかし彼は、それと同じくらいに、人と人とが「交通」することの難しさを知っていたことになる。

「先生」は手紙が必然的に生む時差を利用して自殺した。東京近県の田舎に住む青年が、この遺書の大部分を読むのは、危篤の父を見捨てて上京する夜汽車の中である。も

ちろん「先生」の死には間に合わない。「先生」は「最愛」の妻さえ親戚の看護に行かせて、一人で死んだ。しかもその方法さえ分らないように、「気が狂つたと思はれ」ようとも「頓死」と見える方法を選んだ。

その方法自体の穿鑿はどうでもいいが、なぜそれほどに自殺であることを妻に隠す必要があったのか、という点には疑問の余地が残る。そこには「残酷な驚怖を与へ」たくないという言葉だけでは片づけられない、何かが隠されている感じがある。「妻が己れの過去に対してもつ記憶を、成るべく純白に保存して置いて遣りたい」との希望は、はたして妻への思い遣りに充ちているのだろうか。あえて言えば、「先生」はKと「お嬢さん」との関係でも、結婚してからの妻との関係でも、彼女の「純白」を信じていたのだろうか。死者はもう何事も語らない。だから遺書は「私の言葉を信じて欲しい」と読む者を強制する。だが同時に、何度も読み直すことによって、そこに疑問を感じることを可能にする。一方では理解を求め、一方では隠すことを指示する「先生の遺書」は、結局は「此《この》不可思議な私といふもの」の謎を読者に提示し続けるのである。

往復書簡による小説

漱石に続いて、いわゆる白樺派の文学者も作中に手紙を多用する。どこか『心』の「先生」とKを思わせる、精神的な「向上心」に燃える青年たちは、友人間でも恋人に対しても無闇に、と言ってよいほど手紙を書くが、友人間では、観念的ではあってもお互いに切磋《せっさ》琢磨《たくま》する様相がうかがえる手紙は、女性に対すると、一方的に彼女たちを指導する強制力として働く。

たとえば長与善郎『彼等の運命』(大4―5)では、「運命に結びつけられた」夫と妻が、葛藤を通じて「愛の中に段々生長する」ことになっているが、夫の榊原によれば、「男は女の徳性を養い、その美を生長せしむべきもの」なので、妻の「生長」とは、夫の鋳型にはめこまれて、妻が「立派な優れた女になる」ことなのである。また小泉鉄《まがね》『三つの勝利』(大3―4)でも、「自分」は直接に、あるいは多数の手紙で、理想の精神生活を婚約者に説くが、『彼等の運命』とは逆に、彼女は別の友人の許へ走ってしまう。彼女に言わせれば、その原因は彼の「愛」の強制が強すぎるからである。その強さが一旦は彼女を引き寄せるとともに、結婚を躊躇《ためら》わせたことに、彼は気づいていない。「向上」への強い意志とうらはらに、この種の「鈍感」さを併せ持つのは、雑誌『白樺』に登場する青年たちに共通する特色だった。それを典型的に表わしているのが、有島武郎『宣言』(大4)である。

この小説は「AよりBへ」「BよりAへ」の往復書簡の形式を取る。これまで述べて来た作品は、いずれも発信人が一人の受信者に宛てた手紙を中心としていた。これに対して、ここではAとB、二人の青年が手紙を応酬し、Y子をめぐる心情が合わせ鏡のように描かれるのである。

北海道の温泉で、祖父の湯治のお伴で来ていたY子を見染めたAは、自分の信ずる「霊的生活」と、恋とが背反するのではないかと苦しむが、兄事するBの励ましでY子と婚約する。AB二人は「真理」を探究する学徒であり、Bはキリスト教徒(Aも後に入信)である。しかし父が急死してAが仙台に帰り、負債を抱えた工場の再建に苦闘しはじめたころから、彼はY子の心に何か不透明な影を感じるようになる。

孤児で病気とも戦っていたBはAの勧めでY子の家に下宿し、AにY子の状況を報告するのだが、BとY子はAを話題として次第に接近し、お互いに悲惨な過去を打ち明けるようになる。AもBも人生に対する高い理想に燃え、Y子が「覚醒」し「自立」することを求めるが、皮肉にもY子の「覚醒」は、Aの情熱に従うよりもBへの恋に目ざめることだった。

苦しんだBは、Y子がすべて話すという手紙をAに出し、Y子は心境を手記に書いて仙台に持参する。すべてを悟ったAは、「最後の嫉妬と自尊」をもって、彼女が高い地点まで向上したことを認め、Bに彼女とともに進む「宣言」を要求する。

言うまでもなくA、B、Y三者の関係は『心』と相似形を描くが、ここでも日立つのは、AとBの「真理」や「精神的向上」への情熱と、本能的欲望の抑制、当時の言葉で言えば「霊肉」二元の苦しみからの解脱であり、それをY子にも求める押しつけ的態度である。Y子はAを怖いところがある人だと思い、Bはもっと怖い人と思っていたと言うが、不幸な境遇を隠していたY子が飢えていたのは、ひたすら向上をめざし、世間と戦っているAの強さではなく、Bがふと見せてしまった弱い部分だったはずである。彼らの自我は、両者とも抽象的な理論や観念的な言葉で鎧《よろ》われているが、その下にある矛盾や混乱を、Aはついに Y子に窺わせることがなかった。

すべてが書簡を通じて語られるこの小説では、Y子の情報は最初はAからBへ、Aが仙台に帰郷してからはBからAへ、間接的に与えられる。特に後半では、BはAの代理人としてY子と接するので、AとY子が直接に対話する場面は、最後の仙台での対面しかない。しかもY子は、自分の気持を手記として告白するから、その生《なま》の感情はいつも整理され、反省された言葉で綴られてしまう。その結果、この実験的な小説では、形だけはルネ・ジラール『欲望の現象学』(古田幸男訳、昭46)風の三角関係を構成しながら、恋愛の切実感よりはAとBのホモ・ソーシャル的関係が強く浮かび上がってしまったのではなかろうか。

武者小路実篤の『友情』(大8)も、同じ流れの中で書かれた。その後半は、親友の野島から恋人の杉子を奪ったかたちになった大宮と、杉子の往復書簡で占められている(それをまとめて大宮が雑誌に発表し、野島に雑誌を送る形式である)。その中には『それから』の代助の名も出てくるが、人類に寄与することをめざす芸術家同士の「友情」、「仕事の上で決闘」という設定は、やはり『宣言』に近い。ここでは深刻な議論はないかわりに、武者小路の向日的な面を反映して、手痛い失恋から「力強く起き上る」野島の姿が「健康的」である。往復書簡による大宮と杉子の心情も、ストレートに伝わってくる。この小説が現在もよく読まれている理由も、その辺りにあるのだろう。なお武者小路は『愛と死』(昭14)でも、ヨーロッパに留学した村岡と婚約者の夏子との間に何通もの手紙《ラブ・レター》を交換させている。

「白樺派」の作家の中で、他にも挙げておきたいのは里見弴『手紙』(大1)、およびそれを受け継ぐ『君と私と』(大2、中絶)である。前者は、二十五の「前厄」を迎えながら、立ち直ることができずに、「ものぐさ」な女関係を続けている昌造の心理を描いた作で、自分宛ての手紙に対する一種の批評でもある。

彼の気持は、一方では「タカヾ女一人のためにいつか心の自由を失つて、停滞した生活と思想とに」安住することをやめ、女と別れようとする考えに流れ、一方では「真面目に心底《しんそこ》から愛せられることの出来る狭くとも尊い、誇らまほしい自分」を大切に、「純一な情意の世界」へ向かう気持とに分裂するが、それらは「唯考へとしても、どっちつかず」で、彼はどちらにも身を起こそうとしない。二百枚ほど書いた「白叙伝」はいっこうに進まない。

札幌の兄の家に遊びに行った彼のところに、三通の手紙が来た。一通は目下関係のある女、二通は文学上の友人。友人Hのは、たまたま妓楼の新築祝いで上座に据えられて閉口した顚末を、おもしろおかしく報告した手紙、友人Kのは、文通していた女性が国元から飛び出してきて、先方の実家や自分の両親も騒ぎたてて参っているという報告。両方ともに彼は友人の性格を思いながら読み進める。

Hには「誰《た》れにも愛される、そして彼自身がかなり愛している幸福な性質」を、Kには女との関係でもそれを冷静に客観視する「心の余裕」と、「人なつこい純一な心持」を。Kは女と会っているときに冷静さが前面に出て、自分は女と離れていると「心の余裕」を持つ違いはあるが、「何しろみんな同じやうなことをして居るのだ」と彼は思う。

女の手紙は「ブツキラボウな昌造の手紙にカブれ」たような日常の報告である。「陛下の号外〔明治天皇薨去《こうきょ》〕」云々の言葉があるから、明治四十五年夏のことと思われるが、昌造はそのころから、「女の興がるやうなことを、故意《わざ》とブッキラボウに書く」技巧を身につけてしまった自分を自覚していたのである。女と別れるにしても、相手に悪く思われまいとしたり、「仕事」に口を出す女には、「よくは本体の拝めないやうなもの」で無理に納得させようとして、結局は失敗する、そういう「寧ろ滑稽なほど愚かしい自分の姿」を、彼ははっきりと見据えはじめていた。

彼の机上にひろげられた、そしてちっとも進まない「自叙伝」は、これまで親友にも見せまいとしてきた自分と、その「陰《かげ》の絆を悉《ことごと》く明《あか》みにサラケ出して、過去の放埒な生活から蟬脱《せんだつ》しやうといふ覚悟」で書きはじめたものだった。それが脱稿・公表されたものが『君と私と』である。

「君」が志賀直哉、「私」が弴自身をモデルとすることはよく知られている。書簡形式ではないが、「君」に呼びかける「私」の手記なので、それに準ずるものと見てよいだろう。初めは兄の友人だった「君」が、次第に「私」を認めてくれ、文学でも「遊び」でも世話になった過程を描きつつ、興味がなくなるとそっぽを向く、「君」の「感情的」で「無遠慮」な面と、それに心ならずも従っていた「私」の弱さをもさらけ出した作である。里見弴が志賀の大きな影響下から逃れ、自分の方向を歩み出した第一歩である。先述した飛行機に対する感性の違いにも、二人の差は明らかだろう。志賀は当然のように『モデルの不服』(大2。署名は作中の「君」の名、坂本)を書き、『暗夜行路』前篇「第一」の冒頭でも、弴をモデルとする阪口が書いた小説を酷評した。

なお志賀が手紙を利用した小説に、『赤西蠣太《かきた》』(大6。初出題名『赤西蠣太の恋』)がある。伊達兵部の新参の家臣(実は伊達の殿のスパイ)・蠣太が、任務を果たして脱出する際に、家中一の美女小江《さざえ》に恋文を渡し、恥を掻いて逃亡することにした(蠣太は野暮な醜男《ぶおとこ》である)。ところが小江から好意のある返書を貰って困った彼は、第二の恋文を廊下に落としたが老女に拾われ、軽挙妄動を懇々と諭された。やむをえず彼は老女に宛て、自分に愛想が尽きたという書置を残して夜逃げをする。

この話には講談の種本があることがわかっているが、ここでの問題はその物語的面白さや意外性よりも、蠣太が「作ると云ふよりなるべく地金を出すやうに」手紙を書いたこと、特に「自分のやうな醜い男に想はれる気の毒さを同情する気持」を率直に書いたことである。その文章は記されていないが、美辞麗句よりも真情に溢れた手紙には、たしかに読む者を打つ力がある。小江の意外な反応には、蠣太の日頃の真面目さのほかに、その言葉の力が働いたと考えたい。

その意味で、最後に触れておきたいのは、比較的に新しい宮本輝の往復書簡体小説、『錦繡《きんしゅう》』(昭56)である。十年前、夫が起こしたスキャンダルで離婚した夫婦が、秋の蔵王で偶然再会する。二人はおたがいに思い合って、充たされた生活を送っていたはずだった。ところが夫は昔馴染みの女性に無理心中をしかけられ、女性は死に夫は生き残った。夫は妻の父の会社を追われ、何の弁解もせずに妻と別れた。妻もまたショッキングな事件に驚き、夫を許すことも、事件の原因を突きとめることもなかった。再会して元夫のやつれた姿を見たとき、彼女はなぜか彼に手紙を書く気持になってしまった。

私はいま、何の為にこんな手紙を書いているのか、自分でもよくわからないのです。ただありのままに、自分の気持を綴ることで、たぶんもう二度と差し上げることもない私からの一方的な手紙を書き終えるつもりでございます。

しかも彼女は、それを投函することにも迷いながら書いているのである。たとえ投函し無事本人に届いたとしても、それが読まれるかどうかもわからない、他人の目に触れるかもしれない手紙である。手紙が持つ不安定な要素を十二分に含んだ手紙でありながら、むしろそれゆえに、この手紙は「書く」ことが持つ純粋な意味に逆転する。

なぜ私はあの時、簡単に離婚してしまったのだろうか、なぜ私は、現在の好きでもない夫と再婚したのだろうか。元妻の心は過去の探究に向かいながら、現在の自分のありかたと交錯する。返信の当てもない手紙に、元夫が「読み終えた当座、返事を出す気持はまったくありませんでした」と言いつつ、あの事件について語らなかった「心理的事件」を回想しはじめたとき、二人の「交通」が始まる。二人はお互いに過去をまさぐりながら、現在生きていることの意味を悟って行くのである。

現在は過去の積み重ねの上にある。回想する過去は現在から見た過去かもしれないけれど、自分たちはなぜ現在への道を選択したのか、または選択させられたのか、それを共通の問題として認めることによって、二人がそれぞれの未来に生きることは可能である。

もちろん、昭和五十六年の時点で、二人が会って話すことは倫理的に許されていない。というより、二人が抱えこんでいる現在は、もはや決定的に異なっている。その状況の中で最善の方法は、手紙の交換を通じて、ジグソー・パズルのように過去を繋ぎ合わせることだけだっただろう。この小説が生む哀切感も、その共同作業の中にのみ、二人の「愛」のあかしがにじみ出ることにある。

この時点では、電話はすでにごく日常的な通信手段であり、手紙は「古風」な手段となりつつあった。その風潮に反して、作者があえて手紙型式を用いた点については、黒井千次のみごとな解説（新潮文庫）があるので、引用しておきたい。

もしも電話の普及が手紙の多くを無用のものとしているのだとしたら、にもかかわらず書かれねばならぬ手紙とは、おそらく他のいかなる手段によっても取ってかわられることの出来ない、最も本質的な手紙であるに違いないからだ。ひとりの女が、ひとりの男に向けて、書くことによってだけ辛うじて伝え得る悔恨を、哀惜を、思慕を綴ったような便りが、手紙の中の手紙でなくてなんであろうか。いいかえれば、日常生活における手紙の影が一般に薄くなればなるほど、逆に、生き残っている手紙は濃厚なドラマの影を帯びざるを得ぬことになる。

手紙を有効に働かせた物語には、これらの他にも印象にとどまるものが多数ある。露伴『土偶木偶《どぐうもくぐう》』(明38)は卜川《うらかわ》という「当世に背ける男」が、旅に出て大津の古道具屋で、琵琶湖に身投げしたらしい女の古手紙を買うのが発端。その手紙が縁で、彼がふりかかる災難を凌ぎながら前世の妻に出会う奇談。前世の妻と再会する話は、ハーンの『怪談』(明37)にもある。竹盛天雄《たけもりてんゆう》『無名指《くすりゆび》の小さな黒子《ほくろ》』(平17)によれば、両者とも石川鴻《こう》斎《さい》の漢文小説『夜窓鬼談《やそうきだん》』(明22—27)に題材を得ているようだ。

樺太(サハリン)に先発した弟や、東京で関係したお島、妻らと忙しく手紙や電報を交わす田村義雄の生活を描いた、岩野泡鳴『放浪』、親のために妾になった女が綿々と訴える徳田秋声の書簡体小説『ある女の手紙』(大4)、顔のことをからかわれた青地が、顔の長い同僚に「長長御無沙汰致しましたと申し度いところ長ら、今日ひるお日にかかつた計りでは、いくら光陰が矢の如く長れてもへんですね。長長しい前置は止めて、用件に移りたいのですけれど、生憎《あいにく》なんにも用事〓《が》いのです」に始まる奇妙でしつこい手紙を書く、内田百閒の『山高帽子』(『旅順入城式』所収)、下手くそな文字で、文章も間違いの多い招待状が山猫からくる、宮沢賢治『どんぐりと山猫』(『注文の多い料理店』所収)、偽手紙が町を二分する大騒動となる、石坂洋次郎の青春小説『青い山脈』(昭23)、老実業家に寄せられた三通の手紙(手記を含む)によって、三人の女性の「愛」の業火と、彼の寂寥感を浮かび上がらせた、井上靖『猟銃』(昭24)などには、もはやくわしく触れる余裕がない。

電　話──見えない相手

最後に電話という交通手段について簡単に述べておきたい。最近ではむしろケータイという俗称の携帯電話が、メール、カメラ、記憶装置としても可能な多機能な器械とな

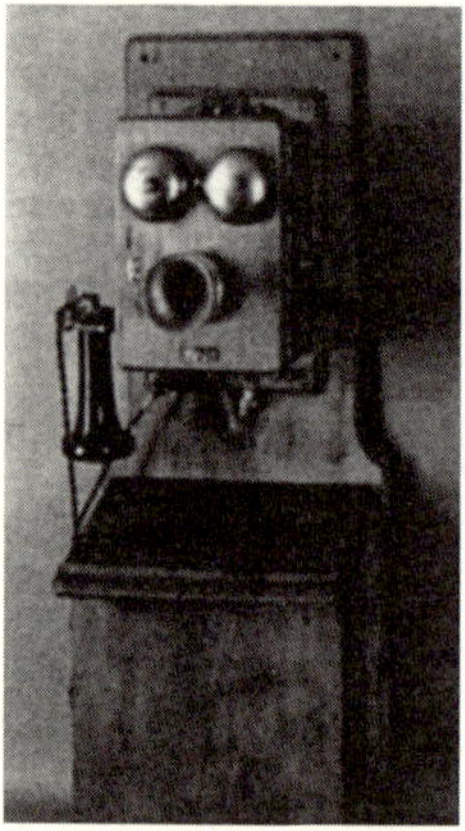

デルビル磁石式壁掛電話機

り、多くの人間の必需品となったが、この異様な成長を遂げた器械について語るのは、ここでの範囲を越えている。しかしこの不思議な器械は、単に便利であるだけでなく、使いようによっては人間を自在に操ったり、惑わせたりする機能を、当初から秘めていたようだ。

その典型的な例が、先にも触れた漱石『彼岸過迄』にある。甥の須永から友人・敬太郎の就職を頼まれた実業家の田口は、敬太郎の人物を鑑定するからくりを仕組む。それを実現するために、彼は手紙と電話をたくみに使い分けた。

電話が東京―横浜間で一般化したのは明治二十三(一八九〇)年のことだが、最初は不人気(高額、顔が見えない気味悪さ)で、開業当時の加入は、東京でわずか五十四件だったという。その利便性が広く認識されて、営業用ばかりでなく一般家庭にも設置されるようになったのは、日露戦争を経て明治も末のころである。ただし電話があるのは中流家庭以上、電話機はデルビル磁石式と呼ばれた壁掛用が普通で、受話機と送話口が分れ、電話局の交換手を通す必要があった。

この小説で電話がある家庭は、田口家、須永家で、「高等遊民」と自称する松本の家にはない（多分松本の趣味に合わないのだろう）。この三家は、年齢順に須永の母と田口の妻、松本の三人が姉弟の関係にある。

電車の項で述べたように、敬太郎は「人間の異常なる機関《からくり》が暗い闇夜に運転する有様」を眺めたいという希望を須永に語ったことがある。須永はそれを田口に伝えたようだが、田口が出張を控えていたので訪問せず、電話で用を済ました。しかし「電話の上に咽喉《のど》が痛いので、詳しい話は出来なかつた」と電話してきた。敬太郎は本郷の下宿住まいなので、電話は取次である。この例でも分るように、当時の電話は緊急の要件を手短かに伝えるのが普通だった。電話代が高い上に、交換手の不手際や、各電話局の回線の電圧が違ったため、混線や途中切断のトラブルが絶えなかったからである。だがそれ以上に、大切な用事は面談、または書面でという意識が当時は優先していたからである。

須永は、敬太郎が「探偵」のような仕事に興味がある、と田口に紹介した。この不正確な電話が、田口に一族を巻きこむ手のこんだ「悪戯《いたずら》」を思いつかせた。敬太郎には知らせぬまま、松本と自分の長女・千代子を小川町《おがわまち》交叉点で出会わせ、その「男女」の関係を観察させようと企んだのである。

その計画を松本と千代子に悟られぬよう実行するには、二人が電話のある別々の場所にいて、連絡を取り合うことが可能な機会を待たなければならない。松本が田口家に来ることを知った田口は、当日の朝、須永家へ遊びに行く千代子に指示して、そこから自宅に電話して松本に小川町で逢うことを約束させた。その一方で、当日朝に電話で敬太郎の在室を確かめ、「電話では手間が要《い》つて却つて面倒になる」から、速達で委細を通知したのである。

　速達便は明治四十四年から実施された。内幸町《うちさいわいちょう》の田口家から本郷へは二時間もあれば十分に届く。電話のスピードとともに、その情報の不確実さも知り尽くしていた彼は、電話では簡単な指示にとどめ、新しい速達制度を使用したわけである。成功した実業家である彼は、それらの機能を利用して思うがままに人を動かしたが、しかし彼は、それらを全面的に信頼していたわけではない。

　彼が松本から「好んで人に会ふ」と評されるのも、「事業の成功といふ事」を重視する彼が、最終的には直接に会って、その人を判断するからである。多忙な彼が敬太郎の報告を聞くのも、彼の人物が「役に立つ」かどうかを確かめるためだった。

　田口の熟達した、だが普通の利用法とは別に、この小説にはもう一つの電話の話が挿入されている。千代子と須永が演じた奇妙な電話ごっこである。それはこの文明の利器が、使い方によっては、逆にディスコミュニケーションを招く可能性を暗示しているようだ。

ある日須永が田口家へ行くと、一家は外出して、千代子一人が風邪を引いて留守番をしていた。二人は子供のころから仲良く、須永の母が二人の結婚を強く申し入れているが、父の田口は確答せず、須永は自分のように不活発で出世欲もない男は、千代子にふさわしくないのだと思い、できるだけ身を引くようにしていた。そういう微妙な関係の二人が、二人きりで相対《あいたい》したのである。千代子は手文庫から、子供のころ須永に書いて貰った絵を取り出して、大切にしていることを示したり、お嫁に行くときは持っていくつもりだと話したりする。須永が千代子の縁談にショックを受けたことを自覚したとき、千代子は手文庫を片づけに部屋を出、しばらくして電話の鈴が鳴る。帰って来た千代子は、一緒に電話を掛けてくれという不思議な要求をした。

「もう呼び出してあるのよ。妾《あたし》声が嗄《か》れて、咽喉《のど》が痛くつて話が出来ないから貴方代理をして頂戴。聞く方は妾が聞くから。」

僕は相手の名前も分らない、又向ふの話の通じない電話を掛けるべく、前屈《まえこご》みになつて用意をした。千代子は既に受話器を耳に宛てゝゐた。それを通して彼女の頭へ送られる言葉は、独り彼女が占有する丈なので、僕はたゞ彼女の小声でいふ挨拶を大きくして訳も解らず先方へ取次ぐに過ぎなかつた。夫《それ》でも始の内は滑稽も構はず暇が掛るのも厭はず平気で遣つてゐたが、次第に僕の好奇心を挑発する様な返事や質問が千代子の口から出て来るので、僕は曲んだ儘《ここ》、おい一寸《ちょいと》それを御貸《かし》と声を掛けて左手を真直に千代子の方に差し伸べた。千代子は笑ひながら否否《いやいや》をして見せた。僕は更に姿勢を正しくして、受話器を彼女の手から奪はうとした。彼女は決して夫《それ》を離さなかつた。取らうとする取らせまいとする争が二人の間に起つた時、彼女は手早く電話を切つた。さうして大きな声を揚げて笑ひ出した。……（「須永の話」）

念のために説明しておくと、受信器はコードでつながっているので、千代子は離れて立つことができるが、送信器は本体に固着しているので須永は身をかがめなければならない。電話の呼び鈴《りん》(ベル)はたしかに鳴ったのだから、交換手に千代子が何かを依頼したことは明らかである。だが向こうの電話口に、はたして相手はいたのだろうか。前もって親しい女友達に相手を依頼しておくことはありえないから、これはどうやら千代子の一人芝居だった可能性が高い。

それを前提にして言えば、身体的な姿勢においても、発話の方法においても、イニシヤティヴはつねに彼女にある。にもかかわらず、彼がこの変則な通話を、「人間の利害か。おそらくその理由は、彼がこの父譲りと言ってもいい千代子の「悪戯《いたずら》」に乗せられて、成人後はじめて、千代子と同調する機会を持ったからだ。だがそれは同時に、彼が「耳」を遮断されて、彼女の声を反復するだけの共同作業でもあった。おそらく千代子は、彼の「好奇心を挑発する様な返事や質問」を通じて、暗に自分の心の奥底を彼に語ったのだろう。しかしその声は、彼の身体を素通りして、相手のいない送信機に送られるものでしかなかった。やがて彼は、「恐ろしい事を知らない女」と「恐ろしい事丈知つた男」という二分法で、二人の性格の違いを強調することになるだろう。この奇妙な電話ごっこは、求め合いながら、決して「姿勢を正しくして」話すことのできない二人の姿を象徴する事件であった。

しかしこの変則的な電話は、この小説では彼ら二人の問題に止まらない。「受話器を耳にして「世間」を聴」いて歩いた敬太郎の行為もまた、何人もの人物（森本、松本、千代子、須永ら）の長物語を取り次いでいる構成だからである。須永は訳がわからないまま、千代子の言葉を「相手」に伝えた。だが興味が湧いてきたとき、電話は突然打ち切られた。その点では、敬太郎の興味を「漸々《ぜんぜん》深く狭く」かきたて始めた劇が、「突如として已《や》んだ」ことも含めて、敬太郎が彼らの一方的な話を、不特定の読者に取り次いだこの小説自体が、須永と千代子の電話と相似なのである。

漱石は『明暗』でも、小説の進行に電話を有効に使った。入院している津田を見舞いに、病院へ行こうとしているお延を訪ねて、小林がやってきた。夫の友人ではあるが、貧乏な彼の図々しい態度がお延は嫌いだった。彼の用事は、寒い朝鮮に行くについては、津田の古外套を欲しいということだったが、お延は念のため下女のお時に病院へ電話をかけさせ、夫の了承を得ようとする。ところがお時はなかなか帰って来ず、お延は小林と長時間対座して不愉快な思いを味わう。

お時が帰って来なかったのは、「自働電話」(公衆電話)が津田にうまくつながらず、混線したあげくに切れてしまったからである。律義な彼女は電車に乗って病院まで行ったのである。病院には普段から仲の悪い津田の妹のお秀がいたことを、お延はお時の口から聞く。電話がつながらなかったばっかりに、お延は小林に長居をされて津田の過去をほのめかされ、津田は病院でお秀から平生の生活態度(ことにお延に対する甘さ)を指摘されて大喧嘩になる。遅くなったお延が病室に着いたとき、二人は口論の最中だった。

自働電話が出来たのは明治三十三(一九〇〇)年だが、一通話五分、十五銭の料金が高すぎ、交換手の不手際や、故障、料金の盗難も多く、利用者の不満が絶えなかった。そのため電話局は三十五年に料金を一挙五銭に引き下げた。

『明暗』では、電話がつながらなかったことが以後の展開の動力となるが、二葉亭の『其面影』(明39)では、逆につながったことが、人物の運命を変える。ヒロインの小夜子は、義母や腹違いの姉の仕打ちに堪えかねて(小夜子は妾腹の子で、出戻り)、友人を頼って両国駅から千葉へ行こうとするが、発車まで余裕があったので、ただ一人親切だった哲也(姉の婿養子)に挨拶をしようと思い立ち、駅の自働電話で哲也が勤める大学に電話をかけた。幸いに電話はつながり、驚いて駆けつけた哲也は「愛」を告白して、二人の運命は、急転する。

当時(高度成長期まで)の電話は、事業用を除けばまだ緊急用で、電話のベルは緊張を強いるものだった。相手の姿は見えず、声だけが伝わってくるこの器械は、即時に離れた空間を飛び越え、時間を節約する。しかしそのベルは、無遠慮に他人の生活に侵入し、相手の仕事を妨げたり、いらいらさせたりした。

『少女病』の男は電鈴によって会社での妄想を妨げられ、谷崎『鮫人《こうじん》』(大9、中絶)の服部は、「電話は決して便利なものではなく」、「平和な日をも不安にさせ、人を神経衰弱にさせる罠」だと極言する。谷崎『白昼鬼語』の「私」が、仕事を中断され、呼び出されたのも園村の電話だった。徳田秋声『仮装人物』(昭10—13)では、「老大家」の庸三が愛人の葉子から、時を構わず電話で呼び出される。もっとも、この「狡猾《ずる》い老人」は、すぐ呼び出しに応じる自分を興味深くみつめ、二人の腐れ縁をいつまでも引きずるのである。戦後になると、丹羽文雄『告白』(昭24)の主人公は、「東京から二時間半の距離を、直接ながれてくる影響力に、しばりつけられ」る。女性からの一日に五度目の「長距離電話」である。

以前の電話は録音などできなかったから、会話は不正確な記憶の中にとどまり、複雑な話は往々にして食い違う。だが電話の利便性は、もろもろの欠落を克服して発展の一途を辿り、人々を「グローバル」に「交通」させつつある。その意味では、電話は明らかに人をつなぐ文明の利器である。しかし逆に言えば、電話が発達すればするほど、人はその身体をさらす、直接の接触を必要としなくなる。そういう人間関係が、どこまで人間を変えて行くのか、「文学」がそれにどう対応して行くのか。近年、「ケータイ小説」という分野も発展しつつあるそうだが、私はそれについて語る資格がない。

二葉亭の『平凡』は、「一寸お話中に電話が切れた恰好《かっこう》でござりますが、致方《いたしかた》がござりません」という作者の申し訳で終るが、この際大変都合のよい言葉である。この電話に関する話も、「お話中に電話が切れた恰好」で終らせていただきたい。

あとがき

近年、近代文学離れの声をよく耳にする。面白くないから、と言われればそれまでだが、私の狭い経験でも、ややこしい理論や、文学史の丸暗記を強制されるのが嫌いだ、と話してくれた学生が何人もいた。

本書執筆の依頼を受けたとき、まず思ったのは、教科書的な知識よりも、近代の文学者が具体的に、自分たちの生活をどのように書いてきたのかを、分りやすく捉え直してみたいということだった。近代文学を何となく敬遠している人々にも、それを身近に感じて欲しかったからである。

どこへ行くにも、道は決して一本ではない。作品を読むのも同じで、どのルートを選ぶかによって、それぞれ別の風景が見えてくるだろう。「はじめに」にも記したが、本書では文明開化以来、私たちの生活を形成した動力として、立身出世の欲望や、それとは反対に、現実社会からの脱出願望、さらに、人と人とを結ぶ「交通」機関が、作中でどう描かれているかを三つの軸足とした。

その結果、他の道を行けば当然触れるはずの作品に触れることができず、また長編小説では、該当箇所を部分的に強調せざるを得なかった。後者については、説明を通じて多少なりとも補足に努めたつもりではあるが、不十分な点は、一つの試みの成り行きとしてご了承いただきたい。もし本書で取り上げた作品に興味を持たれたなら、是非原作で全体を把握されるようお願いする。そこに本書とは別ルートを発見し、その二つをバイパスで連結してもらえるならば、未熟なガイドとしてこれ以上の幸せはない。

本書を書きながら、近代文学の豊かさと面白さとを、あらためて感じた。「文明」に対する考え方も、正負とも明治・大正期に骨格が定まり、基本的には、現在もそれほど変わってはいないようだ。その意味で、「文明」に取りこまれながら、一方ではその「危なさ」に警告を発信し続けている諸作品を顧《かえりみ》ることは、「グローバル」な大波に巻きこまれつつある、現在の私たちの位置取りを確かめる上で、もっとも有効な道ではないだろうか。文学にはさまざまな人々の生活や感情が、すべて含まれているからである。

言うまでもなく、執筆に際しては多数の文芸批評・文学研究を参照したが、本書の性質上、大部分の書名を挙げることができなかった。この場を借りて、お詫びかたがたお礼を申し上げる。また岩波書店編集部の、平田賢一・塩尻親雄両氏には、長期間にわたって相談に乗っていただいた。厚く感謝の意を表したい。

二〇〇八年二月

十川信介

作品名索引

原則として，日本近代文学作品(翻訳も含む)，およびそれについて論じた著作名のみ採った．海外文学，日本古典文学の作品名は採らなかった．

あ 行

か 行

さ 行

た 行

な 行

は 行

ま 行

や 行

ら 行

わ 行

著作者名索引

原則として，日本近代文学作品(翻訳も含む)，およびそれについて論じた著作の著作者名のみ採った．海外文学，日本古典文学の著作者名は採らなかった．

あ 行

か 行

さ 行

た 行

な 行

は 行

ま 行

や 行

ら 行

わ 行

近代《きんだい》日本《にほん》文学《ぶんがく》案内《あんない》

2008年4月16日　第1刷発行
2018年12月14日　第3刷発行

著　者　十川信介《とがわしんすけ》

発行者　岡本　厚

発行所　株式会社　岩波書店
〒101-8002 東京都千代田区一ツ橋 2-5-5

案内 03-5210-4000　営業部 03-5210-4111
文庫編集部 03-5210-4051
http://www.iwanami.co.jp/

印刷・三陽社　カバー・精興社　製本・中永製本

ISBN 978-4-00-350022-4　　Printed in Japan

読書子に寄す

――岩波文庫発刊に際して――

岩波茂雄

真理は万人によって求められることを自ら欲し、芸術は万人によって愛されることを自ら望む。かつては民を愚昧ならしめるために学芸が最も狭き堂宇に閉鎖されたことがあった。今や知識と美とを特権階級の独占より奪い返すことはつねに進取的なる民衆の切実なる要求である。岩波文庫はこの要求に応じそれに励まされて生まれた。それは生命ある不朽の書を少数者の書斎と研究室とより解放して街頭にくまなく立たしめ民衆に伍せしめるであろう。近時大量生産予約出版の流行を見る。その広告宣伝の狂態はしばらくおくも、後代にのこすと誇称する全集がその編集に万全の用意をなしたるか。千古の典籍の翻訳企図に敬虔の態度を欠かざりしか。さらに分売を許さず読者を繫縛して数十冊を強うるがごとき、はたしてその揚言する学芸解放のゆえんなりや。吾人は天下の名士の声に和してこれを推挙するに躊躇するものである。このときにあたって、岩波書店は自己の責務のいよいよ重大なるを思い、従来の方針の徹底を期するため、すでに十数年以前より志して来た計画を慎重審議この際断然実行することにした。吾人は範をかのレクラム文庫にとり、古今東西にわたって文芸・哲学・社会科学・自然科学等種類のいかんを問わず、いやしくも万人の必読すべき真に古典的価値ある書をきわめて簡易なる形式において逐次刊行し、あらゆる人間に須要なる生活向上の資料、生活批判の原理を提供せんと欲する。この文庫は予約出版の方法を排したるがゆえに、読者は自己の欲する時に自己の欲する書物を各個に自由に選択することができる。携帯に便にして価格の低きを最主とするがゆえに、外観を顧みざるも内容に至っては厳選最も力を尽くし、従来の岩波出版物の特色をますます発揮せしめようとする。この計画たるや世間の一時の投機的なるものと異なり、永遠の事業として吾人は微力を傾倒し、あらゆる犠牲を忍んで今後永久に継続発展せしめ、もって文庫の使命を遺憾なく果たさしめることを期する。芸術を愛し知識を求むる士の自ら進んでこの挙に参加し、希望と忠言とを寄せられることは吾人の熱望するところである。その性質上経済的には最も困難多きこの事業にあえて当たらんとする吾人の志を諒として、その達成のため世の読書子とのうるわしき共同を期待する。

昭和二年七月

《日本文学(現代)》〔緑〕

- 怪談 牡丹燈籠 — 三遊亭円朝
- 真景累ヶ淵 — 三遊亭円朝
- 塩原多助一代記 — 三遊亭円朝
- 小説神髄 — 坪内逍遥
- 当世書生気質 — 坪内逍遥
- 役の行者 — 坪内逍遥
- 桐一葉・沓手鳥孤城落月 — 坪内逍遥
- ウィタ・セクスアリス — 森鷗外
- 青年 — 森鷗外
- 雁 — 森鷗外
- 山椒大夫・高瀬舟 (他四篇) — 森鷗外
- 渋江抽斎 — 森鷗外
- 舞姫・うたかたの記 (他三篇) — 森鷗外
- ファウスト (全二冊) — 森林太郎訳
- みれん — シュニッツラー／森鷗外訳
- うた日記 — 森鷗外

- 森鷗外 椋鳥通信 (全三冊) — 池内紀編注
- 浮雲 — 二葉亭四迷／十川信介校注
- 平凡 (他六篇) — 二葉亭四迷
- 其面影 — 二葉亭四迷
- 今戸心中 (他二篇) — 広津柳浪
- 河内屋・黒蜴蜓 (他一篇) — 広津柳浪
- 野菊の墓 (他四篇) — 伊藤左千夫
- 漱石文芸論集 — 磯田光一編
- 吾輩は猫である — 夏目漱石
- 坊っちゃん — 夏目漱石
- 草枕 — 夏目漱石
- 虞美人草 — 夏目漱石
- 三四郎 — 夏目漱石
- それから — 夏目漱石
- 門 — 夏目漱石
- 彼岸過迄 — 夏目漱石
- 行人 — 夏目漱石

- こころ — 夏目漱石
- 硝子戸の中 — 夏目漱石
- 道草 — 夏目漱石
- 明暗 — 夏目漱石
- 思い出す事など (他七篇) — 夏目漱石
- 文学評論 (全二冊) — 夏目漱石
- 夢十夜 (他二篇) — 夏目漱石
- 漱石文明論集 — 三好行雄編
- 倫敦塔・幻影の盾 (他五篇) — 夏目漱石
- 漱石日記 — 平岡敏夫編
- 漱石書簡集 — 三好行雄編
- 漱石俳句集 — 坪内稔典編
- 漱石・子規往復書簡集 — 和田茂樹編
- 文学論 (全二冊) — 夏目漱石
- 坑夫 — 夏目漱石
- 漱石紀行文集 — 藤井淑禎編
- 二百十日・野分 — 夏目漱石

五重塔 幸田露伴
運命 他一篇 幸田露伴
努力論 幸田露伴
幻談・観画談 他三篇 幸田露伴
連環記 他一篇 幸田露伴
天うつ浪 全二冊 幸田露伴
子規句集 高浜虚子選
病牀六尺 正岡子規
子規歌集 土屋文明編
墨汁一滴 正岡子規
仰臥漫録 正岡子規
歌よみに与ふる書 正岡子規
俳諧大要 正岡子規
獺祭書屋俳話・芭蕉雑談 正岡子規
金色夜叉 全二冊 尾崎紅葉
三人妻 尾崎紅葉
不如帰 徳冨蘆花

謀叛論 他六篇 日記 徳冨健次郎 中野好夫編
北村透谷選集 北村透谷 勝本清一郎校訂
武蔵野 国木田独歩
愛弟通信 国木田独歩
蒲団・一兵卒 田山花袋
田舎教師 田山花袋
東京の三十年 田山花袋
藤村詩抄 島崎藤村自選
破戒 島崎藤村
春 島崎藤村
千曲川のスケッチ 島崎藤村
桜の実の熟する時 島崎藤村
新生 全二冊 島崎藤村
夜明け前 全四冊 島崎藤村
藤村文明論集 十川信介編
藤村随筆集 十川信介編
にごりえ・たけくらべ 樋口一葉

大つごもり・十三夜 他五篇 樋口一葉
高野聖・眉かくしの霊 泉鏡花
歌行燈 泉鏡花
夜叉ケ池・天守物語 泉鏡花
草迷宮 泉鏡花
春昼・春昼後刻 泉鏡花
鏡花短篇集 川村二郎編
日本橋 泉鏡花
婦系図 全二冊 泉鏡花
外科室・海城発電 他五篇 泉鏡花
鏡花随筆集 吉田昌志編
化鳥・三尺角 他六篇 泉鏡花
鏡花紀行文集 田中励儀編
俳諧師・続俳諧師 高浜虚子
泣菫詩抄 薄田泣菫
有明詩抄 蒲原有明
上田敏全訳詩集 山内義雄 矢野峰人編

赤彦歌集	斎藤茂吉・久保田不二子選
宣言	有島武郎
小さき者へ・生れ出ずる悩み	有島武郎
一房の葡萄 他四篇	有島武郎
寺田寅彦随筆集 全五冊	小宮豊隆編
柿の種	寺田寅彦
与謝野晶子歌集	与謝野晶子自選
入江のほとり 他一篇	正宗白鳥
つゆのあとさき	永井荷風
濹東綺譚	永井荷風
荷風随筆集 全二冊	野口冨士男編
摘録 断腸亭日乗 全二冊	永井荷風・磯田光一編
すみだ川・新橋夜話 他一篇	永井荷風
あめりか物語	永井荷風
ふらんす物語	永井荷風
煤煙	森田草平
斎藤茂吉歌集	山口茂吉・柴生田稔・佐藤佐太郎編

桑の実	鈴木三重吉
小鳥の巣	鈴木三重吉
千鳥 他四篇	鈴木三重吉
小僧の神様 他十篇	志賀直哉
万暦赤絵 他二十二篇	志賀直哉
暗夜行路 全二冊	志賀直哉
志賀直哉随筆集	高橋英夫編
高村光太郎詩集	高村光太郎
白秋愛唱歌集	藤田圭雄編
北原白秋歌集	高野公彦編
北原白秋詩集 全二冊	安藤元雄編
フレップ・トリップ	北原白秋
大石良雄・笛	野上弥生子
野上弥生子随筆集	竹西寛子編
お目出たき人・世間知らず	武者小路実篤
友情	武者小路実篤
釈迦	武者小路実篤

銀の匙	中勘助
犬 他一篇	中勘助
中勘助詩集	谷川俊太郎編
若山牧水歌集	伊藤一彦編
新編 みなかみ紀行	若山牧水・池内紀編
木下杢太郎詩集	河盛好蔵選
新編 百花譜百選	木下杢太郎画・前川誠郎編
新編 啄木歌集	久保田正文編
ISIKAWA TAKUBOKU ROMAZI NIKKI (啄木・ローマ字日記)	石川啄木・桑原武夫編訳
時代閉塞の現状・食うべき詩 他十篇	石川啄木
蓼喰う虫	谷崎潤一郎・小出楢重画
春琴抄・盲目物語	谷崎潤一郎
吉野葛・蘆刈	谷崎潤一郎
卍(まんじ)	谷崎潤一郎
幼少時代	谷崎潤一郎
谷崎潤一郎随筆集	篠田一士編
多情仏心 全二冊	里見弴

- 文章の話 — 里見弴
- 今年竹 全二冊 — 里見弴
- 萩原朔太郎詩集 — 三好達治選
- 郷愁の詩人 与謝蕪村 — 萩原朔太郎
- 猫町 他十七篇 — 萩原朔太郎 清岡卓行編
- 恩讐の彼方に・忠直卿行状記 他八篇 — 菊池寛
- 父帰る・藤十郎の恋 菊池寛戯曲集 — 石割透編
- 春泥・花冷え — 久保田万太郎
- 室生犀星詩集 — 室生犀星自選
- 或る少女の死まで 他二篇 — 室生犀星
- 犀星王朝小品集 — 室生犀星
- 出家とその弟子 — 倉田百三
- 愛と認識との出発 — 倉田百三
- 神経病時代・若き日 — 広津和郎
- 羅生門・鼻・芋粥・偸盗 — 芥川竜之介
- 地獄変・邪宗門・好色・藪の中 他七篇 — 芥川竜之介
- 河童 他二篇 — 芥川竜之介

- 歯車 他二篇 — 芥川竜之介
- 蜘蛛の糸・杜子春・トロッコ 他十七篇 — 芥川竜之介
- 大導寺信輔の半生・手巾・湖南の扇 他十二篇 — 芥川竜之介
- 或日の大石内蔵之助・枯野抄 他十二篇 — 芥川竜之介
- 侏儒の言葉・文芸的な、余りに文芸的な — 芥川竜之介
- 芥川竜之介書簡集 — 石割透編
- 芥川竜之介随筆集 — 石割透編
- 蜜柑・尾生の信 他十八篇 — 芥川竜之介
- 年末の一日・浅草公園 他十七篇 — 芥川竜之介
- 芥川竜之介紀行文集 — 山田俊治編
- 田園の憂鬱 — 佐藤春夫
- 都会の憂鬱 — 佐藤春夫
- 厭世家の誕生日 他六篇 — 佐藤春夫
- 日輪・春は馬車に乗って 他八篇 — 横光利一
- 上海 — 横光利一
- 旅愁 全二冊 — 横光利一
- 宮沢賢治詩集 — 谷川徹三編

- 童話集 風の又三郎 他十八篇 — 宮沢賢治 谷川徹三編
- 童話集 銀河鉄道の夜 他十四篇 — 宮沢賢治 谷川徹三編
- 山椒魚・遙拝隊長 他七篇 — 井伏鱒二
- 伊豆の踊子・温泉宿 他四篇 — 川端康成
- 雪国 — 川端康成
- 川端康成随筆集 — 川西政明編
- 詩を読む人のために — 三好達治
- 藝術に関する走り書的覚え書 — 中野重治
- 梨の花 — 中野重治
- 社会百面相 全二冊 — 内田魯庵
- 檸檬《レモン》・冬の日 他九篇 — 梶井基次郎
- 蟹工船 一九二八・三・一五 — 小林多喜二
- 防雪林・不在地主 — 小林多喜二
- 独房・党生活者 — 小林多喜二
- 風立ちぬ・美しい村 — 堀辰雄
- 菜穂子 他五篇 — 堀辰雄
- 富嶽百景・走れメロス 他八篇 — 太宰治

斜陽 他一篇	太宰治
人間失格 グッド・バイ 他一篇	太宰治
津軽	太宰治
お伽草紙・新釈諸国噺	太宰治
真空地帯	野間宏
日本唱歌集	堀内敬三・井上武士編
日本童謡集	与田凖一編
近代日本人の発想の諸形式 他四篇	伊藤整
小説の方法	伊藤整
小説の認識	伊藤整
中原中也詩集	大岡昇平編
ランボオ詩集	中原中也訳
小熊秀雄詩集	岩田宏編
風浪・蛙昇天 —木下順二戯曲選I—	木下順二
玄朴と長英 他三篇	真山青果
随筆滝沢馬琴	真山青果
新編 近代美人伝 全二冊	長谷川時雨 杉本苑子編

みそっかす	幸田文
土屋文明歌集	土屋文明自選
古句を観る	柴田宵曲
俳諧随筆 蕉門の人々	柴田宵曲
評伝 正岡子規	柴田宵曲
新編 俳諧博物誌	柴田宵曲 小出昌洋編
随筆集 団扇の画	柴田宵曲 小出昌洋編
子規居士の周囲	柴田宵曲
小説集 夏の花	原民喜
原民喜全詩集	
いちご姫・蝴蝶 他二篇	山田美妙 十川信介校訂
貝殻追放抄	水上滝太郎
銀座復興 他三篇	水上滝太郎
鏑木清方随筆集 東京の四季	山田肇編
柳橋新誌	成島柳北 塩田良平校訂
島村抱月文芸評論集	島村抱月
石橋忍月評論集	石橋忍月

立原道造・堀辰雄翻訳集 —林檎みのる頃・窓—	
野火／ハムレット日記	大岡昇平
中谷宇吉郎随筆集	樋口敬二編
雪	中谷宇吉郎
冥途・旅順入城式	内田百閒
東京日記 他六篇	内田百閒
佐藤佐太郎歌集	佐藤志満編
西脇順三郎詩集	那珂太郎編
草野心平詩集	入沢康夫編
山岳紀行文集 日本アルプス	小島烏水 近藤信行編
雪中梅	末広鉄腸 小林智賀平校訂
宮柊二歌集	宮英子 高野公彦編
山の絵本	尾崎喜八
日本児童文学名作集 全二冊	桑原三郎 千葉俊二編
山月記・李陵 他九篇	中島敦
眼中の人	小島政二郎
新選 山のパンセ	串田孫一自選

小川未明童話集　桑原三郎編
新美南吉童話集　千葉俊二編
岸田劉生随筆集　酒井忠康編
摘録 劉生日記　岸田劉生　酒井忠康編
量子力学と私　朝永振一郎　江沢洋編
科学者の自由な楽園　朝永振一郎　江沢洋編
書物　森銑三　柴田宵曲
新編 明治人物夜話　森銑三　小出昌洋編
自註鹿鳴集　会津八一
窪田空穂随筆集　大岡信編
わが文学体験　窪田空穂
窪田空穂歌集　大岡信編
明治文学回想集 全二冊　十川信介編
梵雲庵雑話　淡島寒月
森鷗外の系族　小金井喜美子
新編 学問の曲り角　河野与一　原二郎編
子規を語る　河東碧梧桐

碧梧桐俳句集　栗田靖編
新編 春の海 ―宮城道雄随筆集　千葉潤之介編
林芙美子紀行集 下駄で歩いた巴里　立松和平編
放浪記　林芙美子
山の旅 全二冊　近藤信行編
日本近代文学評論選 全二冊　千葉俊二　坪内祐三編
観劇偶評　三木竹二　渡辺保編
食道楽 全二冊　村井弦斎
酒道楽　村井弦斎
文楽の研究 全二冊　三宅周太郎
五足の靴　五人づれ
尾崎放哉句集　池内紀編
リルケ詩抄　茅野蕭々訳
ぷえるとりこ日記　有吉佐和子
日本の島々、昔と今。　有吉佐和子
江戸川乱歩短篇集　千葉俊二編
怪人二十面相・青銅の魔人　江戸川乱歩

少年探偵団・超人ニコラ　江戸川乱歩
江戸川乱歩作品集 全三冊　浜田雄介編
堕落論・日本文化私観 他二十二篇　坂口安吾
桜の森の満開の下・白痴 他十二篇　坂口安吾
風と光と二十の私と・いずこへ 他十六篇　坂口安吾
久生十蘭短篇選　川崎賢子編
墓地展望亭・ハムレット 他六篇　久生十蘭
六白金星・可能性の文学 他十一篇　織田作之助
夫婦善哉 正続 他十二篇　織田作之助
わが町・青春の逆説　織田作之助
歌の話・歌の円寂する時 他一篇　折口信夫
死者の書・口ぶえ　折口信夫
釈迢空歌集　折口信夫　富岡多惠子編
折口信夫古典詩歌論集　藤井貞和編
汗血千里の駒 坂本龍馬君之伝　坂崎紫瀾　林原純生校注
山川登美子歌集　今野寿美編
日本近代短篇小説選 全六冊　紅野敏郎・紅野謙介・千葉俊二・宗像和重・山田俊治編

自選 谷川俊太郎詩集

訳詩集 月下の一群　堀口大學訳

訳詩集 白　孔　雀　西條八十訳

茨木のり子詩集　谷川俊太郎選

第七官界彷徨・琉璃玉の耳輪 他四篇　尾崎翠

大江健三郎自選短篇

M／Tと森のフシギの物語　大江健三郎

辻征夫詩集　谷川俊太郎編

明治詩話　木下彪

石垣りん詩集　伊藤比呂美編

漱石追想　十川信介編

芥川追想　石割透編

自選 大岡信詩集

うたげと孤心　大岡信

日本の詩歌 その骨組みと素肌　大岡信

日本近代随筆選 全三冊　千葉俊二・長谷川郁夫・宗像和重編

尾崎士郎短篇集　紅野謙介編

山之口貘詩集　高良勉編

原爆詩集　峠三吉

近代はやり唄集　倉田喜弘編

竹久夢二詩画集　石川桂子編

まど・みちお詩集　谷川俊太郎編

《日本文学（古典）》〔黄〕

古事記　倉野憲司校注
記紀歌謡集　武田祐吉校註
日本書紀　全五冊　坂本太郎・家永三郎・井上光貞・大野晋校注
万葉集　全五冊　佐竹昭広・山田英雄・工藤力男・大谷雅夫・山崎福之校注
原文万葉集　全二冊　佐竹昭広・山田英雄・工藤力男・大谷雅夫・山崎福之校注
竹取物語　阪倉篤義校訂
伊勢物語　大津有一校注
玉造小町子壮衰書　―小野小町物語　杤尾武校注
古今和歌集　佐伯梅友校注
土左日記　紀貫之　鈴木知太郎校注
蜻蛉日記　今西祐一郎校注
源氏物語　全九冊（既刊二冊）　柳井滋・室伏信助・大朝雄二・鈴木日出男・藤井貞和・今西祐一郎校注
枕草子　池田亀鑑校訂
和泉式部日記　清水文雄校注
和泉式部集・和泉式部続集　清水文雄校注
更級日記　西下経一校注

今昔物語集　全四冊　池上洵一編
三条西家本栄花物語　全三冊　三条西公正校訂
堤中納言物語　大槻修校注
新訂梁塵秘抄　後白河院撰　佐佐木信綱校訂
西行全歌集　久保田淳・吉野朋美校注
梅沢本古本説話集　川口久雄校訂
後撰和歌集　松田武夫校訂
古語拾遺　斎部広成撰　西宮一民校注
王朝漢詩選　小島憲之編
王朝物語秀歌選　全二冊　樋口芳麻呂校注
落窪物語　藤井貞和校注
新訂方丈記　市古貞次校注
新訂新古今和歌集　佐佐木信綱校訂
金槐和歌集　源実朝　斎藤茂吉校訂
新訂徒然草　西尾実・安良岡康作校注
平家物語　全四冊　梶原正昭・山下宏明校注
水鏡　和田英松校訂

神皇正統記　北畠親房　岩佐正校注
吾妻鏡　全八冊　竜粛訳注
宗長日記　島津忠夫校注
御伽草子　全二冊　市古貞次校注
王朝秀歌選　樋口芳麻呂校注
わらんべ草　大蔵虎明　笹野堅校訂
千載和歌集　藤原俊成撰　久保田淳校注
読む能の本　謡曲選集　野上豊一郎編
東関紀行・海道記　玉井幸助校訂
おもろさうし　外間守善校注
太平記　全六冊　兵藤裕己校注
好色五人女　井原西鶴　東明雅校註
日本永代蔵　井原西鶴　東明雅校訂
武道伝来記　井原西鶴　横山重・前田金五郎校注
芭蕉紀行文集　付嵯峨日記　中村俊定校注
芭蕉おくのほそ道　付曾良旅日記・奥細道菅菰抄　萩原恭男校注
芭蕉俳句集　中村俊定校注

芭蕉文集　潁原退蔵編註
芭蕉俳文集 全二冊　堀切実編注
芭蕉自筆 奥の細道　上野洋三・櫻井武次郎校注
蕪村俳句集 付 春風馬堤曲 他二篇　尾形仂校注
蕪村書簡集　大谷篤蔵・藤田真一校注
蕪村七部集　伊藤松宇校訂
蕪村文集　藤田真一編注
曾根崎心中・冥途の飛脚 他五篇　近松門左衛門　祐田善雄校注
国性爺合戦・鑓の権三重帷子　近松門左衛門　和田万吉校訂
東海道四谷怪談　鶴屋南北　河竹繁俊校訂
鶉衣 全二冊　横井也有　堀切実校注
近世畸人伝　伴蒿蹊　森銑三校註
玉くしげ・秘本玉くしげ　本居宣長　村岡典嗣校訂
雨月物語　上田秋成　長島弘明校注
新訂 一茶俳句集　丸山一彦校注
増補 俳諧歳時記栞草 全二冊　曲亭馬琴編　藍亭青藍補　堀切実校注
近世物之本江戸作者部類　曲亭馬琴　徳田武校注

北越雪譜　鈴木牧之編撰　京山人百樹刪定　岡田武松校訂
東海道中膝栗毛 全二冊　十返舎一九　麻生磯次校注
浮世床　式亭三馬　和田万吉校訂
日本外史 全三冊　頼山陽　頼成一・頼惟勤訳
百人一首一夕話 全二冊　尾崎雅嘉　古川久校訂
わらべうた —日本の伝承童謡　町田嘉章・浅野建二編
誹諧 武玉川 全四冊　山澤英雄校訂
雑兵物語・おあむ物語 附 おきく物語　中村通夫・湯沢幸吉郎校訂
芭蕉臨終記 花屋日記 付 芭蕉翁終焉記・前後日記・行状記　小宮豊隆校訂
俳家奇人談・続俳家奇人談　竹内玄玄一　雲英末雄校注
砂払 —江戸小百科 全二冊　山中共古　中野三敏校訂
与話情浮名横櫛 —切られ与三　瀬川如皐　河竹繁俊校訂
江戸怪談集 全三冊　高田衛編・校注
蕉門名家句選 全二冊　堀切実編注
耳嚢 全三冊　根岸鎮衛　長谷川強校注
色道諸分 難波鉦 —遊女評判記　酉水庵無底居士　中野三敏校注
弁天小僧・鳩の平右衛門　黙阿弥　河竹繁俊校訂

実録先代萩　黙阿弥　河竹繁俊校訂
橘曙覧全歌集　水島直文・橋本政宣編注
嬉遊笑覧 全五冊　喜多村筠庭　長谷川強・江本裕・渡辺守邦・岡雅彦・花田富二夫・石川了校訂
井月句集　復本一郎編
江戸端唄集　倉田喜弘編

《日本思想》〔青〕

風姿花伝 (花伝書)　世阿弥　野上豊一郎・西尾実校訂
世阿弥 申楽談儀　表章校註
五輪書　宮本武蔵　渡辺一郎校注
政談　荻生徂徠　辻達也校注
葉隠 全三冊　山本常朝　和辻哲郎・古川哲史校訂
童子問　伊藤仁斎　清水茂校注
養生訓・和俗童子訓　貝原益軒　石川謙校訂
貝原益軒 大和俗訓　石川謙校訂
都鄙問答　石田梅岩　足立栗園校訂
町人嚢・百姓嚢・長崎夜話草　西川如見　飯島忠夫・西川忠幸校訂
日本水土考・水土解弁・増補華夷通商考　西川如見　飯島忠夫・西川忠幸校訂

蘭学事始　杉田玄白　緒方富雄校註
吉田松陰書簡集　広瀬豊編
塵劫記　吉田光由　大矢真一校注
兵法家伝書 付 新陰流兵法目録事　柳生宗矩　渡辺一郎校注
南方録　西山松之助校注
人国記・新人国記　浅野建二校注
上宮聖徳法王帝説　東野治之校注
霊の真柱　平田篤胤　子安宣邦校注
世事見聞録　武陽隠士　本庄栄治郎校訂　奈良本辰也補訂
茶湯一会集・閑夜茶話　井伊直弼　戸田勝久校注
新訂 海舟座談　巌本善治編　勝部真長校注
西郷南洲遺訓 附 手抄言志録及遺文　山田済斎編
文明論之概略　福沢諭吉　松沢弘陽校注
新訂 福翁自伝　富田正文校訂
学問のすゝめ　福沢諭吉
日本道徳論　西村茂樹　吉田熊次校
新島襄の手紙　同志社編

新島襄 教育宗教論集　同志社編
近時政論考　陸羯南
日本の下層社会　横山源之助
中江兆民 三酔人経綸問答　桑原武夫　島田虔次　訳・校注
新訂 蹇蹇録 ―日清戦争外交秘録　陸奥宗光　中塚明校注
茶の本　岡倉覚三　村岡博訳
新撰讃美歌　植村正久　奥野昌綱　松山高吉編
武士道　新渡戸稲造　矢内原忠雄訳
余はいかにしてキリスト信徒となりしか　内村鑑三　鈴木範久訳
代表的日本人　内村鑑三　鈴木範久訳
後世への最大遺物・デンマルク国の話　内村鑑三
内村鑑三所感集　鈴木俊郎編
求安録　内村鑑三
宗教座談　内村鑑三
ヨブ記講演　内村鑑三
足利尊氏　山路愛山
豊臣秀吉 全二冊　山路愛山

善の研究　西田幾多郎
西田幾多郎哲学論集 I ―場所・私と汝 他六篇　上田閑照編
西田幾多郎哲学論集 II ―論理と生命 他四篇　上田閑照編
西田幾多郎哲学論集 III ―自覚について 他四篇　上田閑照編
西田幾多郎随筆集　上田閑照編
帝国主義　幸徳秋水　山泉進校注
日本の労働運動　片山潜
明六雑誌 全三冊　山室信一　中野目徹校注
吉野作造評論集　岡義武編
貧乏物語　河上肇　大内兵衛解題
河上肇 自叙伝 全五冊　杉原四郎　一海知義編
河上肇評論集　杉原四郎編
中国文明論集　宮崎市定　礪波護編
中国史 全二冊　宮崎市定
大杉栄評論集　飛鳥井雅道編
女工哀史　細井和喜蔵
寒村自伝 全二冊　荒畑寒村

岩波文庫の最新刊

ロバート キャンベル・十重田裕一・宗像和重編

東京百年物語 2

一九一〇〜一九四〇

明治維新からの一〇〇年間に生まれた、「東京」を舞台とする文学作品のアンソロジー。第二分冊には、谷崎潤一郎、川端康成、江戸川乱歩ほかの作品を収録。（全三冊）〔緑二一七-二〕 本体七四〇円

三島由紀夫作

若人よ蘇れ 黒蜥蜴 他一篇

三島文学の本質は、劇作にこそ発揮されている。「若人よ蘇れ」「黒蜥蜴」「喜びの琴」の三篇を収録。三島戯曲の放つ鮮烈な魅力を味わう。（解説＝佐藤秀明）〔緑二一九-二〕 本体九一〇円

マルセル・モース著／森山工編訳

国民論

「国民」は歴史的・法的・言語的にどのように構成されているのか？フランス民族学の創始者モースが、社会主義者としての立場から、「国民」と「間国民性」の可能性を探る。〔白二二八-二〕 本体九〇〇円

美濃部達吉著

憲法講話

憲法学者・美濃部達吉が、「健全なる立憲思想」の普及を目指し、明治憲法を体系的に講義した書。天皇機関説を打ち出し、論争を呼び起こしたことでも知られる。〔白三二-一〕 本体一四四〇円

……今月の重版再開……

ポオ作／八木敏雄訳

ユリイカ

〔赤三〇六-四〕 本体六六〇円

河上肇著

西欧紀行 祖国を顧みて

〔青一三二-八〕 本体八四〇円

大岡信・加賀乙彦・菅野昭正・曾根博義・十川信介編

近代日本文学のすすめ

〔別冊一三〕 本体八一〇円

里見弴著

道元禅師の話

〔緑六〇-七〕 本体七四〇円

定価は表示価格に消費税が加算されます

2018. 11